眺めのいいヘマ

ジル・チャーチル

結婚式のプランニングをすることになったジェーン。クリスマスに催したクッキー交換パーティに感心したという，新婦のリヴィたっての願いなのだ。親友のシェリイも引きずり込んで，会場となる田舎の狩猟小屋に向かったはいいが，たどりついた会場には山盛りのトラブルが待ち構えていた。花嫁付添人《ブライズメイド》のドレスは完成しておらず，準備に集まった関係者の仲はぎくしゃくしているし，夜には室内にあった絵が消え，謎の人物がうろつく始末。そして翌朝，死体が発見された！主婦探偵が結婚式の裏方と同時進行で，事件の調査に奔走するシリーズ第11弾。

登場人物

ジェーン・ジェフリイ……………専業主婦
シェリイ・ノワック……………ジェーンの親友。主婦
リヴィ・サッチャー……………新婦。会社副社長
ドウェイン・ヘスリング………新郎
レイラ・シェルトン……………花嫁付添人《ブライズメイド》。リヴィの友人
イーデン・マシューズ…………ブライズメイド。リヴィの友人
キティ・ウィルソン……………ブライズメイド。リヴィの会社の秘書
ミセス・クロスウェイト………お針子
ラークスパー……………………花屋
ミスター・ウィリス……………ケイタリング業者
ジョーおじさん…………………狩猟小屋の管理人
ジャック・サッチャー…………リヴィの父。会社社長
アイヴァ・サッチャー…………｝リヴィのおば
マーガレット・ロウ……………｝

オリヴァー・ウェンデル・
　サッチャー（O・W）……リヴィの祖父。故人
エロール・ヘスリング……花婿付添人《ベストマン》。ドウェインの弟
イルマ・ヘスリング……ドウェインとエロールの母
ジョン・スミス……警察官
ガス・アンブラー……郡の保安官
メル・ヴァンダイン……ジェーンの恋人。刑事

眺めのいいヘマ

ジル・チャーチル
新谷寿美香訳

創元推理文庫

A GROOM WITH A VIEW

by

Jill Churchill

眺めのいいヘマ

プロローグ

「リヴィ・サッチャーって知ってる?」ジェーン・ジェフリイは、親友のシェリイ・ノワックに訊いた。

「この寒いとこから中へ入れてくれたら答える」シェリイが言った。

　シェリイは自宅からジェーンのうちまで走ってきたのだった。つまりはお隣まで。かくも短いお出かけなので、コートも引っかけずに来たものの、早くも凍えかけていた。暖かいキッチンに入ったとたん、大仰にぶるっと身を震わせた。「あたし、生まれてこのかたずっとシカゴ暮らしだけどさ」ぶつくさ言う。「一月が来るたびに、自分に問いかけるのよね。正気の人間が、なんでまたこんなところにわざわざ住み続けるのかって。無慈悲な不慮の運命ってわけでもあるまいし。運命だったら、笑い飛ばして終わりにするもん。これは熟慮のうえの愚かな選択ってやつよ」

「よかった、あんたがそんなふうに思ってて」ジェーンは言った。「だってあたしがしたいのは、四月の話だから」

「まさか税金の相談をするんで、呼んだんじゃないよね？」シェリイは顔をしかめた。

「違う！　国税庁と関わりのある話なんか、絶対にしないって。あんたの脳天の血管が膨れあがりでもしたら、大変じゃん。で、リヴィ・サッチャーを知ってるの？」

「その人に蹴つまずいたとしても、わかんないだろうな。マーガレットの親戚か何か？」

ジェーンはシェリイのぶんの熱いコーヒーを大きなカップに注いでから、先に立って居間へ向かった。居間の床は、雑誌や図書館で借りた本が一面山積みになっていた。「違うのは、見ればわかるって」

「うわあ、ジェーン、あんたの本棚、爆発しちゃったみたいじゃん！　なんなの、こんなに結婚雑誌？　メルとの結婚のこと、急に気が変わったわけじゃないよね？」

「ううん。一緒に暮らすのもやめといたほうがいいってことで、あたしたちの意見は一致してるから。この雑誌はね、リヴィ・サッチャーに関係があるの。彼女、先月あたしがうちで開いたご近所のクッキー交換パーティに来てたんだ。ご近所さんに連れられてね」

「その人、まだ若い？　背が高い？　地味だけど、すごく身なりがいい？」頭の中から来客のデータリストを引き出しながら、シェリイが訊いた。

「アタリ。昨日、その彼女が電話をかけてきたの。ちょっとあなたのうちへ行って、相談したいことがあるんだけど、かまわないかって。何か売りつけられるんじゃないかと思ったのよね、ほんと言うと。でも、とにかく来てもらったの。一月が退屈なせいにでもしといて」

「で、何を売りつけられたの？」

「なんにも。彼女が言うには、あたしのパーティにすっかり感心したんだって。とても行き届いていてすごく楽しかったし、慌ただしい時期なのに、あたしがこれっぽっちも疲れた様子を見せずにやり遂げたのもみごとだったって」

「彼女がそんなふうに言うわけないじゃん。あんたってば大げさなんだから」シェリイは言うと、ぱらぱら雑誌をめくり、特別みっともないウエディング・ドレスを見て顔をしかめた。

「だってほんとにそう言われたんだよ、一句たがわず。誓って。でもって、四月に結婚するから、結婚式のプランニングを手伝ってほしいって」

シェリイが顔を上げ、ちらりとジェーンを見た。「あんたに？　結婚式のプランニングを？　あんたが結婚式の何を知ってるっていうの？」

「一度は自分のをやってるよ。おかげで三人の子持ちになったってわけ」

「それだって、あんたが計画したんじゃないはず。結婚式のほうだよ、子供じゃなくて。あんたのお母さんのプランニングだった。でしょ？」

「うん、でもあたしもその場にいたし」ジェーンは言った。

「ジェーン、結婚式ってのはとてつもない頭痛の種だよ。なんでまた、全くの赤の他人のために手伝ったりするわけ?」

「お金のため」ジェーンは答えた。「それと、自分にやれるかどうかを、確かめたいの」

「彼女、お金を払ってくれるの?」

「たんまりね」両手を揉み合わせながら、ジェーンは言った。

「お金が必要ってわけでもないのに」シェリイは食い下がった。

「どうしてもいるってわけじゃないよ。でも、あっても困らない。昨日、あたしのステーション・ワゴンの底から、またしても正体不明の機械の一部が落ちたんだ。早く買い替えなきゃ」

「本気で考えてるとは思えないな」

「本気だってば。新年の一週間ってやつに、やられちゃったみたい」ジェーンは正直に言った。

「どういうこと?」

「年末にてんてこまいの二週間を過ごしたあと、家の飾りつけをはずし、子供たちがまた学校へ通うようになって、興奮がすっかり冷めちゃうとね、あんまり退屈だから、地下室の掃除をしようかとまで考えたわけ」

「コワっ!」シェリイが言った。

「子供のうち、一人は大学へ行っちゃってる。そりゃあ他の二人は四時までに学校から帰ってくるよ。だけどあと一年半も経てば、一人しかうちに帰ってこなくなる。その二、三年後には、毎日帰ってくる子は一人もいなくなるんだよね」

「そんときは、メルと結婚すればいいじゃない。でなきゃ、執筆中の永遠に終わらない例の本を書き続けたっていいしさ」

「今のは、難癖をつけてみただけであってほしいな」ジェーンが言った。

「うーん。どうやらそうみたい」シェリイは認めた。「最近、あたしもおんなじようなことを真剣に考えたりするよ。だけど、結婚式のプランニングなんて！　それもジェーン、あんたが。一度でも花嫁につき添ったことがあるのかって、疑いたくなる」

「もう、あるって。何度か親戚の花嫁に。中には怒り狂っちゃった人たちもいたけど。でも、今回は違う。リヴィは成果をあげるのに躍起なヤッピー連中の一人でね。父親の会社を実質的に経営しているから、立派な結婚式を挙げたいの――とにかく世間体のためにいたしかたなくだけど――なるべく自分で判断ごとをしないで、あまり時間を取られない式にしたいのよ」

「彼女が本気なのは確かなの？」

「確かよ。お気に入りのケイタリング業者やお針子さんや花屋さんの名前を教えてくれたし、他は全部あたしに委《まか》せるって言ってくれたもん。招待客のリストと、彼女好みの磁器や銀器の種類を知らせてくることになっててね、そのうち日取りも決めるからって。どこの会場を借りるかで悩む必要すらないの。だって彼女、家族所有の狩猟小屋《ハンティング・ロッジ》か何かで、全部やっちゃうつもりでいるから」

「狩猟小屋で結婚式？」シェリイが甲高い声で笑った。「そりゃいいわ。花嫁付添人《ブライズメイド》は蛍光オレンジのドレス姿。結婚の贈り物は小銃架。花婿は、例によって耳覆いのついた格子縞の帽子を被るんだ？」

ジェーンはむっとしてそっくり返った。「すごくすてきな狩猟小屋みたいよ。元は修道院だったって、リヴィが言ってた」

シェリイはさっと両手で口元を覆い、大笑いしそうになるのをこらえた。やっとのことで自分を抑えつけ、口を開く。「うわあ、すごすぎてとても本当のことだと思えない！」

「じゃあ、あんたもいい考えだと思う？」

「妙ちきりんな考えだよ、ジェーン。狩猟倶楽部になっちゃった元修道院で結婚式だなんて。だけど、面白すぎるから反対できない。負けたよ。心から応援してあげる。行きたまえ、我が友よ」

「なら、あんたも手伝ってくれる、ってことだよね？」ジェーンが訊いた。

そのとたん、シェリイは笑うのをやめた。

四月

1

ずいぶん早朝だったが、ステーション・ワゴンには荷物がぎゅうぎゅうに積まれていた。ジェーンはリストで埋めつくされた何冊ものメモ帳と、指令本部、もしくは元修道院の狩猟小屋で過ごす数日ぶんの衣類が詰まったスーツケースとを載せていた。ジェーンがメモ帳を再度チェックしている間に、シェリイは眠たげな足取りであちこちにぶつかりながら、わずかな身の回りのものを車に載せた。せいぜい一時間半ほどの道のりだが、忘れ物を取りに戻るような時間の浪費をジェーンはしたくなかった。

「あたしには、やっぱりよくわからないや、なぜ何日も前に行っとく必要があるんだか」いかにも淑女らしいあくびをしながら、シェリイは言う。

「それはね、現場でやることがいっぱいあるからよ」ジェーンが答えた。

「現場でねえ。ふうん、プロらしい言いかた」シェリイは感想を言った。「今度のことについちゃ、あんたがとても冷静にやってきたことは認めざるをえないな。もっと泣きつかれると思ってたのに」

「泣きついたりしないよ」ジェーンは言った。「えっと、許されないほどしょっちゅうは。こんなの、きちんと準備できているかどうかだけの問題だもん。でも、最終的にはあんたが手伝いに同行してくれて、ありがたいと思ってる」

「で、どういう計画なの？」二人してシートベルトを締めている最中にシェリイが訊くと、ジェーンは地図を渡した。シェリイはその地図を手に持ち、ずっと顔から離して掲げた。ジェーンは遠近両用眼鏡の話を持ち出そうかと思ったが、協力的な今のシェリイに対しては賢明でないと判断した。

「今日は全体を見て回るだけ」ジェーンは言った。「狩猟小屋のおおまかな見取り図は持ってても、実際に中に入ったことはないの。先週車で行ってみたけど、住んでる人に玄関へ出てきてもらえなかったんだ。前もって、電話しとけばよかった」

「そこに住んでる人がいるの？」

「リヴィがジョーおじさんって呼んでる人。一家の雇われ人で、建物と土地の管理をしてるの。とりあえず、今しばらくはね。建物がこの夏に解体されて、ゴルフ倶楽部になる予定だから。えっと……今日は他に何があるんだったっけ？　ケイタリング業者がキッチンを見に来て、自分とこの調理器具と食材を運び込むし、花屋さんもやってきて、どこに花を配置するかを決めるんだった。それから、あのお針子さんもだ」ジェーンは、留守の間子供たちと家にいてくれる姑《しゅうとめ》に別れの手を振ると、車を通りへ出した。

「お針子さんが早めに来るの？」

「うん、それがどうやら目下唯一の問題」ジェインは打ち明けた。「あのね、ブライズメイドたちのドレスがまだできあがってないの。あたしがねちねちせっつくたびに、あの人、ちゃんとできるからって請け合うんだけど、どうにも不安でね。だから彼女に、ミシンを狩猟小屋へ持ち込んで完成させてって迫ったの。あたしが目の前で監督しながらせっつけるように」

「それって、あんたが自分で仕上げる羽目になるんじゃないの？」シェリイは言ったあと、はっと眼を剝いた。「あっ！　あんたってば、あたしが仕上げると踏んでるんだ！」

「確かにちらっと考えた」ジェーンはにっと笑った。「だってあんた、縫い物が大の得意だから。あたしよかずっと」

「ジェーンてば、あたしが縫い物をしないのを知ってるくせに。針と糸を手にしたあたしを、いつ見たっていうの？」

「だけどあんたは、なんだってうまくやるじゃん」ジェーンは甘ったれた声で言う。

シェリイが鼻を鳴らした。「つまらないお世辞で丸め込まなくてもいいって。あたしもこの件にはもう足を突っ込んでるんだから。で、その場所ってどんなとこ？　どんなとこだとしても、山小屋《ロッジ》って呼ばれてるだけでちょっと憂鬱だな」

無理からぬことだった。去年の秋、シェリイとジェーンは、地元の高校にキャンプ体験の提供を申し入れてきたリゾート施設を、委員会のメンバーとして調査した。調査に赴いた週末には、あろうことか二件の殺人事件までついてきたために、二人はそのリゾート施設の本館《メイン・ロッジ》で、長時間悲惨な思いをして過ごしたのだ。

「あんな破滅的な場所じゃないって」ジェーンは請け合った。「いかにも修道院だったのが狩猟小屋になったって感じだよ。ほんとに大きいの。古くて。四方八方に延びてて。建て増ししたとこなんか、本館から取れちゃいそう。あそこで結婚式を挙げたがるなんて、きっとサッチャー家の人たちは、よほどあの場所が好きなんだ」

「取り壊す予定だって、確かさっき言ったばかりじゃん」

ジェーンはうなずいた。「好きなんだよ。少なくとも、ゴルフ倶楽部の計画で大儲けする前に、最後にもう一度盛大なパーティを開くくらいにはね」

一時間後、朝食を出してくれる文明社会最果ての地と判断した場所に二人が寄った時、シェリイが訊いた。「例のお針子さん、ウエディング・ドレスは完成させたの？」

「ああ、うん。しかも、きれいだよ。ミセス・クロスウェイトはすごく気難しい人だけど、仕事は最高なの。裁断したまんまの端切れを着る羽目になりかねないのは、ブライズメイドたちでね。最後の仮縫いのために、今日来ることにはみんな同意してくれたんだけど」

「彼女たちのドレスってどんなふうなの？」

「みんな違ってる。あたしが布地をチェリー・ピンクのスラブ・シルクに決めて、それぞれ自分に似合うタイプのドレスを選ばせることにした」

「ジェーン！　それってすごくいい考え。ブライズメイドのドレスって、たいていは着る人じゃなくて花嫁の趣味に合わせるから、あとは死ぬまでクローゼットの中でぶらさがってるだけになるのよね。あたし、いとこの結婚式で着せられた黄色のむかつくエプロンドレスだかなんだかをまだ持ってる。一度しか着てないものを処分するのが我慢ならないってだけなんだけど。エプロンドレス姿のあたしなんて、あんた想像できる？」

想像してジェーンは笑った。「ブライズメイドの女の子たちって――三人いるんだけどね――身長も体つきも全くばらばらみたい。一人はミニのスリップドレスを着て、同色のショールを巻く予定。ぽっちゃりした子が選んだのは、かっちりした上着にAラインのスカート、三人目の子は派手派手のやつ。植民地時代の卒業記念ダンスパーティに着るのみたいなやつよ、デザイン画を見るところ。ともあれ、みんな生地の色と材質は同じなわけ。それから花嫁は、色を合わせてピンクのチューリップのブーケを持つことになってる」

「ジェーン、認めるのは癪《しゃく》に障るけど、とっても感心した。何もかも一人で考えついたの？」

「あたしも全くのとんまじゃないよ。それにね、こういうのの費用を全部払ってくれる人がいるばかりか、あたしにまでお金を払ってくれるんだから、楽しいじゃない」

「その子たち、どういう人なの？」シェリイが訊いた。

「一度も会ったことはないんだ。あたしはただドレスの生地見本を送ってあげて、各自でデザインを決めてお針子さんのところへ行ってねって言っただけ。お安い御用だった……ドレスの仕上がりぐあいを確かめようと、先週あの子たちに電話をかけて、ミセス・クロスウェイトの縫製の予定が遅れているのを知るまではね。そろそろ到着すると思うよ。地図を見てみて」

割った丸太の柵が道路の右側に並行して延びていて、その向こうに鬱蒼《うっそう》とした森がひろがっている。私道への入口には目印がなかったため、危うく見落とすところだった。私道はくねくねと、時に急カーブを描いてえんえん森の中を走り、森を抜けると、元は修道院だった建物が現れた。簡素な下見板張りの古い建物で、当初の建築主であった修道会の質素さに似付かわしかった。一階には窓がまばらにあるだけで、そのどれもが小さいせいか、なんとなく納屋にも見えた。だが、同様に古くはあるが二階はやはり、明らかに増築された部分だった。急勾配の屋根が載り、ところどころに切り妻が配されていた。その二階建て部分の左側に、長い翼がついている。そこも、元々の建物は一階のみで二階は増築されたものであるようだ。その建物には、他にもたくさんの増築部分や小屋があった。

「あたしなら、結婚式を挙げるのに選ぶ場所じゃないな」シェリイが言った。「この様式ってなんていうの？　アメリカ中西部木造ゴシック建築？」

「あたしには、なんとなくロシア風に見える」ジェーンは言った。「欠けてるのは玉葱形のドームだけ」

ジェーンが喋っている最中に、老齢の男が足を引きずりながら家の角を曲がって現れ、はっと立ちどまって、訝《いぶか》しげに二人をじろりと見た。ジェーンは車から飛び出し、男に近づいた。

「ジョーですよね」敬称めいたおじさんをつけて呼ぶのは、適当とは思えないし、彼の名字は見当もつかない。

「その通りだよ、お嬢《ミシー》さん」男はどなった。「そんで、あんたは誰なんだい?」

「ジェーン・ジェフリイです。ウエディング・プランナーの。友人と今日ここへ来る旨を、手紙でお知らせしています」

彼は頭をかいた。「うん、思うに、そうだったな。大事な日のための準備は全部済ませといたぞ。リヴィに言われた通り、配管設備は調べさせたし、家具の覆いも全部取っておいた」

たいていの老齢の男性のように彼もまた、以前はともかく、今は柄の組み合わせのセンスをまるで失くしていた。ズボンは、色褪せているが元は化繊の派手なチェック柄、フランネルのシャツは茶色の格子縞、そこへ上着が黒っぽい色のストライプ柄とくれば、ジェーンの頭には昔風の囚人服が思い浮かんだ。とどめにボサボサの白髪、二日剃っていない灰色まじりの顎ひげ、そしてものすごいしかめ面。

「ここの案内をしてもらえますか?」ジェーンは訊いたあとに、そばへ来たシェリイを紹介した。

彼はぶっきらぼうにうなずいた。「これが、ここが本来の家屋だ。思うに、ここだけ見れば充分だろうよ」重たい正面扉を開け、勝手についてこいとばかり、中へ入った。反動で戻った扉に肘をぶつけて、シェリイがひどく無礼な言葉を吐いた。中は暗い玄関ホールで、どういう部屋に続くのだか、とにかくたくさんのドアがあった。

ジョーおじさんはその一つを開けて言った。「ここが大広間だ。思うに、結婚式の会場になるんだろう」

とてつもなく広く、暗い部屋だった。一つだけ下がっている大きなシャンデリアは、獣の枝角で作られているらしく、仕込まれている二十五ワットの電球が仄明るい光を放っていた。暖炉は二つ、部屋の両端にあって、それぞれを取り巻くようにどっしりした古い家具がたくさん配置されている。奥の突き当たりには堂々たる階段があり、一番上に広めのフロアが見えていた。

「あらまあ！」家具に眼を瞠《みは》り、シェリイがぼそぼそ言った。「こういう家具がアンティークのマーケットでいくらになるか知ってる？　ひと財産だよ！」

「シェリイ！　腹を括って」ジェーンがささやいた。「壁を見てごらんよ」

シェリイはあたりを見回し、はっと息を呑んだ。死んだ獣たちの首が、まさに群れをなして壁にかかっていた。ほとんどは鹿だが、エルクも数頭、それと同数のムース。それから一頭の巨大なバッファローが、一方の暖炉の上という特等席を占めていた。一瞬ぽかんと口を開けていたシェリイが言った。「そりゃあね……確かに狩猟小屋だとあんたに聞かされてたけど、まさか思いもしなかった……」

ジョーおじさんは薄暗がりに消えていた。二人はどこかでドアの開くかすかな音を耳にした。

ジェーンが言った。「あとは自分たちで探索しろってことみたい。ここなら充分清潔だと思わない？」

「暗すぎて判断しようがないよ。結婚式での椅子席はどうするつもり？」

ジェーンは部屋の奥を覗き込んだ。「あれって、幅があってすてきな階段だと思わない？　リヴィはあそこから下りてくるといいのよ――彼女のドレスがきっと引き立つし、ここの家具はずっと向こうの壁に寄せればいいしね。結婚式の朝に、すごくすてきな折り畳み椅子を持ち込んで並べてくれる業者もいるから」

「この部屋って、確かにだだっ広いけど、全員入れるのかな？」シェリイが訊いた。

ジェーンが腰をおろすと、大きな革のソファがおばあちゃんの抱擁のように包んでくれた。

「それが妙なとこなの、シェリイ。そんなに招待客が多くないんだよ。あたしが送った招待状は七十五枚だけだし、大半は遠方の人たちで、贈り物を送ってくるだけで出席しないの。そういうのは会社関係の人たちだね、たぶん。来るのはせいぜい四十人程度――それと、ここに滞在することになってるスタッフ。あんたにあたし、お針子さん、ケイタリング業者、お花屋さん。それから近親者だね、もちろん」

「ジョーおじさんを忘れないでよ」シェリイが言った。「そんなささやかな結婚式のために、こんなに手間と費用をかけるなんて、ちょっとばかし妙だと思わない？」

「リヴィが望んでることだもん」ジェーンは言った。「なんの権利があって、あたしが花嫁と言い争うっていうの?」

「あとの招待客は、どこに泊まるの?」

「小さめのモーテルがすぐ近くにあるんだ。一軒まるごと予約しといた。親族はほとんどここに泊まるの。寝室を見てみようよ。見つかればだけど」

二人が大広間を手探りで進むと、左手に廊下に出るドアがあった。長い廊下の両側に、それぞれ十二の小さな部屋が並んでいる。「きっと修道士の部屋だったんだ」シェリイがびくつきながら一番手近のドアを開けて言った。

そこはごく小さな部屋で、シングルベッド、灯油ランプの載ったサイドテーブル、洋服箪笥、椅子一脚があり、窓辺に小さなテーブルが置かれていた。窓は四角形だが、舷窓ほどの大きさもなかった。家具は年代物で、どっしりとしていて、簡素だった。ベッドにはあまり厚みのない枕が載っていて、ひどく埃っぽいキルトのベッドカバーがかかっていた。キルトの色はくすんだ茶色。昔の人が着古した礼服を利用して作っていた類のキルトだ。室内のドアを開けると、そこは寝室と同じ広さの浴室だった。五〇年代に取りつけられたかのような、見栄えは悪いが清潔で、ちゃんと機能する設備が据えてあった。壁紙は褪せたバラ模様で少し剝がれかけており、床はピンクのリノリウムだ。浴室の奥にあるドアは、さっきのとそっくりな寝室に続いていた。

シェリイは廊下に出て、もうあと何部屋か開けてみてから戻った。「どの部屋も全く同じ造りだよ。元は修道士の部屋だったに違いないし、ふた部屋おきに浴室に替えたんだね」

「これなら、きっと……」ジェーンは適切な言葉を探した。「……使えるね」

「この部屋、狩猟者用だよ、ジェーン。あとは、そうそういないと思うけど、たまに狩猟者についてくる場違いな妻たちが使うくらい。野郎どもの場所だもん。終日、動物を殺しに出かけて、戻ったらひと晩じゅう食ったり飲んだりしながら、逃げおおせた毛むくじゃらのマンモスについて大口を叩いたあと、酔いの醒めないまま眠りに落ちるわけ。あたしが子供の頃、大伯父がこういう場所を持ってたの。ここまで大きくなかったけど、似たようなもんよ。あたしが一度、父さんに連れられて狩猟に行ったのが、七歳の頃。父さんやおじさんたちと、冷たいじめじめしたカモ待ちの隠れ場で、一日じゅうじっとしてなくちゃならなかった。あたしにとっては人生最悪のお出かけだったけど、男連中はそりゃあ楽しそうだったよ」

「あたし、簡単な間取りを描いて、モーテルじゃなくここに泊まってもらう人たちの部屋の割り振りをしたいな。そのあとで、二階に何があるかを見にいこうよ」ジェーンは言った。

「修道士たちの幽霊がいるよ、絶対」シェリイがほがらかに言う。

ジェーンはシェリイをにらんだ。「こんな不気味な古い家で幽霊話をしようっていうんなら、あたしは家に帰って、結婚式の差配はあんたに押しつけてやる」

2

二階を探索していた時、二人は一階の大広間の上にあたる部分が、広めの寝室三つに分かれているのを知った。うち二つは、修道士の小部屋よりやや広い程度。しかし残る一つは、おそらく当初の主《あるじ》のサッチャー氏の部屋だったらしく、もっと家具が備わっていた。質はさておき、とにかく数が多かった。ここにも狩猟の痕跡が残っていて、壁にはやはり獲物の首がかかり、ダブルベッドのそばの床には毛の抜けかけた熊の毛皮のラグが敷かれていた。革の安楽椅子も二脚あり、机が手前に据えられている大きな窓からは、森を見渡せるすばらしい景色がひろがっていた。

「そうだ、リヴィはここに泊まってもらおう。だって花嫁が一番いい部屋を使うべきだもん」ジェーンは言った。「で、結婚式のあとドウェインにも移ってきてもらう。ミセス・クロスウエイトは真ん中の部屋にするよ。縫い物にも試着にも充分な広さがあるからね。耳が遠い彼女なら、新婚夫婦の隣の部屋に寝たって不愉快には思わないだろうし。それからリヴィの父親は端の部屋。なんたって、全ての支払いをしてくれるお偉いさんだもん。他の親族と花嫁花婿の付添人の一行は、掃除用具入れサイズの部屋に泊まってもらえばいい」

「あの親愛なるジョーおじさんは、どこに住んでるのかしらね?」シェリイが言った。

「たぶん、どっかの洞穴だよ」ジェーンは答えた。「熱心な人であってくれればと、期待してたのにな。ひょっとしたら、自分から手伝いを買って出てくれるかもしれないなんて。だってあの人、花嫁の父親に雇われてるわけだし、ほとんどぶらぶらして過ごしてるみたいじゃん」

「だったら、役に立ってくれって、とにかく言ってやらなきゃ」シェリイは言った。「修道士の部屋の上は、どうなってるんだろ?」

二人が階段の上のフロアを通り過ぎると、巨大な屋根裏部屋があった。建物の正面側に屋根窓がいくつも並んでいるので、さらに何部屋もの寝室に作り替えることもできたのだろうが、おそらくそこまでする必要はなかったために、がらくた置き場となったのだろう。床が一面物で塞がっていたが、壁には飾り鋲しかなかった。

狩猟用の古いライフル銃、重いウールの上着、暖かい帽子が詰まった箱、罠類、機械類、掃除用具——諸々が、部屋の入口から見える。他にはどんな物がしまわれているのか、推測するしかない。ほとんどの物は、壁に沿って置かれているので、中央に通路ができていた。入口近くに、かつて誰かが敷いたきれいなラッグラグ(端切れを織り交ぜた敷物)は、長年積もった埃のせいで色がくすんでいた。

「下のキルトカバーを外へ運んで、振るって風を通しとかなきゃ」シェリイが言った。「ジョーに頼んで、どこかに洗濯ロープを張ってもらおうよ」

ジェーンはフロアへ出て、呼ばわった。「ジョー！　ジョー！　どこにいるんです？　こっちで手助けがいるのよ」

返事がないので、ジェーンは時折大声で呼びながら、シェリイと客用の小部屋に戻った。ベッドから一枚目のキルトを剝がした時、それ以外に寝具がないのを二人は知った。シーツも枕もないのだ。ジェーンは剝き出しのマットレスをまじまじと見た。「ああ、そんなぁ！　どうしたらいいの？　リネン類がどこかにあるはずなんだけど」

ドアの外へ出て、大声でジョーを呼んだシェリイは、隣の部屋の入口から彼が現れたため、ぎくりとした。「わしは耳が聞こえないわけじゃないんだ、お嬢さん」

シェリイは、だったら隣の部屋で何を盗み聞きしていたのかと訊こうかとも思ったが、穏やかに言うだけにした。「ベッド用のリネンはどこにあるのかしら？」

「先週、まとめてクリーニング屋に出したよ。今日、戻ってくるはずだ」

安堵のあまり、ジェーンはへなへなとくずおれかけた。無茶苦茶な数のシーツと枕カバーを求め、この片田舎を探し回る光景が頭に浮かんでいたのだ。「洗濯ロープを張って、ここのキルトを外へ運び出して、風を通してほしいの、どうか」どうか、は礼儀としてつけただけだ。頼みというより、命令に聞こえてほしいものだ。

「雨が降るぞ」ジョーは言った。

「もし降ったら、取り込んでくださればいいのよ」ジェーンは少しいらだち始めていた。ジョーおじさんは、いくぶん無愛想でも馬車馬のような働き手であると、リヴィの話で思い込まされていたけれど、真実でなかったのは明らかだ。「外に車がとまるところよ。ミセス・クロスウェイトだといいんだけど」

実際、そうだった。ミセス・クロスウェイトはやや意外なことに、とてもスポーティなジープを運転してきた。裁縫道具を満載して。ミシンにアイロン台、ジェーンの記憶では確かハムと呼ばれるアイロンがけ用のさまざまな用具、糸の入った箱がいくつか、布地にピンにバイアステープ、トレーシングペーパーの型紙の詰まった封筒数枚、何に使うのだかジェーンにはさっぱりわからない関連用具がわんさか。それからウエディング・ドレスの入っている巨大な箱に、部分的にしか仕上がっていないブライズメイドの衣装がしまってある、やや小さめの箱が三つ。「来てくださって、本当にほっとしたわ、ミセス・クロスウェイト！」ジェーンは言った。

「どうしたのよ、あなた？」

ジェーンは安堵の言葉を、今度は叫ぶように繰り返した。「あたしたち、これ全部あなたのお部屋に運ぶのを手伝います。雑用係の男性が他の仕事を終え次第、ミシンも運ばせますね」

ミセス・クロスウェイトも、小さくて華奢な体つきには不釣り合いな、ぽちゃぽちゃの丸顔をしている人だった。両手は大きく節くれだっているが、その動きは機敏で、じっと立っている時でさえ、はりきって動き回っているかに見えた。彼女は車のハッチバックを開けると、ジエーンとシェリイの腕に、道具や材料の箱や小さな入れ物を載せ始めた。

「ここって、いやな感じがするわ」ミセス・クロスウェイトが言った。

「それはあいにくです」ジェーンは言った。「でも作業ができるように、最高のお部屋を用意しました。日がうんと入ってうんと広くて、窓のそばに針仕事用の頑丈なテーブルがあるんです」

三人は家へと歩きだした。「そういうことじゃないの」ミセス・クロスウェイトは言った。

「よくない場所なのよ。悪いオーラが漂ってる。ここでは以前悪いことが起こってるし、きっとまた起こるわ」

オーラというものへのシェリイのいらだちが、もはや執念の域になりかけていた。

「じゃあ、じきに起こってもらわなくちゃ。だってこの家、数ヶ月後には取り壊されますから」シェリイはきびきび言った。「さあ、行きましょう、ミセス・クロスウェイト。あたし、とにかくドレスが見たくって」

「結構いい子たちなのよ、あのブライズメイドたち」ミセス・クロスウェイトはもごもご言った。年下の女たちに遅れまいと息を切らせている。「あの三人に何も起こらないといいけど」

ジェーンがシェリイに向かって、眼をぐるぐる回してみせようとしたはずみに、驚くほど滑りやすい階段を踏みはずし、ボビンの詰まったケースを落としかけた。

二人がミセス・クロスウェイトに二階の部屋を充《あ》てたのは、やや失敗だったことが判明した。

彼女は階段を上がるのがのろく、おぼつかなげだったからだ。ジェーンとシェリイが裁縫道具を持って三往復する間に、ミセス・クロスウェイトはやっと階段の上へたどりついた。そのあと二人はジョーおじさんを捜しにいった。彼が二本の木の間に汚れた古いロープを張り終え、退散しようとしていたところに、ちょうど二人は追いついた。「お針子さんのミシンを運んでもらわなくてはならないの。表にとめたジープの中にあって、彼女は二階の真ん中の寝室にいますから」ジェーンは声をかけた。

「すまんな、お嬢さん。腰が悪いんだ」

「じゃあ、屋根裏部屋で台車を見たから、あれを使えばいいわ」ジェーンは引き下がらなかった。

卑猥な言葉らしきものをぶつぶつ言い、ジョーは足を引きずりながら去った。

ジェーンとシェリイはキルトを外へ引きずり出しにかかった。クリーニング屋のトラックがやってきたのは、最初の四枚のキルトを持ち出した時だった。白い小型トラックの運転手が飛びおりてきて、丈夫な白い包装紙に包まれた荷を石段に置き始めた。「ここはサッチャーさんの家だよね？」彼は訊いた。

ジェーンはその通りだと言った。

「これがリネンのシーツだって、知ってました？　特別料金をもらわないと」

「リネンのシーツ？」シェリイが訊いた。「本物ってこと？」

「本物のアンティークです」配達人が言った。

ジェーンは、リヴィが結婚式費用の支払いのために発行してくれた小切手帳を急いで取りにいった。トラックが走り去ると、シェリイが言った。「すんごいお金持ちがいるか、いたわけね。この家が取り壊されたら、リネンはどうなっちゃうんだろ」

「その前に、骨董屋を呼ぶんだと思う」

「こういうシーツ、何枚か買ってもいいな」シェリイが包みの一つを開いて言った。やわらかいリネンの枕カバーを物欲しげに撫でている。

また車が私道をやってきた。これまた箱形の白い小型トラックだが、両側面に色とりどりの花の輪が描かれている。すらりとした体つきで、ブロンドの髪を肩まで伸ばした若い男性が、お洒落に色褪せしたジーンズとおそろしく派手なハワイアン・シャツという格好で車から飛びおり、両腕をひろげてジェーンのほうへ歩いてきた。「マイ・ダーリン、ジェーン、やっと到着したわ。渋滞がそりゃあひどかったけど、あなたのために辛抱したわよ」そっと彼女を抱擁する。

抱擁から解かれるや、ジェーンは言った。「シェリイ、こちらはラークスパー。ラークスパー、シェリイ・ノワックよ——あたしの親友で、今回の結婚式をやり遂げる手伝いをしてくれてるの」

「彼女の話をしてたものね。お会いできて光栄よ、シェリイ。あなたって、なんてすばらしい

くちゃ」

「最高よ。ボクが画家なら、きっとあなたを描く」彼は断言した。「ボク、まずはお庭を見なくちゃ」

シェリイは自分の顔に触れた。「あら……そうなの、ほんとに？」

ラファエル前派風の頬骨をしてるのかしら」


「一つもなさそうだけど」ジェーンはあたりを見回して言った。

「お庭の片鱗とでも、言うべきだったわね」ラークスパーは説明した。「ほらあそこに、ケマンソウがちらっとだけ見えたの。ケマンソウがあるんだから、お庭があったはずなのよ。代々受け継がれてきた古い植物のほうが、新種のものよりずっといいと思わない？　ボクがほんの数本植物を掘り起こしても、気にする人はいないと思うけど、どうかしら？」

「きっと大丈夫」ジェーンは請け合った。「どうせ今年のうちにゴルフ倶楽部になっちゃうんだもの」

ラークスパーが大仰に両手を振り上げた。「おぞましい！　白っぽい青の化繊のズボンを穿いた不愉快な男たちが、面白みのない広大な芝地をうろつくのね。となれば、ほったらかしにされても生き延びてきたかわいい捨て子たちを、ボクがいくらかでも救ってやらなきゃ。聖なる務めだわ。それに、時間を見つけて、秘密のお宝も探してみようっと」そこで陽気な笑い声をあげた。

「秘密のお宝？」ジェーンは訊いた。

「例の話を知らないの?」ラークスパーは歌うように声を震わせた。「だったら、すっかり話してあげないとね。でも、先にお庭を探索して、どんなかわいそうな植物が見捨てられているかを確かめなくちゃ」嬉しげに一人感嘆の声を漏らしながら、のんびり歩いていく。

「彼、ラークスパー・スミスなの、それともボブ・ラークスパー?」シェリイは微笑んでいた。

「わからない。ラークスパー以外の名前で呼ばれるのを拒むんだもの。慣れるにはしばらくかかるよね」

「ラファエル前派風の頬骨って、どんなのだろ?」シェリイはもの思いに耽った。

「知らないけど、あんたはそれを二つ持ってるみたいだよ」

二人は最初に運んだキルトをロープにかけた。「埃を叩き出すのに、昔風のテニスラケットみたいなやつがいるね」シェリイが言った。

「絨毯叩き?」

「それ、絶対に正式名称じゃないけど、言いたいことはわかるよ。また誰か来た」

やや旧式の赤い小型車が私道を走ってきて、若い女性が車から降り、穏やかな声で問いかけた。「お二人のどちらかがミセス・ジェフリイですか?」きれいな人だ——ほっそりとした体つきで脚が長く、黒っぽい髪をポニーテールにまとめている。ネイティヴ・アメリカン系かヒスパニック系かもしれないと、ジェーンは思った。だが眼ははっとするほど青い。ジーンズを穿き、白いシャツの裾をウエストで結んでいる。

「あたしです。でもって、きっとあなたはレイラ・シェルトンね」

「どうしてわかったのかしら?」若い女は微笑んだ。

「ドレスを見たの。あれは、あなた以外の人には合いっこないわ。ドレスそのものは完成してるのよ。あとはショールの房飾りだけ。心配しないでね。ミセス・クロスウェイトをここに缶詰めにして、絶対に間に合うようにさせるから」

「本当? あなたに電話をかけて、彼女の仕事があまり捗《はかど》っていないことを告げ口したりして、悪いなと思っていたんです」

「告げ口してくれてよかったのよ。何もかも、ちゃんと間に合うようにさせるわ」と言いつつ、前言を撤回する羽目にならないことをジェーンは祈った。シェリイを紹介したあと、続けて言う。「あなたの荷物を運ぶ雑用係がいるはずなんだけど、家出しちゃったみたい」

「わたしに手伝いはいらないわ」レイラが言った。「でも、そちらは必要みたい。キルトカバーに風を通してるんですか?」

「これから次のぶんを取りにいくところよ」ジェーンは言った。

レイラは喜んで手伝う気らしく、ついてきた。「わたしが早く来すぎたので、お困りじゃないといいんですけど。リヴィだって、まだ来てないでしょうし。でも、子供二人から逃げ出さなくてはならない場合、賢明な女は逃げられるうちに逃げるものだわ。今夜には、あの子たちを恋しがっているでしょうけど、自由になれるかと思うと興奮してしまって」

きれいに洗濯されたばかりのリネンのシーツを、まずは四つのベッドに敷きながら、三人はレイラの子供たちの話をした。四歳になる双子の男の子と女の子で、生まれた時の体重が二人合わせると十三ポンドを超えていたと知り、ジェーンとシェリイはびっくりした。レイラのウエストはくびれているし、お腹はパンこね台並みにぺたんこなのだ。これまた、人生は公平でないという証拠だった。

「リヴィとは昔からの知り合いなの?」シェリイが訊いた。

「見ようによっては。高校時代の友達で、大学生の頃も連絡は取り合っていたんですけど、その後七年も音信がなかったのに、いきなり電話がかかってきて、ブライズメイドになってくれないかと訊かれたの。驚きはしたけど、わたしも家族から離れてちょっとお休みが欲しいところだったから、引き受けたんです」

「リヴィは、なんとか友人づきあいを再開したかったのかもしれないわ」ジェーンが言った。

「二人ともシカゴ近辺に住んでるわけだし」

「ああ、そうですね。でもその電話があったきり、リヴィから連絡はないんです」

「それはずいぶんと妙よね?」シェリイは訊きながら、病院のベッドメーク式にシーツの隅を巧みに折り込んだ。

「わたしには妙に思えても、リヴィにとってはそうでもないんです。いつだって、なんとしても優秀な女実業家になる覚悟でいたし、あまり人づきあいをしなかったわ。高校時代に彼女が一度でもデートをしたのかすら、記憶にないほどで。勉強ばかりしていたもの」

「彼女は、どういう事業をやってるの？」シェリイが訊いた。

「おうちの事業、だと思うわ」レイラは答えた。「少なくとも、当時の彼女の目標はそこにありました。彼女は一人っ子で、まだ幼い頃に母親を亡くしているんです。父親のために、娘にも息子にもなるんだって、決め込んでました。わたしは、お父さんにお会いしたことはないし、彼女がはっきり口にしたわけでもないけれど、どうやらとても要求の厳しい人らしくて、彼女が女の子にすぎず、いくらか当てはずれだったことを決して忘れさせないようなんです」

ジェーンはうなずいた。「彼女には、結婚式の細かい打ち合わせをするのに四、五回会っただけだし、私生活について尋ねたこともないけど、彼女に関するあなたの話が真実なのは想像がつくわ。彼女って、ものすごく穏やかで自制心が強いの。結婚式のプランには、ほぼ無関心と言っていいほどよ、本当に。しかも、わたしの提案の中で却下されたものってどれも、『きっとパパが気に入らないから』が理由なの。実は、ウエディング・ドレスがすごくシンプルなデザインなのも、パパがひらひらやレースが嫌いだから」

「パパ、花婿のことは気に入っているのかしら？」シェリイが言った。

ジェーンは肩をすくめた。「あたしはパパにも花婿にも会ったことがないのよ」

「じゃあ、あなたはご親戚じゃないの？」レイラが訊いた。

「知り合いとも言えないくらいだわ」ジェーンは正直に言った。「ただ彼女に雇われて、結婚式のあれやこれやを全部取り仕切ってるだけ。彼女、おばさんが二人いるって話をしたから、それならなぜ手伝ってもらわないのかと訊いたら、不適格だからって」本当のところ、リヴィはおばたちのことをがみがみババアと呼んだのだが、そのまま口にするのは良策ではなさそうだった。

シェリイが片眉を吊り上げた。「不適格なおばですって？　ちょっと不気味ね。ねえ、レイラ、お花屋さんがここにお宝があるとか言ってたのよ。どういうことか、あなた知ってる？」

「お宝？　いいえ、知らない――あっ、たぶん知ってます。ええっと。彼女の祖父は、確か大変なお金持ちだったの。ここはそのお祖父《じい》さんの持ち物だったんですよ。高校生の頃、わたしたちは大勢でここのダンスパーティに招かれたことがあったわ。お祖父さんが亡くなられて間もない頃で、誰かが宝物の件をリヴィに訊いたの。彼女、笑い飛ばしたわ。期待していたほどお祖父さんがお金を遺してなかったものだから、残りの財産をどこかに隠していると、おばさんたちが言いふらしてたんですって」レイラは包みからもう一枚シーツを取り出して、さっとひろげた。「とにかく、要はそういうことだと思う。こんなによく覚えているのは、わたしがまだ十六歳だったのと、ここがいかにも宝物が隠されていそうなあやしげな場所に思えたからです。子供の頃、少女探偵ナンシー・ドルーを読みすぎたせいかしら」

三人がベッドメークを終えた時、レイラはつけ加えた。「そうだ、宝物の件なら、教えてくれそうな人を知ってるわ。リヴィのお父さんの親友で狩猟仲間だった人には、リヴィと同い年の娘がいるの。名前が今はちょっと思い出せないけど、ミセス・クロスウェイトがその子もブライズメイドになると言ってました。ミセスCったら、彼女のドレスにあしらう手の込んだ飾りのことで、文句たらたらでした」

「ああ、それはイーデン・マシューズのことだわ」ジェーンが言った。

「そうだわ」レイラが答えた。「リヴィがこぼしてました。パパ同士が友達だから、イーデンとしょっちゅう一緒に過ごさなくちゃならないって。きっとイーデンのほうはやや大胆なところのある子じゃないかしら」

「リヴィは愚痴を言いながらも、彼女をブライズメイドに選んだわけ?」ジェーンが訊いた。

レイラは笑った。「わたしの見たところ、彼女もパパの選択でしょう」

シェリイはくたびれた枕の一つを叩いてふくらませ、枕カバーの中に押し込んだ。「あたしたちみんな、パパを大好きにはなれなさそうな気がするのは、なんでかしらね?」

3

ケイタリング業者のミスター・ウィリスは、正午前に到着した。この時も、ジェーンはうろたえだし、パニックに陥る寸前だった。狩猟小屋には食べるものは残り物すらなかったし、ミセス・クロスウェイトやレイラやラークスパーやシェリイや、それに自分のぶんも含め、ハンバーガーやフライドポテトがどこで調達できるかさえ見当もつかなかったのだ。どこへ避難したのやら、ジョーおじさんならきっと食料を確保しているはずだが、たとえみんながパンの耳でもと頼み込んでも、分けてはくれないだろう。

ミスター・ウィリスはずんぐりした男で、カボチャのように大きく丸い頭のてっぺんに、シェフ帽が載っていた。帽子が動かないよう、ブロンドの薄毛に糊づけしておかなくてもいいのだろうかと、ジェーンは思った。まだ二十代の終わりらしいのに、真面目くさって堅苦しいために、ずっと年上に見える。連れてきた助手はにきびのある十代の女の子で、ヴィクトリア時代の小間使い役にぴったりの子だった。ミスター・ウィリスはわざわざ助手を紹介しなかった。

「このキッチンは」彼は自分の縄張りを調べ、大声をあげた。「最低だ」

「そうかもしれないって、忠告はしといたわ」ジェーンは反論を控え、それだけ言った。

実のところキッチンは、唯一ジョーおじさんがそれなりに手をかけたとおぼしい場所だった。時代に取り残された火口が六つのガスレンジはまあまあきれいだったし、二台重なった大型のオーブンはずいぶん古めかしいが、パンくずが底にわずかに残っているだけだ。パン一斤とミルクひと瓶が入っているきりの冷蔵庫は巨大で、骨董品と言ってもいいくらい古かった。小さめながら、新しめの冷凍庫もあり、中は完全に空っぽだったが、最近霜取りをしてあった。床にはひどく見栄えの悪い茶色とクリーム色のリノリウムが張られていたものの、それを補うほどに大きく深いシンクがついていた。コーヒーメーカーをのぞけば、最新の調理器具はなかったが、いずれにせよミスター・ウィリスが自分のお気に入りの器具類を持参していた。

小間使いが、フードプロセッサーとブレンダーを、それから、とても値の張りそうな器具類やひどくおそろしげな包丁が詰まった箱を引きずるように運び入れた。そのあと、さらに鍋やフライパン類を取りにいったが、ジェーンの見たところ、そのいくつかは大型家具より高価なもののようだった。

「食器はどこに？」小間使いがはあはあぜいぜい喘いでいるのを気にも留めずに、ミスター・ウィリスは訊いた。

ジェーンはキッチンの壁に並んでいる戸棚を開けていった。この家は大変な数の人々を招待し、饗応するために建てられたものなので、驚くほど質のいい平皿や深皿やカトラリーやグラスがうなるほど揃っていた。ミスター・ウィリスもこれには感心するだろうとジェーンは思っていたのに、彼は鼻を鳴らしただけだった。「全部洗う必要があるな」

「そうでしょうね」ジェーンは穏やかに言いつつ心で思った。あたしがやるとでも思ってるんなら、落胆するわよ。

今や小間使いは、食品の入った食料品店の袋やクーラーボックスをひいひい言いながら運んでおり、一方で、ミスター・ウィリスは忌々しげにあたりを見ていた。食料品室の中で、ジェーンはフィールド・アンド・ストリーム誌（フィッシングを中心に狩猟、キャンプなどのアウトドア・ライフに関する記事を掲載している月刊誌）がきちんと積み重ねられていて、吸い終わって間もないらしい葉巻の吸い殻が灰皿に入っているのを眼に留めた。キッチンは、おそらくジョーおじさんお気に入りの部屋なのだろう。

ジェーンとシェリイはなるたけ早々に逃げ出した。レイラは大広間に坐って、雑誌をめくっていた。「ここはとても静かね」微笑んで言う。「子供がいませんし。どこかにジグソーパズルはあると思います？」

「あっても不思議じゃないわ」ジェーンは言った。「ここは娯楽のための場所だもの」三人でちょっと探してみただけで、遊び道具のいっぱい詰まった収納箪笥が見つかった。ジグソーパズルはいくらでもあったし、トランプなどのカード類、ボードゲーム類、チェッカーやチェスも何組か揃っていた。ウィジャ盤（心霊術で使う占い用の盤）まであった。ミセス・クロスウェイトがそれを知って、またオーラの話を始めないように、手を打っておかなくてはならない。

「仮縫いの最終チェックに来ることになって、本当によかった」レイラが言った。「やるべきことが何もなかったのって、いつが最後だったかも思い出せないくらいです。すごく楽しいわ」

「試着はしたの?」ジェーンは訊いた。「あなたのドレス、もうほぼできあがった?」

「はい。二階でミセス・クロスウェイトはミシンをガーガーやってます。彼女、おつきあいの礼儀にはちょっと欠けたところがあるでしょう? 履いている靴とつけている下着がふさわしくないと責め立てたと思ったら、いきなり悪いオーラに気をつけろと言いだしたりして」

その時突然、大きな「バンッ」という音がして、三人ともぎょっとした。

「今の、なんでしょう?」レイラが訊いた。

「呼び鈴が鳴ったか、誰かがこの世の終わりを宣告したかね」シェリイが言った。

玄関にいた女性は、太っているというよりがっしりしていた。背は低いが、骨太な感じだ。その体つきと妙に縮れた短い髪から、ジェーンは十代の頃に在籍していたイギリスの学校でホッケーを教わった女教師を思い出した。「あなたがきっとミセス・ジェフリイね」若い女は言った。「わたし、キティ・ウィルソンです」

「お荷物を持って入ってください、キティ。それから、あたしのことはジェーンと呼んでね」ジェーンは女性をシェリイとレイラに紹介してから続けた。「お部屋にご案内したら、そのあとミセス・クロスウェイトのところへ行って、最後の試着をしてもらったほうがいいわね」

「リヴィとドウェインはもう来てるのかしら?」修道士の部屋が並ぶ廊下へと向かいながら、キティが訊いた。

「いいえ、二人は明日にならないと来ないわ。部屋はたくさんあるんだけど、浴室はみんな誰かと共用してもらいます。あなたとレイラを一緒にしたわ。かまわないかしら？」

「まあ、もちろん。レイラってすてきですよね。リヴィは彼女とどういう知り合いなのかしら？」

「高校が一緒だったそうよ。あなたはリヴィとどういう知り合いなの？」

「わたしは、ノヴェルティーズで秘書をしているんです」

「ノヴェルティーズ？」

「サッチャー家の会社です。リヴィは副社長なんですよ」

「おうちが会社を経営しているのは知ってたの」ジェーンは言った。「でも、詳しいことは知らなかった。ノヴェルティーズ社って、どんな会社なの？」

「企業向けに、オリジナルのノヴェルティ・グッズを提供する会社です。企業のTシャツとかマグカップとか、ボールペンとかキーホルダーとか、そういうものを。その企業のロゴマークを印刷してね。表彰の記念プレートや、退職者への額入り表彰状も作製します。ほとんどのグッズはがらくたっぽいものだけど、すごくいいものもあるわ。金文字の名入りの高価な万年筆とか、功績を——勤続五十年を称えるなんて刻印をしたクリスタルの文鎮とか」

「さあ、ここがあなたのお部屋よ。あそこが浴室で、レイラの部屋はそのすぐ向こう」ジェーンは言った。「すごく興味をそそる会社ね。ああいうグッズがどんな会社で作られているかなんて、考えたこともなかったわ」

キティはベッドにスーツケース類を置いた。たった数日間ではなく、まるでひと月ぶんの荷造りでもしてきたような荷物だ。キティは大型のスーツケース二つを運び、ジェーンが小さめのを一つと箱を持ってきた。あとで大型トランクが届くのではないかとすら、ジェーンは思った。「古くからの会社なんです」キティは言った。「リヴィのお祖父《じい》さん、オリヴァー・ウェンデル・サッチャーが創立したんだわ、確か。いえ、お父さんだったかも。会社の建物の中に小さな記念館があって、そこに彼らが作製した商品があるんです。材木置き場の名前が入った木製の定規やら、名前を型押しした革の小銭入れやら、一九二〇年代のものが」

「大きな会社のようね」ジェーンは言った。「しかも、リヴィは副社長ですって?」

「実質的には社長であり、最高経営責任者なんですけど、公式にはまだお父さんがその役職にあります。でも、仕事は全部リヴィがやってるんですよ」

「それで、あなたは彼女の秘書なの?」

「いいえ、わたしは二人の営業マンの秘書です。ああ、不思議に思ってらっしゃるんでしょう、どうして彼女がわたしをブライズメイドに選んだのかって。それは、わたしが彼女をドウェインに紹介したからです。人に紹介されて彼と会った時、たまたまリヴィと映画館で鉢合わせしたので。わたしが二人を引き合わせたあとは、それこそみなさんご承知の通りです」

「ああ、なるほど。急がせて悪いんだけど……」

「わかってます。試着ですよね」

ジェーンは彼女を、ミセス・クロスウェイトに割り当てた二階の広い部屋へ案内した。見るからに退屈しきっていたレイラとシェリイもやって来た。キティはスリップ姿になって、かっちりしたスーツの上着を着てみた。がっしりした体つきの彼女を、その上着は実にすばらしく見せていた。ミセス・クロスウェイトは大騒ぎをしながら、袖の寸法を測って折り返し、待針を打って留めつけた。

「し残しているのはそこだけですか?」ジェーンは大きな声で訊いた。

「ここととスカートの裾よ」ミセス・クロスウェイトは答えた。「さあ、上着を脱いでちょうだい」

キティはスカートを穿くと、ウエストの後ろボタンを留めようと苦労していた。

「わたしがやるわね」ミセス・クロスウェイトは言った。「ふうん。ちょっと体重がふえたでしょう?」

「ふえてないわ。きっとボタンをつける位置を間違えたのよ」キティはひどくうろたえている様子だった。なにせ知らない人たちの前で、スリップ姿でじっと立ったまま、体型を批判されているのだから。

「わたしに限って測り間違いはありませんよ」ミセス・クロスウェイトは断言した。「少し緩めて、ボタンの位置をずらさなくちゃ」

ジェーンは大声でうなりそうになった。またしても手直し。またしても遅れ。

「シェリイ、残りのベッドメークを手伝ってくれる？」ジェーンは訊いた。

「わたしが手伝います」レイラが言った。

「いいわよ、面白くもない家事だもの。あなたは休暇中よ。ジグソーパズルをやってて」

ジェーンは驚き、喜んだ。ほとんどの修道士の小部屋では、いつのまにかベッド脇のテーブルにさりげない花のアレンジメントが飾られていたのだ。「ラークスパーは忙しくしていたようね。なんてかわいい花かしら！」

「ボクの名がみだりに呼ばれた気がしたけど？」ドアのところから、ラークスパーが声をかけた。

「このお花、すごくすてきだわ。でも、プランを練る時、この花のことは話し合わなかったけど」

彼は笑った。「予算の心配をしているのだったら、やめてね。全部森の中で見つけた花だし、あなたのミスター・ウィリスが手放してくれた容器に挿しただけだから。無償よ、ミセス・ミダス（ギリシア神話。手に触れるもの全てが黄金になったという王）。彼って、ちょっといい男よね？　ミスター・ウィリスって」

「彼、もう料理をしてる？　お腹がぺこぺこ」

「ええ、実はね、彼に言われてみんなを捜しに来たの。すごくすてきなカラシナの小さなサンドイッチよ」

ランチは上品だった。みんなしてキッチンで、傷のついた大きな作業台を囲んだ。食堂で料理を提供したかったミスター・ウィリスは、食堂がないと知ってひどく落胆した。「宴会の料理はどこに出せばいいんだ？」

「問題ないわ」ジェーンは請け合った。「レンタル会社の人たちが大広間に、教会式に通路をつけて椅子を並べるんです。結婚式が終わって、屋外で写真の撮影が始まったら、即刻椅子を壁際に移動して、ビュッフェ用のテーブルを設置してもらいますからね」

ラークスパーが、いらいらと片足で床を踏み鳴らした。「えっと、そのプラン、ボクはあまり嬉しくないわ。だって、しゃかりきに動き回って、テーブルにお花を配置する羽目になるもの」

ジェーンは言った。「ごめんなさい。でもここの間取りでやるしかないの。大広間の隣に、やや小さめの部屋があるわ。昔はビリヤード台が置かれていた部屋なんだろうけど、そこを明日の午後はブライダル・シャワー（女友達が祝いの品を持参して、結婚まぢかの女性を祝福するパーティ）の、夜はバチェラー・パーティ（男性だけで結婚まぢかの男性のために開く独身最後のパーティ）の会場にしてもらう。あなたたちは、いくらでも朝早くから大広間へ入って準備してもらっていいわ。それはそれとして、今日のランチは、このキッチンでいただくしかないの」

ラークスパーとミスター・ウィリスは同意はしたものの、渋々だった。

小間使いが料理を出してくれた。ミスター・ウィリスは黙って自作のランチを食べながら、小さなノートに書きつけたリストを再度確認した。ジェーンも自分のメモ帳の一冊を手に、同じことをした。シェリイとレイラとキティは共通の話題を見つけようとしていたし、ラークスパーはミセス・クロスウェイトを相手に、ちょっとふざけた冗談を連発した。彼女はラークスパーをまじまじと見ていた。どうも地球外生物のようだが、危害を加えてきそうにはないと判断したようで、ついに声をかけた。「あなたって、あの手の人たちの一人なのね?」

「あの手の人たち?」

「パンジー・ボーイ（女々しい男、ゲイを意味する軽蔑的な表現）の一人ってこと」

ラークスパーのいつもの微笑みが消えた。「むしろ、ヒマワリと言いたいところだわ」彼はぴしゃりと言ったあと、押し殺した声でつけ加えた。「心の卑しいクソババア」

食事の途中で姿を現したジョーおじさんは、自分のキッチンを侵略されて憤慨しているようだった。

「あなたを見つけられたら、ランチに誘ったわ」ジェーンはやさしく言った。「どうぞ召し上がって。リヴィのおばさんたちも、今日の午後に到着するでしょうし、あなたには荷物を運んでもらわないと。どうかもう、いなくならないでくださいね」

ジョーおじさんはジェーンをにらみつけただけだった。

ランチが終わると、みんなばらばらになった。ジェーンはメモ帳類を持って、玄関ホールにある時代遅れのダイアル式電話の前に、腰をおろした。近くのモーテルに電話をかけて、この家に泊まらない招待客の部屋が予約できているかを確認し、レンタル業者には指定した通りのテーブルと椅子とリネンなどを用意しているか、狩猟小屋までの道がちゃんとわかっているかを確認した。姑《しゅうとめ》にも電話をかけて、子供たちの様子を確かめたところ、ウィラード――ジェーンのおばかな黄色い大型犬――が、かろうじてだがまだ息のあるシマリスを、家の中にくわえてきた様子をえんえん聞かされた。あの生き物はまだ家のどこかにいる。悪い病気を持っているかもしれない。噛まれるかもしれない。家のどこかに子供を産んでいるかもしれない。セルマは極端な考えに走る傾向がある。

「ご心配なく。シマリスは猫たちが見つけて片づけますから」ジェーンは請け合った。これがどんなに不愉快なごたごたを引き起こすかは、口にしない。セルマもすぐに知る羽目になるだろう。

ジェーンがリストの残りを全てやっつけ、自分をとても有能に感じ、浮かれた気分でミセス・クロスウェイトの進みぐあいを確かめにいくと――変化はほぼ認められない状況だと判明した。「ちょっと心配になってきました」ジェーンはお針子に言った。「そろそろ時間切れなんですよ」

ミセス・クロスウェイトは言った。「心配無用よ。結婚式までまだ丸二日あるわ。充分時間はあるわよ」

「でも、式寸前まで縫っていてもらいたくないんです。なんとしても今夜のうちに全部のドレスが仕上がって、アイロンがかかって、あの子たちが着られるようにハンガーにかかった状態にしてほしいわ」

「明日のお昼までには仕上げるわよ」ミセス・クロスウェイトはジェーンをにらみつけた。「わたしはね、やせっぽっちの女の子だった頃から結婚式のドレスを縫ってきたんだし、納期のことは承知してるわ。あなたよりはね、言わせてもらえば」

ジェーンはその女性に対して、言い知れない嫌悪感がむらむらとわいてくるのを感じた。なるほど細心の注意を払った仕事をしているけれども、少々精度を落として、さっさと忌々しいドレスを仕上げることはできないのだろうか？　歳のいったこの女性にがみがみ言いたくはないが、他は何もかも完璧に管理下にあるのに、彼女がぐずぐずしたり、みんなに面と向かって失礼な真似をしたりするせいで、ジェーンはおかしくなりそうだった。

「その約束は、必ず守ってもらうつもりですから」ジェーンはきっぱり言った。

しかしこの言葉は、結局、むだな脅しにしかならなかった。きわめてむだな脅しにしか。

4

午後も半分過ぎる頃には、ジェーンは三人目のブライズメイドに腹を立てていた。まだ到着していないうえに、彼女のドレスが一番手が込んでいて、一番完成に遠いのだ。ジェーンがイーデンの電話番号を探してぺらぺらメモ帳をめくっていた時、若い女性が到着した。

「あなたがイーデン・マシューズだといいんだけど」ジェーンは言った。「捜索隊を組織するところだったわ」

「じゃあ、あなたがきっとジェーン・ジェフリイね。ごめんなさい、遅くなって。車が故障しちゃって」イーデンは屈託なく言った。大きなスーツケースを玄関ホールにどんと置いたのは、ここからは誰かが運んでくれるものと思っているからだ。「懐かしき狩猟小屋は変わることがないわね」言いながらぶらぶらと大広間へ歩いていく。「この懐かしい場所が取り壊されるのを見るのはたまらないわ。昔からここでずいぶん長い時間を過ごしたんだもの」

「リヴィの昔からのお友達なのね?」ジェーンは言った。

イーデンはまあね、と手振りで示した。「物心がついた頃からの仲よ。父親同士が親友で、仕事仲間なの。ああ、これがこの家で一番いい椅子よ」革張りのふかふかの肘掛椅子にすとんと腰をおろす。

ジェーンはイーデンの容姿に驚いていた。会ったことがなく、電話で話しただけだが、とてもやわらかい声をしていたので、全く根拠もないのに小柄でおとなしい人物を想像していた。ところが彼女は長身で肉づきのよい魅力的な女性で、若い頃のファラ・フォーセットを思い出させた。体つきはもっと豊満だったが、うんと巧みに乱れさせた髪、美しい歯、完璧な肌、それに細長いステージで見るモデル歩きなどが。

イーデンの選んだブライズメイドのドレスが――深く刳《く》れた襟元からずっと下まで、襞《ひだ》を取ったフリルがたっぷりついているのにも、今なら納得がいく。背が高く、華やかで、長い脚で歩くイーデンは、リヴィのことを、後見役の妖精が世話をする前のシンデレラに見せるだろう。花嫁よりも輝くのは難しいことだが、イーデンはまさにそうなるだろうと、ジェーンは思った。

ジェーンがドレスの試着にせきたてようとした時、イーデンは言った。「じゃあ、かわいそうなリヴィは、本当にドウェインと、ガソリンスタンドの店員と結婚するの？　まだ撤回してないわけ？」

「撤回！　これだけあたしが働いたあとで、まさかしないでしょう。花婿はガソリンスタンドで働いてるの？」ジェーンは訊いた。

イーデンは静かに笑った。「いいえ、そんなふうに見えるってだけ。ものすごくセクシーなのは認めざるをえないけど、脂ぎった感じなのよ。安っぽいカジノにいるジゴロみたい。でもね」指を一本立て、メトロノームのように左右に動かした。「時計の針は動いているの。リヴィはもうすぐ三十歳だから、孫息子を作ってあげる時期なのよ」

ジェーンはイーデンの向かいに腰をおろした。「彼女のことが好きじゃないのね？」

イーデンはショックを受けたようだ。「リヴィのことは好きよ。姉妹のように育ったんだもの、姉や妹を嫌ったりできないわ――」

大好きにはなれない姉のいるジェーンとしては、この前提に反論したいところだった。

「――でも、気の毒に思う気持ちがほとんどよ」イーデンは続けた。「彼女はバニラ・カスタードなのよね。それは従順で、かわいそうな人。彼女が持っていたかもしれない快活さも個性も、父親のジャックがすっかり抑え込んじゃった。彼女は父親を喜ばせるために人生を生きてきたんだわ」

イーデンは向かいの壁にかかったムースの首を見つめながら、ジェーンにというより自分に言い聞かせるように続けた。「思い出すわ、わたしたちが七つくらいの頃を。週末にここへやってきて、リヴィと二人でふらふら外へ遊びにいったの。わたしたち、願ってもないすてきなぬかるみを見つけて、もう泥んこになってすごく楽しんだ。戻ってみると、ジャックは激昂したわ。服を台無しにして泥まみれになって、豚そっくりの真似をする娘を持って恥ずかしいとね。

「週末の間、リヴィはずっと泣いてた。それ以来、あの子の顔に汚れ一つ、着ているものに皺一つ、見たことはないわ。それに、礼儀正しく笑う時をのぞいて、笑い声を聞いたこともない」

「とても悲しい話ね」ジェーンは言った。「彼女の父親はドウェインのことを認めてるの？」

「いい質問だわ。どうせたいして気にかけてないと思うわよ。ドウェインと暮らさなくてはならないのはリヴィだもの。たぶんジャックは彼を無視するだけ――目鼻立ちの整った健康で頭のいい孫息子がすぐに生まれてきさえすればね。ジャックのことだから、婚前契約書を手配しているはずよ。それがあれば、結婚がうまくいかなかったり、さっさと孫息子が誕生しなかったりした場合、ドウェインはぴったりフィットのパンツ一枚で、寒空に立ちつくすことになるわね」

「孫息子がそんなに重要なのかしら？」

「ああ、それはもう。リヴィは、ジャックからサッチャー家の次世代の男子に交代するまでのつなぎにすぎないわ」

「リヴィは一人っ子でしょう？」

「今はね。息子がいたのよ。リヴィより一つか二つ上の。ジャックにとって人生の光だったと、わたしのパパは言ってたわ。でも、その息子が死んだのよ、リヴィがまだ赤ちゃんの頃に。よりによって、おたふく風邪で。それで、子供の頃にかかっていなかったジャックにも、うつっちゃったの。パパが言ってたわ、幼い息子が死に、自分は二度とその代わりの男子を儲けることができないと知った時、ジャックは頭がおかしくなりかけてたって」

「リヴィの母親は？　母親はどういう人なの？」ジェーンは訊いた。

「すてきな女性だったわ。控えめで、リヴィのようにきれいだった。でも、リヴィが五歳の頃に乳がんで亡くなったの。かわいそうなリヴィ。夫を持たなくてはならないにしても、なぜもっとましな選択ができなかったんだか」

「みんな、いつも一番いい選択肢と恋に落ちるわけじゃないもの」自分自身の不幸な結婚を思いながら、ジェーンは言った。

「恋？　あれは恋なんかじゃないと思う。必要性よ。言ったでしょう、時計の針は動いているの。あら、なんてこと、今聞こえたのって、おば様たちのキイキイ声じゃない？」

玄関ホールでしている声は、狙ったトウモロコシの一粒を争って暴れているニワトリの鳴き声にも似ていた。

「そうかもしれないわ。明日まで来ないでもらうはずだったのに、今日来ると言い張ってたから」ジェーンとイーデンは腰を上げ、到着者の出迎えにいった。

小さい老婦人二人は、髪を別にすればほぼ見分けがつかなかった。一人の髪は雪のように真っ白で、それがありえないほどむくむくふくらんだ雲のごとく、頭上高くに乗っかっている。もう一人も全く同じ髪型だが、こちらは紫色に近い栗色がかった赤という、人間の頭には決して生えない色だった。とてつもない鬘《かつら》二つをまとめて買って値引きでもしてもらったのだろうかと、ジェーンは思った。この二人、まるでディズニー・アニメに出てきそうだ。

「アイヴァおば様」イーデンが声をかけ、腰をかがめて栗色がかった髪のほうをハグした。「かわいいイーデン」老婦人は甘い声でささやいた。「会うたびに背が伸びてるわね」

白い髪のほうが、自分も見てくれとばかりイーデンの袖をひっぱっている。

「マーガレットおば様、すごくすてきよ」イーデンは言い、あわててつけ足した。「二人ともね」

イーデンは老婦人たちをジェーンに紹介した。「ミス・アイヴァ・サッチャーに、ミセス・マーガレット・ロウ。こちらはジェーン・ジェフリイ、リヴィの結婚式を取り仕切っているかたです」格式ばった言いかただ。

老婦人たちからイーデンに挨拶をしていた時の晴れやかな笑顔が消え、しかめ面になった。

「ああ、ミセス・ジェフリイね」アイヴァの声は冷ややかだ。「あなたが全面的に手配をしているって、リヴィが言っていたわ。わたくしたちだって、結婚式のプランを練ってあげると言ったのよ。なにせあの子の叔母ですからね。女の肉親はわたくしたちだけなの。あの子の大切な、亡き母親の代わりよ。それなのに、人生で一番大切な日を、全くの赤の他人の手に委《まか》せたほうがいいだなんて」

ジェーンが返事をまとめられないうちに、イーデンが口を差し挟んだ。「でもね、おば様たち、リヴィが言ってたわよ。おば様たち二人には、主賓になってもらいたいのって。主賓に、そんな骨折り仕事は頼めないわ。リヴィはね、お二人に颯爽と現れて、とにかく心から楽しんでほしいと思ったのよ。お花が届いているか、ドレスはちゃんと合っているかと、やきもきしたりしないで」

イーデンはくるりと向いて、ジェーンにウィンクをした。だが、ウィンクを見るまでもなく、ジェーンにはわかっていた。イーデンはみごとな歯並びの口で、うそをついているのだ。

「ええ、そういう見方もあるわね」マーガレットおばさんが言った。「わたくしたちを煩わせたくないなんて、いかにもリヴィらしいわ。本当にいい子。しかも、あんなハンサムな男と結婚するのよ」

「いやらしいことを考えるんじゃないの」アイヴァが噛みついた。

マーガレットは顔をしかめた。「いくらわたくしが、誰かさんのような干涸びきった行かず後家じゃないからって――」

「あなたの旦那程度の男となら、わたくしも結婚できたのよ」アイヴァがやり返した。「そうよ、あのうそっぱちのイギリス英語の発音を真に受けるほど愚かだったら――」

「さあさあ、おば様たち、内輪もめはなしにしましょう」イーデンは言った。

状況次第では、イーデンも大声を出せるのだと知って、ジェーンは驚いた。

「お部屋にご案内します」ジェーンは言った。

「あら、部屋ならわかっているわ。階段を上がったところよ」アイヴァが言った。

「いいえ、実は、そこのお部屋は塞がっています」ジェーンは弱りきって、両手をぎゅっと握った。

「だって、わたくしたち、いつも真ん中のあの大きな部屋に滞在するのよ」マーガレットが言った。

「お針子さんにその部屋に入ってもらわないことには、縫い物仕事をするスペースがなかったものですから」

アイヴァが甲高い声をあげた。「あらまあ、言わせてもらうけど、わたくしが委されていたら、衣装なんか何週間も前にできあがっているわよ。じゃあ、あの部屋の隣のどちらかを使いますからね」

ジェーンはため息をついた。自分は人とぶつかりたがる性格ではないが、誰が責任者であるかをはっきりさせておかないと、ご婦人たちになめられることになる。明らかに、この老婦人たちときたら、人をなめてかかる腕をお互いに磨き合って歳月を過ごしてきたのだ。

「それも無理というものです」ジェーンはアイヴァの眼をまっすぐに見て言った。「リヴィのお父様がその片方に入室されます。なんと言っても、彼はこの家の所有者であり、結婚式の費用を払ってくださるかたですし。もう片方のお部屋は花嫁が使います。お二人のお部屋には、これからご案内します」

二人は、ジェーンの後ろについて歩く間、ずっと彼女をけなし、お互いをけなし合っていた。

ジェーンが大広間に戻ってみると、シェリイが埃取り雑巾を手にして、うろうろ歩き回っていた。「イーデンを、お針子さんのとこに行かせたわよ。なんて魅力のある娘さんだろ。あんた、疲れてるみたいだけど」

「あのおばさんたちに会えばわかるって」

「もう来たの？」

「どうやらね、出発が明日の早朝になることで言い争ったらしくて、車を持っているほうが、それより今日来るべきだって言い張ったみたい。おっそろしい人たち。シェリイ、あたしたちはね、気難しい不平たらたらの老嬢の群れに取り巻かれてるんだよ」

「あんたならあしらえるって。できなきゃ、あたしが彼女たちをうんと叱ってやる」

「もうあしらったよ。そりゃあ毅然たる態度でね。あたしってば、あんたに似てきた」

「じゃあ、なんでもっと陽気な顔をしないわけ？」シェリイは年代物の蓄音機にさっと雑巾をかけた。

「イーデンに面白い話を聞いたの」ジェーンは言った。「この一族って、どうやらあたしが思っていたよりずっと変わってるみたい。それにイーデンは、リヴィがドウェインを愛してるとは思ってないようなの。シェリイ、ショックだよ、あたしがこれだけあれこれやったのに、土壇場になって花嫁が逃げ出しちゃうかもしれない」

「本気でそう思ってるの？」シェリイが訊いた。

ジェーンは、イーデンとした話をかいつまんで繰り返した。「だから彼女が結婚するのはね、孫息子の群れを作って、とにかく父親を喜ばせるためなんだって」

「イーデンの考えではね」シェリイは注意を促した。「間違ってるかもしれないよ。リヴィはめちゃくちゃ猛烈に恋をしちゃってるのに、面白みに欠けた子だから、それを人に知られないように抑えているだけかもしれない。それに、彼にぞっこんでなくたって、ハンサムな夫、つまりは生まれてくる子供たちの父親を得るわけだし、彼のほうも結婚して大金持ちになるわけだもん。もっとひどい理由のために結婚して、うまくいってる例もあるよ」

ジェーンはちょっと考えた。「何度か会った時、リヴィがドウェインのことを熱っぽく話すのを聞いたことは一度もなかったな。もっとも彼女は、何につけてもたいして自分の気持ちを表に出したりはしなかったけど。あんたの言う通りだよ。それに、どうせあたしの問題じゃないし。彼女が逃げ出したって、それだけのこと。誰もあたしを責められないよ。きっとあのおばさんたちは責めようとするだろうけどね」

ジェーンは、夕食にあと二人加わることをミスター・ウィリスに伝えてから、姿を見せなくなった関係者たちを、シェリイと一緒に捜しに出た。古井戸のそばで、地面を掘っているラークスパーを見つけた。「何か探し物？」ジェーンは声をかけた。

あんまり急に振り向いたものだから、彼はそのまま転びそうになった。「びっくりさせないでよ！」ばつが悪そうだ。「ツルボの球根を掘り起こしていただけよ。この井戸の周りに植わってるの。そりゃあね、花が咲くのは見てないし、ろくなもんじゃないかもしれないけど……」とめどなく話し続ける。

「ひょっとして、ジョーおじさんがどこに隠れているかなんて、知らないわよね?」ジェーンは問いかけて、彼がツルボのさまざまな色について説明を始めたのを遮った。

「ひょっとしたことに、知ってるよ。すぐそこの森の中にみっともない小さな小屋があるの」ラークスパーはびっしり草に覆われた小道を指さした。「自然にカモ狩りの隠れ場にでもなったような小屋。彼がそこから出ていくのを見かけたから、恥ずかしながら正直に言うと、窓から中をちょっぴりだけ覗いちゃったの。彼、とても快適な場所にしてるわよ」

「彼を引きずり出しにいこう」シェリイが言った。

二人は歩きだしたが、ジェーンはちらと振り返った。「夕食をここで食べていく、ラークスパー? そのつもりなら、ミスター・ウィリスに伝えないとだめよ」

「いてもいいわね」彼は言った。「雨が降りそうだし、真っ暗などしゃぶりの中を運転して帰りたくないもの。そうね、今夜は泊まって、明日の朝、急いでお店に戻ることにするわ」

「彼、赤くなってた」森の中へと歩を進めながら、シェリイが言った。「なぜかな」

「それに、なんでたまたま今晩泊まる用意があるんだろ?」

シェリイがにやりとした。「彼、はなから泊まるつもりで来たのよね? 例のお宝話を信じてるんだと思うな。ジェーン、井戸の周りで彼が掘っていた穴の大きさを見た? ツルボの球根は小さくて、地面からせいぜい一、二インチのとこに埋まってるのよ。ラークスパーったら、掘って掘って中国まで行っちゃいそうだった」

ジェーンは笑った。「あたしも、全く同じことを考えてたよ。それにしたって、なんで井戸なの？」

「お宝を埋めるとしたら、次に簡単に見つかるところにしないとね。ずっと長いこと変わらずにあるはずの目印のそばでなきゃ」

「お宝の件をイーデンに訊いてみなくちゃね」ジェーンは言った。「彼女は有力情報の提供者だわ」

ジョーおじさんの隠れ家は、以前は森番小屋だったに違いない。母屋の小型版で、同じくうんと風雨に曝された下見板が張ってあり、小さな窓とぼろぼろの屋根がついていた。ジェーンはドアを叩き、ちょっと待ってみてから、もっと大きな音を立てて叩いた。それでも返事はなかった。

「あたしたちが来るのを見てたのかも」シェリイが言った。

「追尾装置かなんかを、彼にこっそりつけてやれると思う？」二人で母屋へと歩きだした時、ジェーンは言ってみた。「それか、家の周囲に犬用の見えない柵《インビジブル・フェンス》（地中に電線を埋めて、犬が電線で囲った境界を越えると、首輪についたセンサーが反応して電流が流れる仕組み）を巡らして、首輪をつけてやるとか？」

シェリイの返事は、突然に始まった稲光と、耳をつんざく雷鳴にかき消された。

二人は怯えたウサギのように駆けだした。家の中に避難した時には、ずぶ濡れになっていた。着替えた頃にはいくらか日が射し、小雨になっていた。アメリカ中西部の典型的な春の天気だ。ジェーンが、自分の修道士部屋の小窓から外を覗くと、また稲妻を光らせながら黒雲がやってくるのが見えた。

「ひどいことになるわ」彼女はシェリイに声をかけた。シェリイは二人で使っている浴室で、髪を手櫛でふくらませているところだった。

「いいじゃない」シェリイは答えた。「面白いよ。あのどでかい暖炉に大きな火が燃えて、灯油ランプの匂いがして、ミスター・ウィリスがキッチンでココアを淹《い》れて、マシュマロを焼くの――」

「――キャンプ・ソングを歌いながら?」ジェーンが言い添えた。「しっかりしてよ、シェリイ。それと、忘れないでよ。停電になったら、ミセス・クロスウェイトのミシンは動かなくなるんだし、あたしたちが協力して、暗闇の中で手縫いする羽目になるんだってこと」

5

ミスター・ウィリスが用意したのは、最高のカントリー・ディナーだった。ベビー・キャロット入りの濃厚なビーフ・シチューは、ほろほろ崩れるほどに肉がやわらかかったし、香辛料がみごとに効いていたから、スープのみでもおいしかったことだろう。しかもコーンブレッドときたら、あれが人生で味わった最高のコーンブレッドだったと、ジェーンが死ぬ日まで断言するだろう代物だった。焼きあがったそれを、ミスター・ウィリスは四角に切り分け、さらに半分に切って、ハーブ味のバターをたっぷり塗りつけ、軽く焙っていた。ミスター・ウィリスはコレステロールを怖れてはいないとみえる。

ラークスパーは、さっぱりとした格好に着替えて夕食に現れた。シェリイとジェーンはほらやっぱりとばかり、眼を見交わした。ラークスパーめ、やはり泊まる支度をしてきたのだ。嵐は彼に無難な口実を与えたにすぎない。

アイヴァとマーガレットのおば二人は、動きやすいジョギングウェア姿だった。誰の手によるものか、レース飾りがあしらわれている。アイヴァのウェアは栗色で、鬘《かつら》の色とおそろしく似合っていなかった。マーガレットのほうは淡いブルーで、淡いブルーの眼をよく引き立てていた。ジェーンが結婚式を取り仕切る名誉を与えられていることへの不信感を、アイヴァはなおも口にしたが、またしてもイーデンが完璧に黙らせた。おばたちを引き合わせた時、シェリイの眼の端に何かが閃いたのをジェーンは見た。ジョーおじさんも姿を見せていた。料理の匂いが、彼を隠れ家からひっぱり出したに違いない。

ジョーおじさんは無骨な好意を見せてイーデンに挨拶した。「また忌々しいこの嬢ちゃんか！　いつまでもここから離れてられないんだな？」

「こんにちは、相変わらずの偏屈爺さん！」イーデンは言って、彼をハグした。そして自分と同じブライズメイドのキティとレイラに紹介する役を引き受けた。バギー・ジーンズにだぶだぶのTシャツ姿のせいで、いつにもまして不格好なキティに、ジョーおじさんはほとんど眼を向けなかったくせに、レイラのことは催眠術にでもかかったかのように見つめていた。

「いつまでも見てないの」イーデンがばっさりと言った。「さあ、アイヴァおば様とマーガレットおば様にもご挨拶」

ジョーおじさんはぶっきらぼうにうなずいた。おばたちは、自分のコーンブレッドとシチューからほとんど顔を上げず、彼に眼をくれようともしなかった。彼を快く思っていないのは、これ以上ないほど明白だ。

ミセス・クロスウェイトは最後に現れた。彼女は、ジェーンの問いかけるようなまなざしを慎重に避けた。

「捗《はかど》ってますか、ミセス・クロスウェイト?」

「いいえ、午後はずっとお昼寝をしておりましてね」彼女は嫌味っぽく即答した。この屋敷のオーラが、いや、むしろジェーンのしつこさが、おそらくミセス・クロスウェイトの癇に障っているのだろう。「もちろん、仕事は捗っていますとも。わたしが、最高の出来でないドレスをこの子たちに着せたがるとは、あなたがただって思いませんでしょう?」同世代のアイヴァとマーガレットに微笑みかけ、同意を求めた。

ジェーンはため息をつき、それ以上の追及をやめた。だがおばたちは、ただ当惑顔をしているだけだ。でも、気難し屋のおばあちゃんに不平の聞き手がいない時に確認することにしよう。何よりごめんなのは、小さい老婦人三人がかりで、喋り立てられることだ。

ミセス・クロスウェイトは料理を気に入らず、批判した。「塩が効きすぎだし、本物のバターを使っているのがわかるわ」

「そりゃあ、もちろん使っていますとも」ミスター・ウィリスが、五・四フィートの体をめいっぱい伸ばして言った。

「あなたのようにお若いかたは、自分が食事を出す人の健康をもっと気遣うべきじゃないかしら?」

「あなたに食事を出すことになるとは、存じませんでしたからね」ミスター・ウィリスは、軽蔑も露《あらわ》に答えた。ラークスパーは、ケイタリング業者の対応に拍手を送り、おばたちはこの不愉快なもめごとが全てジェーンの責任であるかのように、彼女をにらんだ。にきび顔の小間使いは、ディケンズの小説の登場人物のごとく、部屋の隅で縮みあがっていた。ジェーンは、テーブルに頭をぶつけないでいるのが精一杯だった。

「みんな仲良くやりましょうよ、ね」イーデンが言った。

嵐がまた勢いを盛り返したせいで明かりがちらつき、夕食は何度か中断した。雷がバリバリ音を立てるたびに、ミセス・クロスウェイトが恐怖の悲鳴をあげた。一陣の強い風が吹きつけ、玄関扉を開け放つと、誰に言われるでもなくジョーおじさんが閉めにいったのが、ジェーンには驚きだった。おばたちにも驚きだったに違いない。ジョーおじさんがいなくなると、ひそひそ言い合っていたのだから。ミスター・ウィリスが本式のホイップクリームを塗った苺のショートケーキを出すと、こんなに大きなもの、もうひと口も入らないと文句を言いつつも、みんなしっかり食べ終えたあと、一人、二人とその場を離れていった。

プライズメイドたちとラークスパーは、大広間の大きなテーブルにジグソーパズルとラジオを置いて周りを囲み、雑音のひどいラジオでも天気予報が聴けないか試した。暖炉のそばに坐ったおば二人は、小声ながら激しい口調でやり合っていた。

「あの二人、何か企んでるよ、ジェーン」シェリイは言った。

「確かにそんな感じだね。だけど何を？　あたしへの当てつけのためだけに、リヴィの結婚式をボイコットするなんてことはないよね？」

ジョーおじさんは、ジェーンが何か仕事を言いつけるつもりはないと見越しているらしく、しばらくは居残っていた。おばたちのほうへふらりと近づいたが、一緒に坐るわけではなかった。代わりにそばの椅子に腰をおろし、派手に新聞を読んでみせた。ひっきりなしにページをめくり、じっと記事に見入っているのは、彼もやはり、二人がどんな企みをしているかを知りたがっているのをごまかすためなのだ。

ジェーンは、ミセス・クロスウェイトをひとまず大目に見ることにした。食事が終わったからと、即座に仕事に追いたてるわけにもいかない。ジェーンは腕時計を見て、三十分だけ自由にしてあげようと頭にメモをした。ミセス・クロスウェイトは、ジグソーパズルをしているグループのそばをうろうろしていた。「たぶんミセス・ジェフリイは同意してくれないでしょうけど、ドレスをそう早々と仕上げないのには、もっともな理由があるのよ」しっかりジェーンに聞こえるように、大きな声で言った。

「そうなの?」イーデンが穏やかに言い、ラークスパーからパズルのピースを一枚受け取ると、正しい場所にはめ込んだ。

「実に賢明よね」ラークスパーが言った。

「ええ、人は変わりますからね」ミセス・クロスウェイトは、聞き手があまり興味を持たないからと言って弁明をあきらめる気はさらさらなかった。「生地を裁断してからキティは体重がふえたし、レイラは少し痩せたもの」

「わたし、太ってなんかいないわ」キティが歯噛みしながら言った。

「残念ながら、わたしの体重も全然減ってないのよね」レイラが言った。「なんにしても、とてもすばらしいドレスになりますよ、きっと。さて、歩道の部分の砂色のピースはどこにあるのかしら？　キティ、全部見つけるのを手伝って」

「なんてかわいい肘鉄の食らわせかただろ」シェリイがジェーンにささやいた。

ミセス・クロスウェイトもそういうものとして受けとめ、ふらりとおばたちのほうへ歩きだした。おそらく、おばたちならもっとやさしく接してくれると考えたのだろう。ところがそんな期待は、彼女が近づいてくるのに気づいた二人が、瞬きもしない冷ややかな二対のまなざしを向けた時に打ち砕かれた。それでもミセス・クロスウェイトは、最近ここで誰か亡くなってはいないかとしつこく尋ねた。死のオーラを感じるのだけれどと。

「そんなことあるもんですか！」アイヴァが声を張り上げた。死などという悪趣味なものは、サッチャー一族に限っては起こりえないと言わんばかりに。

お針子は、おばたちのすぐそばの椅子にすとんと腰をおろした。「わたしのことを覚えていらっしゃらないようね」

「わたくしに言ってるの？」マーガレットが高飛車に訊いた。

「わたしが、あなたのウエディング・ドレスを縫ったんですよ」

「ずいぶん昔のことだし、知り合いでもなければ話題にしないことだわ」マーガレットは言った。椅子に坐り直してお針子に背を向け、これで話は終わりだとはっきり示した。

ミセス・クロスウェイトはしばらくマーガレットを見つめ、それからさらにいっとき周囲に気を取られているふりをしたあとで、椅子から立ち、自分の監房への階段を上がる囚人のように、ゆっくり慎重に重い足を運んだ。

「彼女のこと、気の毒に思うべきだよね」ジェーンはそっとシェリイに言った。「もののみごとに冷遇されてるんだもの。だけど、ぐずぐずする彼女にあまりにむかついちゃって、ちっとも同情できないの。ドレスを作るのに、ものすごい大金を払ってもらってるんだよ。あの人って、本当に腹が立つ」

一時間も経たないうちに、雷を伴う嵐がまた襲ってきて家を揺さぶり、ラジオをガーガー言わせたあと、数分間停電した。再び明かりは点いたものの、妙に薄暗い状態が続き、やがてまた消えた。

「んもう、あと少しで歩道を完成させるところだったのに」暗闇でレイラが声をあげた。

「今夜はもうあきらめたほうがよさそうね」イーデンが言った。「わたしのバッグには懐中電灯が入ってるし、みんなの部屋に灯油ランプがあると思うわ。誰かわたしと来たい人は？　明日になっても停電したままなら、町へ出て懐中電灯を買いましょう」

結婚式当日に電気が来なかったらという想像は、それまでジェーンの頭を掠《かす》めもしていなかった。ミスター・ウィリスはどうやって料理をするの？　リヴィはどうやって足元を見ながらあの階段を下りるの？　まるで洞穴で式を挙げるようなものだ！　ジェーンはシェリイのほうへ体を傾けた。「どこかこの近くに教会があると思う？　真剣にお祈りしなきゃ」

シェリイはただジェーンの手をぽんと叩いた。

「近くに町があるの？」キティが訊いた。

「まあ、町のようなものね」イーデンが言った。「あるのはモーテルに、〈ワンダの釣り餌とパーティの専門店〉、銀行、銃砲店が一軒ずつ」

キティとレイラはイーデンの提案に応じて、修道士の部屋が並ぶ暗い廊下へついていった。おばたちは自分の懐中電灯を持って、あとに続いた。ジョーおじさんは暗闇に姿を消した。ミスター・ウィリスは夕食の後片づけのためにキッチンに残り、罵りの言葉を吐いていた。

シェリイは椅子の上で体を二つ折りにして、〈ワンダの釣り餌とパーティの専門店〉のことを、ひいひい笑っていた。「気に入った！　町じゅうを走り回らなくても、パーティ用品と雑魚とがいっぺんに揃うなんてね」

「ねえ」ラークスパーが、同じ部屋のどこからか震え声を発した。「とてつもない冒険ができそうよ。これって、よくある領主館ミステリみたい、ほら、全員が閉じ込められちゃうあれ。誰が被害者になるんだか。ボクが死体を見つけちゃったら？　卒倒するかな？」

誰かの声がした。「黙れ」ジョーおじさんだとジェーンは思った。

「ラジオの天気予報、少しは聴けた？」自分たちの部屋へたどりついたあと、ジェーンは練り歯磨きで口をいっぱいにしながら、シェリイに訊いた。

「雑音がひどかったからね。でもこれ、典型的な春の嵐だよ。朝には通り過ぎてるって」

風がうなって木の枝が折れ、屋根を滑り落ちた。ジェーンとシェリイは手探りでそれぞれの部屋に戻った。ジェーンは身震いしながら、裾の長いフランネルの夜着に着替えた。

「お宝の件をイーデンに訊けずじまいで、残念だったね」シェリイが隣の部屋から声をかけた。

「明日にでもつかまえて訊けばいいよ」ジェーンはもう一度メモ帳類にさっと眼をやり、家から持ってきた推理小説を手に取り腰をおろした。灯油ランプのちらつく明かりでは、読むのに難儀した。隣の部屋でシェリイが、ぱたぱた歩き回る音がしている。たぶん、掃除をしているのだ。飽くことを知らない一流の掃除屋だから。

しばらく経つと、ジェーンは気温が下がっているのに気づいた。ひどく寒くなってきた。廊下に出るドアを開けてみる。「ひどい隙間風が入ってくるよ。どこかのドアが開けっぱなしなのかな?」

どこかで、低いむせび泣きのような音がした。

「あれはなんなの?」シェリイが叫び、浴室を走り抜けてジェーンの部屋に来た。

ジェーンはびっくりして眼を瞠《みは》った。「わからない。もう聞こえなくなった」

「もう一度、ドアを開けてみて」シェリイが言った。

またむせび泣きが始まった。ジェーンは笑いだした。やや不安げではあったが。「この廊下を吹き抜ける風だよ。昔住んでた学寮もこんなだった。廊下に並んでいるドアがあるぴったりの組み合わせで開いて、外からうまいこと風が吹くと、不気味なうなり声が聞こえるわけ」

「そのせいだと、本当に確信してる？」

「わざわざ確かめにいかないくらいには」

シェリイはまた浴室を通って自分の部屋へ戻った。

一分後、ジェーンは浴室越しに呼ばわった。「ここの責任者はあたしよ。やっぱり確かめにいかなきゃ」

「ついてきてほしい？」シェリイはベッドサイドの小さな灯油ランプの明かりで、雑誌を読もうとしていた。

「ううん、もちろん必要ない」とジェーンは口にしつつも、頭の中では「どうか一緒に行くと言い張って！」と懇願していた。

だが、シェリイは額面通りに受け取った。ジェーンはガウンを着て、ランプの火を点けると、再びドアを開けた。ドアが閉まっていた時には聞こえなかったうなり音が大きくなり、さらに不気味さを増していた。子供じゃないのよ、とジェーンは自分に言い聞かせた。正面玄関の扉がちゃんと施錠してあるかを確かめるだけなんだから、びくついてばかな真似はしないこと。

その決意がくじけなかったのは、廊下を歩いて大広間へ入るまでだった。近づいてみると、玄関扉は少し開いていたが、そこへいきなり雨交じりの暴風が吹きつけ、全開にしてしまった。

重い扉が壁に当たって跳ね返ってくる際に、ジェーンは危うくぶつかりかけた。風が火を吹き消したので、ランプを床に置いた。

ジェーンがドアを閉めてぐあいを確かめると、掛け金が古くてちゃんとかからなくなっていた。少しあれこれ試したところ、ドアを閉めてからどんと体をぶつければ、かちりといい音を立てて掛け金が閉まるのがわかった。これでドアの問題は解決したから、あとは部屋に戻ればいいだけだ。

暗闇の中を。

ランプなしで。

懐中電灯もなしで。

でも稲光がある。光るたびごとに自分の位置を確認し、あわてずにやれば、何かにぶつかることなく部屋へたどりつけるだろう。ジェーンは身じろぎもせずに立ち、見えない大広間の中をじっと覗き込んで、稲妻が走ったら、次にどこに行くべきかを見定めようと待ち構えた。

何かが足首を掠めた。

ジェーンが悲鳴をあげたのと同時に、とてつもなく強烈な音と光とがすぐそばで発生した気がした。自分の心臓が激しく打つ音に重なって、家の外で、木の大枝のもげる音がはっきりと聞こえた。

家の中に生き物がいる。アライグマ？　フクロネズミ？　あるいは、もっと大きくておそろ

しい動物？　でなきゃ、もっと悪い。もし人だったら！　でも、一階で人が何をしてるってい
うの！　這い回って？　ジェーンはますますぞっとした。

そっちだと思う方向にしゃきしゃき小刻みに歩こうとしたが、椅子の脚に片足をぶち当てた。

ああもう、なんで懐中電灯を持ってこなかったんだろ？

何かがまたジェーンの脚にぶつかった。

そして、ミヤオと鳴いた。

ジェーンは安堵のあまり倒れそうになった。大きな灰色のぶち猫なら、午後に安楽椅子の上で眠りこけているのを見たし、夕食のすぐあとに階段をごそごそ上がっていくのも見かけている。ジェーンは膝をついて呼びかけた。「ネコちゃん？　ネコちゃん？」

「ミャーオ」猫が人懐こく鳴いた。

ジェーンはばかばかしく思えるほどほっとして、猫を拾い上げた。

「さあ」と猫に言った。「あたしの部屋に戻ろうね。うんとゆっくり、うんと気をつけてね。あんたにはここでもちゃんと見えてるかもしれないけど、あたしには見えないの。だから、あたしが何かにぶつかりそうになったら、教えてくれるとありがたいわ」

「ミャーオ」興奮しきった状態のジェーンの耳には、同意してくれたように聞こえた。

また稲妻が光った。猫とジェーンはどちらもびびったが、彼女のほうが猫よりも数フィート余計に飛びのいていた。だが稲光がおさまった時、また別の光が閃き、ジェーンの眼をまとも

にとらえた。誰かが懐中電灯を点けたのだが、彼女を見たとたんに消した。

「そこにいるのは誰?」ジェーンは大広間の向こうへ呼びかけた。

返事をしたのは、雷鳴だけだった。

これはまずい。誰かが家の中をうろつく理由は片手に余るほどあるとしても、話しかけられて返事をしないのは、ろくでもない理由からだ。

ジェーンは、さっき自分に光が向けられたあたりを見えないまま凝視し、次に雷で部屋が照らされた隙に、部屋の奥をすばやく見渡した。だが人影はなかった。家具がいくらでもあるので、誰だかわからないが、そいつはソファでも椅子でも後ろに身をひそめて、ジェーンが出ていくのを待つことはできるはずだ。

それこそ、ジェーンも出ていくつもりだった。なるべくとっとと。

平然とした様子で喉を鳴らしている猫を抱いたまま、ジェーンは一度に二、三歩ずつ進み、客用の小部屋が並ぶ廊下へ続くドアのところまで戻った。左側の壁を手探りしながら足を運び、どれが自分の部屋のドアだったかを思い出そうとしていた時、いきなり猫がヒーッと威嚇する声を発した。

誰かがジェーンたちにぶつかり、あわてて逃げたのだ。足音が小さいのは、おそらく靴下かスリッパを履いていたか、裸足だったからだろうが、とにかく足音なのは間違いなかった。

ジェーンはなおも猫を抱いたまま、一番近いドアから中へ飛び込んだ。どうかここが自分の部屋であってと祈る思いで。

そうだった。

「こんなに長くどこにいたのよ？」シェリイが呼ばわった。「ジェーン？」ベッドからおり、浴室を通り抜けてきた。「うわあ！　あんたってば、幽霊みたいに真っ青じゃない。それにその猫、どうしたのよ？」

ジェーンはベッドに腰をおろし、猫を膝に置いた。「あたし、本物の冒険をしてきた」息をはずませて言う。

彼女はシェリイに詳しく話した。玄関扉にもう少しで叩きのめされるところだったこと、灯油ランプが消えてしまったこと、猫のせいで死ぬほど怖い思いをしたこと、それから呼びかけに返事をしない誰かに懐中電灯で照らされたこと。

「ジェーン、興奮して想像力が行きすぎたんじゃないのは、確か？」

「確かよ。でね、それだけじゃないの。廊下に出て、あたしの部屋のドアのすぐそばまで来た時、走ってきた誰かとぶつかったの。思い過ごしなんかじゃない。だって猫がその彼だか彼女だかを、ヒーッて威嚇したんだもん」

「わかった」シェリイは歯切れよく言った。「とにかく、これから真相を突きとめようよ。あたし、懐中電灯を持ってくる。つまずいて転ばないように、猫はここに置いていこう」

パジャマとガウンを着て、シェリイの強力懐中電灯を装備すると、二人は出発した。廊下には誰もいなかったが、アイヴァおばさんの部屋のドアの下で、光が躍っていた。ジェーンはドアを軽くノックした。ドアの向こうでカサカサ動き回る音とささやき声がして、それからやっとアイヴァが言った。「誰なの?」

「ジェーン・ジェフリイです、ミス・サッチャー」

ドアが少しだけ開いた。アイヴァの鬘は片側へひどくずれていた。「なんなの?」

「さっきお部屋を出られてましたか?」

「もちろん出てないわ。なぜ出たりするの?」

「たとえばキッチンに軽く食べるものを取りにいくとか?」ジェーンは言ってみた。「この廊下で人の物音を聞いてませんか?」

「聞かなかったわ」アイヴァは言うと、ジェーンの鼻先で無遠慮にドアを閉めた。

「大広間を見にいこう」シェリイが言った。

その部屋は停電する前の、宵のもっと早い時間と変わりないように見えた。少なくとも、ジェーンには。しかしシェリイはもっと目敏かった。奥の壁に沿ってずっと懐中電灯を照らした。

「何かがなくなってる」

ジェーンはまじまじと見つめた。「絵がなくなってる。狩猟の絵か何かが、何枚かあの壁にかかってなかった?」

「かかってた」シェリイが言った。「それにあたし、ちゃんと見てたの。どこにでもある値打ちのない絵だったよ。そんなものを誰が盗む？　いったいどうして？」

「わからない。だけど、誰かがここにいてあたしに返事をしなかった理由は、それで説明がつくよね」

「たぶんね」今やシェリイの声も、いくらか動揺しているように聞こえた。彼女は部屋の他の部分も懐中電灯でぐるっと照らした。二人で椅子の後ろも見て回ったが、誰かがひそんでいる気配はなかった。「寝室に戻ろう。朝になれば、こんなの全部あほらしく思えるよ」

「心底そうであってほしいと思う。だけど、不気味なことって嫌いだし、今夜は何もかも最高潮に不気味だよ。それに、あたしを懐中電灯で照らしておきながら、呼んでも返事をしないなんて、どういうつもりなのか想像もつかない。誰かがここでよからぬことを企んでるんだ」

「ジェーン、あんたは結婚式だけに集中して、誰が何を企んでるかの心配なんかやめときなって。きっと何もかもうまくいくから」

「電気なし、ブライズメイドのドレスなし、けんか腰の老婦人の一団あり、夜盗ありで、何もかもうまくいくって？」ジェーンが言った。「とんでもないよ」

6

死体を発見したのはラークスパーだった。

彼は卒倒はしなかった。

彼は小さな音で、だがすさまじい勢いでもって、朝の七時にジェーンの部屋のドアを叩いた。

「ジェーン、とても悪い知らせがあるのよっ」彼の取り繕った体裁はすっかり剝がれ、十歳は老けたように見えた。「ボク、朝早く眼が覚めたから、階段の手すりに花を巻きつける方法がないものか、階段を見にいこうと思って――」

「お花の相談をするために、あたしを起こしたの?」ジェーンは訊いた。

「いいえ、違う。彼女を見つけることになったいきさつを説明しようとしていたの」

「彼女って?」

「ミセス・クロスウェイトよ。死んでるの」

まだ眼が覚めきっていないジェーンは、ぼうっと彼を見つめ、言われたことを理解しようとした。「死んでる? ミセス・クロスウェイトが死んでる?」とつぶやく。

「階段の下で。きっと落ちたのよ」

「救急車は呼んだの？」

「ええ。警察もね。誰にも見られないように、彼女を覆うべきだと思うの」

「着替えてすぐに行くわ」

ジェーンはシェリイを起こし、一緒に大急ぎで服を着て、自分のベッドのキルトカバーをひっ摑むと、大広間にいるラークスパーと合流した。

「だめ、キルトはだめ」ラークスパーが言った。「ボクも考えてたの。キルトは証拠をだめにするかもしれないから」

「証拠？」ジェーンは叫んだ。「証拠ってなんの？　あなた、何を言ってるの？」

シェリイが言った。「ラークスパーが正しいわ。彼女がただ落ちたのではなかったとしたら？」

「二人とも、実は誰かが彼女を殺したって、ほのめかしてるの？」ジェーンは訊いた。

「そうほのめかしてるわけじゃない」ラークスパーが言った。「でも、常にその可能性はあるわ」

ミセス・クロスウェイトは階段の一番下の二段に、うつぶせに横たわっていて、首がありえない方向にねじれていた。赤と白の縞模様の木綿の長い夜着の上に、黄ばみ気味の白いガウンを羽織っていた。ピンクのスリッパの片方が階段の真ん中あたりに落ちていて、もう片方は右足に残っていた。ジェーンは吐き気に襲われないように、顔をそむけた。「せめて椅子で柵を作るくらいしておくべきだと思う。あたしだって、死んだ時に、ぼけーっと人に見ていられたくないもん。ほんとによかった、二階に他に誰も泊まっていなくて。一階まで、死体をよけて階段の端を下りてくる羽目になってたよ」

三人で家具を動かしたものの、誰かが起きてここへやってくる前にミセス・クロスウェイトがそっと運び去られてほしいとジェーンは願っていた。だが、数分後に到着した救急車とパトカーのサイレンによってその願いは打ち砕かれた。アイヴァとマーガレットが転ぶようにして大広間へやってきた。二人とも鬘《かつら》が傾いている。「何事?」アイヴァが訊いた。「火事なの?建物の外へ出るべき?」

「いいえ」ジェーンは二人を部屋へ追い戻そうと懸命だった。「事故があったんです。お針子さんが階段から落ちたんです」

「ひどい怪我をしたの?」マーガレットが言った。「わたくし、若い頃に少し看護をしたことがあるのよ。助けになれるかもしれない——」

「彼女を助けることはできないんです、残念ながら」

「死んだの?」アイヴァが金切り声をあげた。「かわいいリヴィの結婚式の直前に、ここで人が死んだってこと?」

結婚式だ、とジェーンは思った。ドレス。誰かがドレスを仕上げなくちゃ! と考えて、申し訳ない気になった。あの気の毒な老婦人が亡くなったのに、アイヴァと自分が考えているのは、結婚式のことだけなのだ。それでも、ジェーンは訊かなくてはならなかった。「お二方のどちらか、裁縫はお得意ですか？」

「わたくしは得意よ」アイヴァが言った。

ミスター・ウィリスが、派手な赤いシルクのガウン姿で戸口から突進してきて、老婦人たちを撥ね飛ばしそうになった。「何事だ！　火事じゃないだろうな！」

ジェーンは状況の説明をアイヴァとマーガレットに委《まか》せ、救急隊のためにドアを開けにいった。ジョーおじさんが森から飛び出してくるのが見えた。必要な時は、ちゃんと動けるじゃないかと、苦々しく思った。

救急車に乗っていた男性二人と女性一人がジェーンの脇を駆け抜け、長身でブロンドのバイキングのような警察官がそれに続いた。イーデンとレイラとキティも、小部屋の並ぶ廊下の入口に群がっている人々に加わった。シェリイとラークスパーは、正面玄関にいるジェーンのそばに寄った。数分後に、警察官が彼らのところにやってきて、ジョン・スミスと名乗った。

「よくできた名前だ」ラークスパーが、不安げに笑いながら言った。

スミス巡査は彼を無視し、「こちらの責任者は？」と訊いた。

「たぶん、あたしだわ。ここにいるのは結婚式の参加者の先発隊で、あたしが式のプランナーなんです」ジェーンは自分の名前と住所を、巡査に伝えた。

「それで、あなたが遺体を見つけたんですか？」

「いえ、ボクです」ラークスパーが言った。

「きみは——？」

「花屋です。ラークスパー」

「よくできた名前だ」スミス巡査はにこりともしないで言った。「きみが通報したのかな？」

「はい。早起きしたんです。眠れなかったので。コーヒー・マシンをセットして、できあがりを待つ間ここへ来ました。階段に花を飾りたいと思っていたので。そしたら彼女を見つけて——」ラークスパーは身震いした。

「遺体に触れましたか？」

「いいえ。いいえ、まさか！　死んでるのはわかりましたし、たとえ死んでなくても、どうしたらいいかわからなかったはずよ」

スミス巡査はジェーンに向き直った。「その女性はどなたですか？」

ジェーンはミセス・クロスウェイトの名前を告げ、住所と電話番号をあとで知らせることに同意した。他の質問——近親者や年齢などについては——どれも答えられなかった。

「殺人を疑う理由は何かありますか？」警官が訊いた。

「まさか、ないに決まってます！」ジェーンは答えた。「彼女は老齢だったし、足元もおぼつかなかったから、夜中に階段を下りようとして、足を踏みはずしたのに違いないわ。あの階段はとても滑りやすいですから、ごらんの通り」

スミス巡査はジェーンの発言をメモした。

シェリイが意味ありげに咳払いをした。「あたし、お騒がせする気も、いざこざを起こす気もありませんけど――」

「あなたは――？」スミスが訊いた。

「シェリイ・ノワックです。ジェーンのお隣に住んでて、結婚式の手伝いに来ました。これだけは言っておきたくて。昨日、ミセス・クロスウェイトが階段を上がるところを二度見たんですけど、彼女、とても慎重で用心深かったわ。両手で手すりにすがって、一歩一歩、とてもゆっくり足を運んでた。暗闇で軽快にスキップしながら階段を下りたとは、とても思えない。彼女の近くに懐中電灯なんか見当たらなかったし、ゆうべは停電してたんですよ」

スミス巡査はさらにメモを取った。

シェリイが言った。「ジェーン、あんたは何か話すことはないの？」

ジェーンはため息をついた。「わかった、わかったってば。あたし、ゆうべ晩《おそ》くにここへ来ました。玄関扉が風で開いていたので。閉めて戻ろうとしかけた時、部屋の奥で何者かを見ました。と言っても、正確には見たわけじゃないわ。だけど誰かがここにいて、一瞬あたしの眼を懐中電灯で照らし、そこにいるのは誰ってあたしが訊いても返事をしなかったんです」

「それで、どうしました？」スミスが訊いた。

「真っ暗な中を部屋まで戻りました。シェリイと懐中電灯を持ってここへ引き返したけど、誰もいなかった。それで寝ました。たぶん眠れない人がいたんだろうくらいに思って。眠れずにミルクか何かを取りにキッチンへ行くところで、あたしと話をする気分じゃなかったんだろうと」

「それはいつのことです?」

シェリイとジェーンは眼を見合わせた。「腕時計を見たわけじゃないから」ジェーンは言った。「でも、十時半頃だったはずです」

「その時は、階段に死体はなかったんですね?」

「もちろん、なかったわ!」ジェーンは言った。

「でも、誰かがここをうろついていた理由は別にあるかもしれない」シェリイはジェーンを促した。「絵のことよ。覚えてる?」

「ああ、そうだった。懐中電灯を持ってここに引き返してきた時、壁にかかっていた絵が何枚か消えてて――」

全員が、ジェーンの指さしているほうを向いた。絵は全て元に戻っていた。

スミス巡査は無言のまま玄関ホールの反対側に引き返し、救急隊員たちと短い会話を交わした。彼らは、ミセス・クロスウェイトをストレッチャーに乗せる準備をしているところだったが、今はそばの椅子に腰をおろしていて、その横でスミスが携帯電話を使っている。

「ああ、しくじった」ジェーンは言った。「あの人、誰かが彼女を突き落としたと考えるだろうし、そこいらじゅう警官だらけになるよ」

「『結婚式に警察が』」シェリイが言った。「そんな題の本がなかった?」

「『葬式に警察が』だよ。マージェリー・アリンガムの作品」ジェーンはうわの空だった。「ミセス・クロスウェイトに危害を加える理由なんて、誰にもないのに。そうだな、あたしは別として。もちろん、あたしは階段から彼女を突き落としたりしなかった。少なくとも、ドレスを仕上げてもらうまではね」

「ボクたちの手には負えないわ」ラークスパーが言った。「ほら、いつも正直なのが一番。たとえ煩わしくてもね。ボク、もう行ってもいいかな。街へ戻ってお花を取ってこなくちゃ」

「あたしなら、しばらくはそんなお願いはしないな」シェリイが言った。

警察は徹底していた。写真係がやってきて、ミセス・クロスウェイトの遺体と階段と手すりと一番上のフロアを、可能な限りあらゆる角度から撮影した。険しい顔つきの中年女性が指紋採取キットを手に現れ、階段の手すりに粉をまいて、全員の指紋を採った。誰にとっても気分のいいものではなかったし、アイヴァなど盛大に癇癪《かんしゃく》を爆発させたが、結局は指紋を採らせた。

新たに警官が到着すると、全員に尋問を始めた。

電力は回復していたので、ミスター・ウィリスはパンと魚の奇跡(キリストが五個のパンと二匹の魚だけで五千人を食べさせた奇跡)を起こしにかかり、客ばかりか警察官まで含めた、全員の朝食を用意してみせた。

「あのいやな人たちったら、ここで何をしているの?」アイヴァが不満を口にした。「殺人か何かだと思うじゃないの」

「そうでないことを確認しようと、警察はがんばりすぎているだけだと思いますよ」ジェーンは、精一杯安心させるように言った。

「いわゆる犯罪行為《ファウル・プレイ》を疑ってるんだと思う、シェリイ？」二人で新鮮な空気を吸いに外へ出た時、ジェーンは訊いた。

「わからないよ。ひょっとしたら、警察も田舎のこんな場所に飽き飽きしてて、張り合いのある面白いことがないかと願っているだけかもしれない」

「ただの落下事故じゃないと考える理由なんて、ないでしょ？」ジェーンは言ってから、ちょっと考えた。「あんたの言った通り、階段を上がる時の彼女は、ものすごく用心深かったけど。よちよち歩きだったよね。もしかしたら、夢遊状態で歩いてたのかも」

「あるいは、あんたがアイヴァに言った通り、警察はただ確認しているだけかもよ。現実なのは、警察が何を考えていようと、あたしたちにはどうすることもできないってこと。だけど、ドレスは仕上げなくちゃね」

「どこまで縫製ができているか確かめたくても、警察が彼女の部屋へ入らせてくれないよ」ジェーンは言った。「少なくともあと一時間は待てだって。あたし、メルに電話するつもり。どの道、彼も明日ここへ来ることになってるもん。彼がいてくれたら、こんなことがあっても心強いし」

「彼は刑事だし、警察も彼にはいろいろ話すだろうから、あんたももっと状況がわかるってことよね」

「そういうこと」ジェーンは言った。

「お年寄りの女性が階段を転げ落ちたから、俺にそっちへ行って捜査に割り込めってことか？」しばらくあとにメルは言った。

ジェーンはほとんどささやくように送話器に喋った。「事故なのかどうか、あたしにはわからないのよ、メル。それに地元の人たちときたら、今世紀最大の犯罪事件のように行動してるし」

「ちょっとばかり大げさに言ってる気がするな」

「まあ、ちょっとはね。でもメル、あたしはこの忌々しい結婚式のプランニングに、大事な人生の四ヶ月も費やしたんだよ。それなのに――」

「わかった。俺、どうせ今日は非番なんだ。だけど地元の警察には挨拶するだけだよ。彼らが俺に話したければ、それで結構。いやなら、俺は邪魔しない。これでどうだい、ジェーン？きみの行くところどこにでも、死体が転がってるようだな」

「絶対に、わざとじゃないわ」ジェーンはむっとした。それから、メルには頼みごとをしているのだからと、態度を和らげた。「当初の予定より、ちょっと早くあなたに会いたいだけなのに」

メル・ヴァンダイン刑事は、その言葉を面白いと思ったようだ。

それからお昼までてんてこまいだったため、ジェーンは、じっくり考え事をする暇はなかった。シェリイと腰を据えて、ミセス・クロスウェイトの死の謎解きをしたいのはやまやまだったけれど。ラークスパーは無事に逃げ出し、店へ花を取りにいった。アイヴァおばさんとレイラは、ドレスの仕上げをやっつける役を買って出た。ミセス・クロスウェイトは亡くなる前の夜に、驚くほど仕事を進めていた。あとはせいぜい縁《ふち》かがりと、フックやボタンつけが残っている程度だったから、二人とも喜んでやるし、ちゃんとやれると断言した。手間取っているのは、ミセス・クロスウェイトの部屋へ入ることだけだった。

救急隊が遺体の搬送を許される前に、小間使いがミスター・ウィリスの眼を盗み、医療スタッフにひどくぐあいが悪いと申し出て、虫垂炎を起こしている可能性もあるという消極的な診断をもらっていた。彼女を失うと知ったら、ミスター・ウィリスは脳卒中を起こすだろうとジェーンは思った。代わりが見つかるまで、キティとイーデンがキッチンの手伝いをすることに渋々ながら同意した。

ミスター・ウィリスと電話をかける必要があるその他全員の間で、一台の電話をめぐってずいぶん姑息な奪い合いが生じた。アイヴァもマーガレットも、日課のように連絡を取り合わなくては面目を失うと思っている幅広い層の友人がいるようだった。

「破滅だ！」ジェーンは泣きそうになった。「あたしがあれだけ働いて、あれだけ綿密に計画を立てたのに、めちゃくちゃになりかけてる」

「ばかなこと言って！」シェリイが歯切れよく言った。「こういうことは集中的に起こるものなの。これ以上悪くはならないよ。ほら、悪いことは三つずつ起きるっていうじゃない」

「じゃあ、なぜあたしたちには五つも六つも起こるわけ？」

シェリイは問いかけを無視した。「ついてないことは全部起こったんだから、この先は邪魔の入らない航海になるってば」

「そんなこと、自分でも信じてないのをよくわかってるくせに」

「そうだね、本当は。でも、あんたはそう言ってもらいたいだろうと思って。めげちゃだめ、ジェーン。とにかくめげないことだよ」

家具のレンタル業者が到着したのと入れ違いに、二台の救急車が駐車エリアから去った。一台はミセス・クロスウェイトを、もう一台は、今や痛みに悲鳴をあげている小間使いを乗せて。それを見たトラックの運転手は、ひどく警戒しているようだ。

「なんでもないのよ」ジェーンはうそをついた。「急性盲腸炎ってだけで」

「二人ともですか？」

「いいえ、一人だけ」ジェーンはそっけなく言った。もう一台は、別の雇われ人の遺体を搬送していると教えたら、逃げ出されるかもしれないと思ったのだ。

この準備段階では障害となるものがないようなので、ジェーンはとてつもなくほっとした。トラックにはスタッフが三人同乗していた。うち二人はブライダル・シャワーとバチェラー・パーティに使われる横手の部屋へ、せっせとテーブルを運び込んだ。大広間で使うテーブルと椅子は、結婚式の朝にならないと届かない。置いておく場所がないからだ。あと一人は、同じ部屋へ、折り畳み式の椅子を運んだ。椅子は木製で、濃いアイボリー色の塗料が塗られ、座部と背中の部分は本物の布で覆ってあった。

「いい選択だよ、ジェーン」シェリイは椅子を見てうなずいた。

ジェーンは安堵のあまりに力が抜けて、返事もできなかった。少なくとも、一つは順調に行っている。

レンタル業者はリネンと皿とカトラリーも提供することになっている。これらの品目は、ミスター・ウィリスがジェーンの同意を得て選んだものだ。明日の朝、レンタル会社の作業員が大広間のセッティングをしにまた来て、挙式の間は待機し、出席者たちが写真撮影のために外へ出ると同時に椅子を片づけ、ビュッフェのテーブルを設置する。そのあとは全てが終わって何もかも撤去してしまえるまで、付近にいてもらう。彼らに長時間近くで待機してもらうのは高くつくが、使えるスペースを考えると、他に選択肢はなかった。

「ほうら」シェリイが悦に入った様子で言った。「あたしが言ったじゃない、これからは全てうまくいくって」

ずいぶん疲れの取れた様子のミスター・ウィリスが、ジェーンのそばにやってきた。「例のジョーおじさんとやらが、助手の代わりを務めに来てくれる近所の女性を、二人見つけてくれたよ。ただ、もう少しばかり費用がかかることになるが」

「かまわないわ」ジェーンは言った。「その二人を雇ってください」

「ますますいい調子だ」シェリイが言った。「全て元通りに収拾がついたんだから、ここらでひと休みしたっていいじゃない。あんたと行きたいところがあるの」

「それって、どこ?」

「〈ワンダの釣り餌とパーティの専門店〉。見てみる機会を逃したくないもん」

7

二人は道を教えてもらおうと、イーデンを捜した。「ありがたいわ！　しばらくここから離れたいの」イーデンは言った。「おば様たちのせいで、頭がおかしくなりそうなんだもの」

「おばさんたちと言えば」ジェーンは言った。「ゆうべ晩《おそ》くに、何やらやっていたようだけど」

「何やらって、どんなこと？」イーデンはジェーンの古いステーション・ワゴンのひどい状態に驚いているのを隠そうとするも、失敗していた。

ジェーンはその様子を見て取った。「もっといいのが買えないわけではないんだけど。とにかく店で買うのが煩わしいの。おば様たちの件は、全くわからないわ。訊きたいことがあってアイヴァの部屋のドアを叩いたら、カサカサ動き回る音とささやき声が聞こえて、それからほんの数インチだけドアが開いたの」

「欲深い企みごとね、間違いなく」イーデンが言った。「いつだって、誰かからどうにかしてお金を巻き上げようとするのよ。一度もうまくいったためしはないけど。それでもあきらめないの。得体の知れない老女たちよね。マーガレットも、若い頃はとても魅力的だったはずなの。わたしのパパが言うには、昔の彼女は息を呑むような美人で、求婚者が群れていたんだって。

自分で認めたことはないけど、パパも求婚者の一人だったかもしれない。でもアイヴァが結婚したことはないわ」

「どうして？」ステーション・ワゴンの後部座席からシェリイが声をかけたのは、車が幹線道路に入った時だった。

「納得できるだけのお金持ちが見つからなかったんじゃないかな」イーデンは答えた。「想像でしかないけど。いずれ父親のオリヴァー・ウェンデル・サッチャーが死んだら、人に頼らなくても裕福になれると見越していたのよね。それに、マーガレットを反面教師にしていたから」

「反面教師って、なんの？」ジェーンが訊く。

「男にあり金を残らず巻き上げられること。マーガレットは、イギリス人の男にぞっこんほれ込んだの。パパがいつも言ってたっけ、金のないバーティ・ウースター（P・G・ウッドハウスの小説の主人公。お気楽な青年紳士）を思わせる男だって。名字はロウ。名前はパーシヴァル？　ランスロット？　トリスタン？　とにかく古典的でふざけた名前だった。彼の信じたくなるくらい下手すぎる主張によると、古くから続くイギリスの名家の末裔だそうよ。マーガレットのような上流気取りにとっては、このうえなく洒落た話よね。だから彼女は、その話をちゃんと調べもしないで結婚したの」

「やりがちよね！」シェリイが笑い声をあげた。

「マーガレットは調べるべきだったのよ。結局のところ、彼はオナラブル（下位の貴族である子爵と男爵の全ての子、および伯爵の次男以下の子に与える爵位）だった人の兄弟の玄孫《やしゃご》だか、はとこの曾孫《ひまご》だかだったと判明したの。オナラブルって、確か貴族の一番下だったと思うし、彼の家は代々魚屋だったわ。それとも鰻の漁師だったかしら。とにかくぬるぬるの水生動物に関わる仕事よ。彼がいつまでもぐずぐずして、古き楽しきイングランドにある一族の屋敷に連れていかない理由をマーガレットが知った時には、彼女のお金は彼にほぼ使い果たされてたわけ。マーガレットはO・Wにお金の無心に行ったけど、離婚に必要なだけしか出してやらないと言われたそうよ。彼女は言われた通りにしたわ」

「それで、再婚はしなかったの？」シェリイが訊いた。

「ええ。一度でたくさんだって。次の角を右に曲がってね、ジェーン。それと、アイヴァはかわいそうなマーガレットに、その失敗を決して忘れさせないの」

「O・Wが死んだらお金持ちになれるとアイヴァが思ってたと言ったわよね」ジェーンが言った。「そうはならなかったの？」

「あら、なったわよ。三人とも。アイヴァもマーガレットもジャックも、大金を相続したわ。まあ、大金と言っても、たいていの人の基準によればだけど。坂の下の分かれ道を右に行ってね。ただ、三人とも、もっとずっと多いと思ってたの。ジャックは、もちろん会社を継いだわ。アイヴァとマーガレットは株式の他に、シカゴの繁華街にある商業用の優良不動産をいくつか得たおかげで、相当量の収入が入ることになった。ところが三人が期待していたのは、ブルネイ君主が遺すクラスの財産だったのよね。彼らは、親愛なるパパの値打ちを、とてつもなく過大評価していたの」

「そうだ！　お宝話！」ジェーンが叫んだ。「その話を、あなたに訊きたいんだった」

「お宝？　ああ、秘密のお宝ね！　ほとんど忘れてたわ。どこでその話を聞いたの？」

「ラークスパーよ。あの花屋の。狩猟小屋のお宝話を聞いたって言ってたわ」

イーデンは手を振ってその空想話を否定した。「十数年前にO・Wが死んだ時、隠された財産の噂が流れた。ほとんどはアイヴァとマーガレットが言いふらしたものよ。おそらくは、自分たちがすばらしく裕福ではない理由を説明するために。でもジャックは、そんな憶測には全く乗らなかった。わたしのパパに言ったそうよ。彼も遺産はもっとあると思っていたけど、たぶん残り全部はO・Wが女に使ったんだろうと。たいした放蕩者の年寄りだったの。死んだ時は八十歳に近かったと思うけど、それでも愛人が二人いたわ」

「冗談でしょ！」シェリイが叫んだ。

「まあね、厳密にはもう愛人とは言えなかったかもしれない」イーデンは笑った。「一人は五十代、もう一人も六十いくつかだった。でもO・Wは数十年も二人の面倒を見ていたし、ジャックの名誉のために言っておくと、彼が引き続き二人の家賃を払い、お手当も出してたの」

「今も？」ジェーンが訊いた。

イーデンは肩をすくめた。「わからないわ。ジャックがまだそうし続けているのか、パパに訊こうとも思わなかった。彼女たち、もう生きてないかもしれない。O・Wが死んだのは十五年ほど前で、すでに小娘じゃなかったものね。とにかく、残りの資産が費やされた先は、たぶんそこ。O・W老のホルモンによる気前のよさにあやかった女性は、他にも何人もいたかもしれない」

「じゃあ、お宝はないのね？」シェリイが訊いた。

「うーん、あったかもしれないとは思う。でも、あったとしたら、今頃はきっと誰かが見つけてるわ。それにジャックが父親の記録をくまなく調べたはずよ。書類に痕跡を残さずに、多額の現金を何か秘密のものに換えるのは、なかなか難しいわ。あっ、ジェーン、そこで左に曲がって」

〈ワンダの釣り餌とパーティの専門店〉は、期待はずれだった。それはコンビニエンス・ストアと時代遅れの百円ショップとスポーツ用品店が合わさった小さな店だった。何もかも埃っぽくて古めかしく、その何もかもには初老の店員も含まれていて、おそらく彼女がワンダ本人なのだろうと、ジェーンたちは推測した。シェリイは夫ポールのために、ひょっとしたら夫が興奮する本物のアンティークではないかと期待して、釣り竿のリールを買った。

ジェーンはタンジェの口紅を見つけた。「たぶんからからに乾いちゃって、オレンジ色の小石みたいになってるだろうな」それでもしかたないと弁《わきま》えて言う。「でも、昔はこれが大好きだったの。母がつけていて、匂いがすてきだったんだ」

三人で車に戻ると、ジェーンは言った。「この近くに、マクドナルドはないよね？　ハッシユポテトが欲しいんだなあ。ほっとする食べ物が」

イーデンは鼻に皺を寄せた。「ああいうものは、脂っこくて塩が効きすぎてて、澱粉《でんぷん》ばっかりなのに」

「だからこそ。ほっとする食べ物なんだって」

幹線道路でマクドナルドが見つかると、シェリイとイーデンはコーヒーを飲み、ジェーンは食べ物を貪《むさぼ》った。「お宝の件を、ずっと考えてたんだけどね」シェリイが言った。「現金を目立たないものに換えるとしたら、何があるだろ?」

「宝石かな?」イーデンが案を出した。「目立つほど場所を取らずに、簡単に隠せるわ。でなければ希少な切手のコレクションは? 切手は小さくて厚みがないし、すごく高価なものもあるから」

「債券を買って隠す手もあるよね」ちょっと考えてから、ジェーンは言った。にわかに眼が輝いてきた。「なくなってたあの絵!」

「なくなってた絵って?」イーデンが尋ねた。

「狩猟小屋の大広間に何枚かかかっていた狩りの絵よ」ジェーンは説明した。「ゆうべ、なくなってたの。今朝は元の場所に戻ってた。お宝はあると、おばさんたちが本気で信じてるとしたら、絵の裏に貴重な書類とか切手とかが隠されていないか、ばらして確かめていたのかもしれない。だったら、かさこそ動き回ってひそひそ話していたのも説明がつく」

「ちょっと待って」シェリイが言った。「あたしたち、本末転倒になってる。そもそもなんのために、O・Wが何かを隠したのかが問題でしょ？」

イーデンが答えを持っていた。「脱税」

シェリイがうなずいた。「ああ、そうね。固定資産税や相続税を払わせず、高価なものを相続人に引き継がせるためだわ。当然よね。うん、あたしもその考えを買う。でも、仮に彼が大金を投じて秘密のものを買ったとして、どうしてそのことを家族に話さなかったの？」

イーデンが肩をすくめた。「万一そうしていたとしても、彼はジャックにだけ話したでしょうね。ジャックの監視下になければ、あのおばたちにお金がちゃんと管理できるとは思ってなかったもの」そこで少し考えた。「ううん、たぶん違う。O・Wが死んだ時、ジャックはノヴェルティーズ社を近代化するために、大変な額の借金をしたの。新しい倉庫、受注作業のコンピュータ化、古臭くて粗悪な白黒印刷のペラペラした紙のカタログをフルカラーにするとか——そういうことのため。当時、わたしのパパはジャックとノヴェルティーズ社に投資して、いかに見返りがあったかに満足してきたわ。秘密の資産を持っていたら、ジャックは借金をせずに、そっちを使えたはず」

「たぶん、使わなかったわ」シェリイが意見した。「そんなことをしたら、経理で何かごまかしをやってるって、国税庁に情報を提供するようなものよ」

イーデンが椅子の背にもたれ、眉をひそめた。「何もかもずいぶん昔のことだから。それにお宝の存在をパパは信じなかったし、だからわたしも信じなかったんだと思う。でも、あれば面白いわ。あっ……確かO・Wは、最後は少し意識が混濁していたみたい。脳卒中か何かで。半年ほど生きながらえたけど、植物状態のような感じだった」

「それなら、お宝のことを誰にも言わなかったのも説明がつくわ——本当にお宝があればの話だけど」シェリイが言った。「単純に忘れてしまったのかもしれない」

「でも、そんなことで国税庁から巨額のお金を隠せるとは、やっぱり思えないな」ジェーンは言った。「帳簿のどこかに必ず出てくるものでしょう?」

シェリイが首を振った。「我慢強く意志を貫けば、そうでもないよ。たとえば、そのお爺さんが毎月の所得から千ドルずつを、数十年にわたって抜き続けたとしたら。現金で物を買いたがり、常に大金を持ち歩く人もいるものよ。いったん銀行口座から出たお金は、ある意味で見えないものになるの。そのお金はどうなったのかと連邦捜査官に訊かれたら、友人にばか高い食事をごちそうするのに使ったと言えばいいのよ。でなきゃ、曖昧な態度を取って、あれこれ買っていたらなくなったとでも。あとは、匿名で慈善団体に寄付したとか、ホームレスの人たちにあげたとか。そうでないことを証明するのは不可能よ」

「シェリイ、あんたにそんな姑息な一面があったとは知らなかった!」ジェーンは言った。

「もちろん、知ってるくせに!」シェリイは答えた。「あたし、暇さえあれば国税庁をだましてやるいい手をよく空想して過ごしてるんだ。でも、このお宝の筋書き全体のどこがおかしいかわかる？」

「ええっ？」イーデンとジェーンが合唱のように問いかけた。

「ジョーおじさんよ。あたしの受けた感じでは、彼は有史以来、あそこにいるわ」

イーデンがうなずいた。「わたしが物心ついてからずっと、あそこにいるわ」

「だからね、もし狩猟小屋に貴重なものがあったとしたら、もう彼が見つけてるんじゃない？たとえ探していなくても」

「その通りだと思う」イーデンが言った。「アイヴァとマーガレットがその話をうんと言いふらして、街の花屋の耳にまで届いていたのなら、ジョーおじさんだってきっと聞いてるわ」

「そしてよ、もしジョーおじさんが見つけたとしたら、そのままあそこに居続けると思う？」

シェリイが訊いた。

イーデンが首を振る。「カリブ海のどこかのビーチで寝っ転がってる。少なくとも、わたしならそうする」

ジェーンは悲しげにうなずいた。「お宝の想像をするのは興味深いし、楽しくもあるけど、現実的に辻褄を合わせようとすると、無理があるよね。あの建物がこの夏に解体されるとなると余計に。貴重なものがあるとジョーおじさんが思ってて、まだ見つけられずにいるのだったら、今頃はパニック状態で建物を壊しにかかってるよ」

「それに、狩猟小屋にあるという部分も間違いかもしれない」イーデンが言った。「貴重なものをどこかに隠しておこうとするなら、頻繁にそれを確認できる場所に置くのが合理的でしょう。O・Wが人生の最後の数年間に、ここで過ごす機会が多くあったかは疑わしいわ」

シェリイはため息をつき、立ち上がった。「そうよね。さあ、そろそろ帰ったほうがよさそう。なんにせよ、こうやって考えを巡らせていたおかげで、ミセス・クロスウェイトのことで悩まずにすんだわ」

「あたしも」ジェーンは言った。「そのせいで良心が痛むけど」

「なぜそんなふうに感じなくちゃいけないの?」イーデンはごみ箱にコーヒーの紙コップをほうり込み、バッグとスカーフを摑んだ。「親戚でもないのに。友人でさえない。仕事上のつきあいがあっただけ。その仕事すら、まともにやっていなかった人だわ」

「その通りだけどね。申し訳ない気がするのは、あたしの見守るとこで起こったからだと思う。お年の女性を二階に泊まらせてはいけなかったのよ」

「他のどこに泊められたっていうの?」シェリイが訊いた。「彼女が期日までにドレスを仕上げていたら、どこにも泊める必要なんてなかったじゃない。それに、そのことで今さら気をもんだって遅すぎるよ」

二人の言う通りなのは、ジェーンも認めていた。ミセス・クロスウェイトが死んだのは、自分の責任というわけではないのだ。

だが、ジェーンは考えずにはいられなかった。それなら他の誰かの責任なのだろうかと。

8

三人で狩猟小屋に戻った時、イーデンが言った。「ミスター・ウィリスとおばさんたちから電話を引きはがすことができたら、パパに電話をかけて、あると言われているお宝について、もっと何か知らないか訊いてみるわ。そういえばパパ、結局ここの結婚式に来られなくなったの。パパとジャック・サッチャーの合弁事業がトラブルを抱えているんだけど、まさか今この時点で、ジャックが対処に駆けつけるわけにはいかないし」

ジェーンとシェリイは、結婚式の準備作業に戻るのがいやで、まだ車に残っていた。「あんたはミセス・クロスウェイトが落ちたのを、事故だと思う?」ジェーンは訊いた。

シェリイはしばらく考え込んだ。「そうであってほしい」やっと口を開いた。「あの狩猟小屋にいる誰かが本当は人殺しなのだと思うと、耐えられそうにない」

「本当に殺人だとしても、犯人は必ずしも狩猟小屋にいる人間でなくてもいいと思うよ。町のモーテルにも、もう友人や親戚の人たちが集まってきてる。身内はみんな狩猟小屋がどこにあるかを知ってるしね。玄関扉に鍵はかかってなかった、でしょ?」

シェリイは顔をしかめた。「ジェーン、機会についてはあんたの言う通り。でも、熟慮すべき点は動機だよ。ミセス・クロスウェイトは、少しばかり人をいらだたせる老婦人だった。それだけの人。サッチャー家やその友人たちとは、なんの関係もないのは明らかだよ。誰かが彼女をリヴィに推薦したことをのぞいてはね、でしょ?」

「うーん。だけど、彼女がマーガレットのためにウエディング・ドレスを作ったと言ってたのを、あんたもゆうべ聞いたじゃない。だから、一つは関係があるわけだ」

「あの話が本当ならね」シェリイが言った。「たとえ本当だったとしても、半世紀も前にドレスを作ってもらったからって、なんでマーガレットが階段から突き落とすわけ?」

「いいとこ突くね」ジェーンは認めた。

「だから、本当に誰かが彼女を転落させたなら、その誰かは、彼女自身の親戚か隣人か友人の輪の中にいるはず。でもそんな人は、誰もこの結婚式には関わっていない」

「あたしたちの知る限りでは」ジェーンが不吉さを感じさせる声で言った。

「いったい何を言いたいの?」

「あたしたちはミセス・クロスウェイトのことをあまり知らないんだって、言いたかっただけ。もし彼女がO・W老の老齢の愛人の一人だったとしたら?」

シェリイがはっと首をひねった。「ああ、そんな! まさかそんなことを考えるはずない!」

「うん、考えてないよ、実際は。だけど、どんなことも可能性はあるもんね。シェリイ、あんたも自分で言ってたじゃない、スミス巡査に。ミセス・クロスウェイトは階段に対してものすごく用心深かったって。彼女はまるで蟹が這い上がるように、手すりを両手で掴み、両足を同じ段に乗せてから次の段に進んでた。そんな女の人は、暗闇で階段をスキップして下りようなんてことは考えつかないよ」

「そうだろうね。でも、あんたは穿鑿《せんさく》好きって要素を見落としてる。あんたを懐中電灯で照らした人間が誰だったにしろ、彼女はその誰かが下にいるのを聞きつけて、とにかく調べずにはいられなかったのかもしれない。でなきゃ、自分の車にとても大事なものを——薬とかそんなものを——置き忘れてて、危なそうでも取りにいく必要があったとか。夕食の時は金切り声をあげるのに忙しくて、あまり食べられなかった。だからひどくお腹が空いてしまい、階段を下りる危険を冒したということかもしれない」

「ひょっとしたらね」ジェーンは言った。

「ひょっとしたらじゃない。たぶん、だよ」シェリイはきっぱり言った。「それと、あんたはこんなことで悩むのはやめて、元通り結婚式に注意を向けなきゃ」

それ以上あれこれ憶測するのは、また結婚式の出席者一行が到着したために打ち切りになった。黒く輝く巨大な豪華車が先頭だった。リヴィ本人が助手席から降りてきたので、威厳を感じさせる風貌の運転者が、リヴィの父親、ジャック・サッチャーなのだろうとジェーンは察した。彼女とシェリイはステーション・ワゴンから飛び出して、出迎えた。

ジャック・サッチャーは銀髪のハンサムな男で、ゴルフ焼けしており、軽装だが高価なものを身に着け、〝産業界のリーダー〟たる尊大な雰囲気を漂わせていた。彼は、雇われスタッフに会う気などさらさらない様子だったが、リヴィが強く言ってジェーンを紹介した。

「ああ、ミセス・ジェフリイか。式の準備をするリヴィを手伝ってくれてるんだな」そのあと続くはずのくだらない会話を、ジェーンごと退けたがっている言いかただった。

手伝ってる？　ジェーンは思った。あたしがいなかったら、この結婚式はなかったわよ。

「ええ、お手伝いを、少しだけ」彼に警告する口調だったはずなのに、伝わらなかった。

「あとから来るヴァンに結婚の贈り物が載せてある」彼は言った。「並べて展示してくれればいい」

「申し訳ありませんけど」ジェーンは言った。「その件は初めて聞きました。あたしの計画には入っていなかったので――」

「展示する場所を見つけてくれ」彼は言った。

ジェーンは最適の場所を思いついたが、提案するのは悪趣味だろうと思った。

「ミスター・サッチャー、申し上げにくいのですが、その件はとにかくもうどうにもなりません」ジェーンは言い、向こう見ずにもこう続けた。「たいていの社交界では、そういうことは、これ見よがしで品位に欠ける行為に当たると存じます」

書類を取ろうと車内に身を乗り入れていた彼が、くるりと振り向いてジェーンをにらみつけた。「よくも私にそんなことを――」

「パパ！」リヴィの声は悲鳴に近かった。「わたしが悪いの。パパが贈り物を展示したがってたのを、ジェーンに言い忘れてたの。場所は見つけるわ。二階のホールのテーブルにでも」

「好きなようにするといい、リヴィ。おまえの結婚式だからな」そうは言ったが、彼が全くそう思っていないのは明らかだった。

こうしてジャック・サッチャーと、お互いを敵として確認し合った今、ジェーンはなるべくぶしつけに悪い知らせを伝えることにした。

「ミスター・サッチャー、昨夜、こちらで人が亡くなりました」

「なんだと？」

「お針子が階段から落ちて亡くなりました。お気の毒ですが、警察があなたにお話を聞きたがるかもしれません」

「私に？　なぜだ？　その人物を知りもしないのに」

「あなたが所有する家で起こったことですから」

「ミセス・クロスウェイトが死んだの？」リヴィが訊いた。「ひどいことだわ。何があったの？　どうすればいいのかしら？」

「私たちの責任においてすることは何もない」ジャックが言った。「彼女がここにいる理由は、何もなかったと思うがね。ミセス・ジェフリイが彼女を招いたのなら、ミセス・ジェフリイが対処すればいい」

ジャックは、腹立たしげにピシリと書類で脚を叩きながら歩き去った。リヴィは取り乱し、うろたえた眼をジェーンに向けたあと、父親を呼びながら走ってあとを追いかけた。「パパ……待って……」

シェリイがジェーンの腕を摑んだ。「さっさとここに坐りなよ。顔が真っ青だ。あんたを怒りで卒倒させるわけにはいかないからね」

「何をどう考えたら、あんなことをあたしに言えるわけ――」悔しさに泣きたくなるのをこらえていたジェーンは、喉が塞がれてあとの言葉が出なかった。

「彼が不愉快な最低野郎なだけだよ、ジェーン」

「荷物をまとめて家へ帰りたい気分」ジェーンの声は震えていた。「忌々しい結婚式は彼に仕切らせてよ」

「自分でもそんな真似をしないのはわかってるくせに。あんたは意気地なしじゃないもん」

「中世の農奴でもないよ！　あの……あの……」

「ばか？」

ジェーンは首を振った。「ああ、ばかじゃおよびもつかないよ、シェリイ。はっきり言うと、今頭に浮かんでるのは、聞いたことはあっても一度たりと口にしたことのない言葉ばっかり。その一つはこう始まるやつ、クソッ――」

ジェーンが生涯にわたる記憶をたどるより先に、贈り物を載せたヴァンが到着した。いらだった様子の若者が車から降りて訊いた。「こいつはどこへ運べばいいんですか?」

「ミスター・サッチャーに訊いて」ジェーンは嚙みつくように言った。

シェリイが間に入り、彼女としては最もやさしい物腰で訊いた。「あなたはミスター・サッチャーの下で働いているの?」

「残念ながら、そうです」若者は言った。

「ほら、ジェーン。あんた以上に彼の相手をしなきゃならない人が、ここにいるじゃない。彼は口の中で爪楊枝をくちゃくちゃやって泡を飛ばしたりはしてないよ」

「そろそろやっちゃいそうですけどね」若者はたちまち苦笑した。

ジェーンは大きく息を吸って、微笑み返した。「わかったわ。贈り物を展示する場所を見つけましょう。相応の贈り物には全てカードが添えてあるといいけど。御礼状が書けるように、リヴィに送り主のリストを渡さないとね」

ジェーンは地面を踏みつけるように、のしのしと歩いた。運のいいことに、業者が予備のテーブルも一台持ってきていたので、ジェーンは彼らに頼んで、ブライダル・シャワーが間もなく開かれる部屋へ、それを運んでもらった。彼らが、昨日クリーニング屋から届いたリネンのシーツをそのテーブルにかけると、ジェーンとシェリイは繕った箇所が見えないように、急いで贈り物を配置した。

二人がスチューベンとウォーターフォードのガラス器を並べてうっとり眺めていた時、ラークスパーが街から戻ってきた。「何をしてるの？　その追加のテーブルは何？　それもお花で飾るの？　これって、『上流社会』のあの場面？　誰かがいきなりフルオーケストラで『トゥルー・ラヴ』を歌うとか？」

ジェーンの耳に引っかかったのはたったひと言で、そのひと言にもやもやした。「お花で飾る？　お願いだから、ほんとはそんなこと言わなかったって言って！」

ラークスパーは少し赤くなった。「ちょっと言ってみただけよ。これ、すごく悪趣味だわ、ジェーン。それ全部、まだ値札がついたままだったりして？」

「あたしのせいじゃない。リヴィの父親の考えなの。それからね、あなたが賢明な人なら、できる限り彼から遠ざかってることね。徹底的にやられるわよ。すでにあたしを叩きのめしたんだから」

「愛しのパパが？　断固とした男って、大好き」

「どうかな、あの男を大好きにはならないと思うよ」ジェーンは言った。「そうなったところで、あたしはそんな話を聞きたくないから。絶対に！」

「新郎の家族にはもう会った？」ラークスパーが訊いた。「ボクが車を運転してきた時、ちょうど到着したところだったわよ。とても上流って感じじゃなかったわね」

「さっきのよりは、いい出会いになってほしいわ」ジェーンは髪に手櫛を入れてふくらませ、深々と息を吸って、無理に感じよく微笑んでから、大広間に向かった。サッチャー家とヘスリング家の人々は、お喋りをしていた。ジェーンは少しためらったのち、邪魔をするよりはとメモ帳を確認するふりをした。

花婿ドウェイン・ヘスリングを見つけるのは簡単だった。とても眼を惹く青年なのだ。カールのかかった黒い髪、青い眼、顎にはケーリー・グラントと同じ窪み。しかしイーデンが言ったように、彼にはやや安っぽいジゴロを感じさせるところがあった。態度は横柄で、髪はいくらか長すぎ、てかてかしすぎているし、ズボンもちょっとぴったりしすぎている。相手が話しかけている間、彼の眼は物欲しげに部屋を見回していた。

ドウェインの弟エロールが、兄の隣に立っていた。彼は花婿付添人《ベストマン》を務めることになっている。見たところ、二人は顔立ちも髪や眼の色もよく似ていたが、エロールはたくましいし、よく微笑む。そして微笑むと、眼が輝いた。リヴィは兄弟のうち間違ったほうを選んだのだと、ジェーンは思った。エロールのほうがだんぜん打ち解けやすく、親しみやすそうだし、熱烈な狩猟家が優秀な猟犬に向ける称賛の眼で、あからさまにリヴィを見つめていた。

ヘスリング家の三人目は彼らの母親イルマであり、いかにも場から浮いていた。ずんぐりむっくりの女性で、着ているのは、おそらく安物の店で一番上等だった服なのだろう。緩い袖なしのブラウスにスカートと軽い上着のスリーピースは、リネン製で色がよければ、十年前にはお洒落だったかもしれない。だがそれはポリエステル製だと叫んでいるのも同然だったし、しかも辛子色だった。彼女は集まりからこっそり離れては、エロールに腕を取られて連れ戻されることを繰り返していた。そしてごくたまに誰かに話しかけられると、引きつった小さな笑い声をあげて答えた。

ジェーンはイルマが気の毒でたまらなかったし、彼女が狩猟小屋ではなく近くのモーテルにエロールと泊まると言い張ったわけを、今になって理解した。サッチャー家の人に交じると、自分が場違いに見えるのを知っていたのだ、いや、怖れていたと言うべきか。結婚してサッチャー一族に入るのはドウェインであって、母親ではない。

ジャックがした仕草は、家の中を案内するぞという命令に見えた。リヴィとヘスリング兄弟はおとなしく従った。イルマは拘束から逃れて、背もたれの高い椅子に腰をおろし、右の靴を脱いで足を揉み始めた。ジェーンが近づくと、あわてて靴を履き直し、苦笑を浮かべた。

「新しい靴なの」イルマは説明した。「こうなるのもわかりそうなものなのに」

「ミセス・ヘスリング、あたしはジェーン・ジェフリイです。ウエディング・プランナーの。何度かご連絡をしています」

「ええ、ええ。結婚式の詳細をいつも連絡してもらって、ありがたく思ってました。わたしはウエイトレスをしてます、ご存じでしょ」

「いいえ、存じませんでした」ジェーンはまごつきながら言った。「えっと――興味深い人たちにたくさん会えるんでしょうね」

「会えますとも」イルマ・ヘスリングは悟りきった様子でうなずいた。「それに、彼らが何をどう考えて行動するかも、ずいぶん学べるわ。あのミスター・サッチャーは……ハンバーガーがきちんと作られていなければ突き返し、時間がかかったと言って支払いを断るタイプだわ」

イルマは意外に目敏かった。ファッション感覚の代わりに、良識が備わっている。

「きっとそうだと思います」ジェーンは言いながら、仕事が完了した時点で支払われるはずの最後の報酬について不安を感じていた。おそらく彼は、ミセス・クロスウェイトが亡くなったのを理由に、報酬をカットするだろう。

「気の毒なかわいいリヴィは、クレームなんかつけずに、焼け焦げたところをマッシュ・ポテトの中に埋めてしまうわね」

ジェーンはちょっと考えてから言った。「あなたはこの縁組にあまり乗り気ではないんですね?」

イルマが身を乗り出し、ささやくような小声で言った。「ええ、あんまりね。誰にとってもよくないわ。そりゃあ、サッチャー家はお金持ちだし、ドウェインはそこが気に入ってる。でも問題はお金じゃない。あのね、エロールなら、お金持ちの娘と結婚してもずっとその人とやっていける。リヴィのような恥ずかしがり屋のかわいい人と結婚して、とても大事にできる。でもドウェインは、いつだってわたしがものすごく厳しく言って聞かせないと、威張り散らすばかり」また靴を脱いで、足の指にできたマメをさすった。「それにリヴィは、かわいそうに、威張り散らされるのに慣れてるわ。だからあの子はドウェインの一番悪いところを引き出してしまう」

ジェーンは彼女の片手を取った。「あなたの言う通りかもしれません。でも、あの二人は自分たちでうまくいくようにやっていかないと。リヴィが結婚して子供ができれば、もう少し気骨というものができるかもしれない。母親になるということは、ずいぶん女を強くしますから」

「そうであってほしいわ。わたしったら、こんなこと口にすべきじゃなかったのに」

「何か必要なもの、欲しいものがあれば、あたしに言ってくださいね」ジェーンは言った。家の中を見学していた一行が戻ってきた。彼らに、ささやかな内緒話をしているところを見られたら、どちらにとってもいいことはない。

「シェリイ」しばらくあとに、ジェーンは言った。「この結婚式は呪われてると思う」

花を飾るラークスパーの手伝いをしながら、彼の常軌を逸した褒め言葉に気をよくしていたシェリイは、冷静だった。「あんたは、花嫁の母もどきの不安を感じてるだけだよ」

「それだけのことであってほしいよ。あたしにはお昼寝が必要なのに、しばらくはそれができる兆しも見えやしない」

9

おばたちがもっと質のいいバスタオルを要求し、ケイタリング会社の現地スタッフが足首を捻挫し、ラークスパーが彼の一番いい花瓶を落として割ってしまったのを別にすれば、あとは順調に進んで午前は終わった。イーデンとキティとレイラは、アイヴァおばさんの監督下でドレスをほぼ完成させた。ミセス・クロスウェイトの厳格な基準には届かないだろうが、汚れて皺々なわけでも、半分しか体が隠れないわけでもなく、リヴィの前を歩くぶんには充分だった。ミスター・ウィリスは、ご自分でどうぞ式の昼食を並べ始めた。サンドイッチの材料、野菜とパスタのサラダ、ポテトチップス、ディップ類、それに白ワインからコーヒーまでのさまざまな飲み物。ふえてきた狩猟小屋の人々は自由に取って食べた。

ジャック・サッチャーは、自らと自らが虐げている部下に、狩猟小屋に泊まらない客を何度も車で往復してモーテルへ送る役を割り当てた。初めこそジェーンは、招待状の宛名を全て手書きしたのだからと、誰が誰かを全員確認しようとしたが、すぐにあきらめた。それでも、身元のわかるいくつかのグループには分けられた。他の人より身なりのいい年配の男性たちは、ジャックの仕事の関係者らしかった。数名の若い女性は彼らが中年の危機を迎えて取り替えた妻――あるいは、午後のブライダル・シャワーに集まることになっているリヴィの友人たちだ。若くスタイリッシュな彼女たちの多くは、おそらくその両方の役割を果たしているのだろうと、ジェーンは思った。どうやらリヴィには気心の知れた友人があまりいないようだから。

それから、ドウェインの背中をぴしゃりと叩き、やや卑猥な冗談を口にして挨拶するひと握りの若者たちがいた。夜が更けてから、バチェラー・パーティに参加する彼の友達だった。

シェリイとジェーンはドアのそばに立ち、到着したばかりの人たちに自己紹介をして、彼らが友人を捜すのを手伝った。来客が途切れた時、シェリイが言った。「高校の頃の法則を覚えてる？　最もきれいな子はブスな友達を周りに置き、その落差のおかげでまさに輝くばかりとなる」

「なるほど。これも偶然じゃないと言いたいの？」ジェーンはにっと笑った。

「ドウェインも同じことをやってるみたい」シェリイが言った。

ドウェインの周りに小さな輪を作っている若者たちに、ジェーンはちらりと眼をやった。ドウェインは片方の暖炉の前で、荘園領主然とした姿勢で立っていた。数時間前に、ジャック・サッチャーが彼と全く同じ姿勢を取っていたのを、ジェーンは見ていた。シェリイは正しい。ドウェイン・ヘスリングの友人たちは、彼のきわめて魅力的な容貌には全く敵わない。だが彼らのほとんどが少しばかり身なりがよすぎた。上流階級の人々に交じっても馴染むように、予算の許す限りの努力をしているのだろう。恋と金とを結びつけたドウェインの幸運に、もしかしたら自分もあやかれそうだと、思ったのかもしれない。

ジェーンはドアの側柱にもたれて言った。「今はあたし、あんな若い時には絶対に戻りたくないな。人生で成功しようとして、自分は何をしたいか、どんな人になりたいのかを模索してあがくんだもんね」

「それに今の時代は厳しいからね」シェリイは同意した。「大学の学位ですら、実業界じゃ有利でもなんでもなくて必須条件だもん。きっとね、あの若者たちの半分は、短期大学の経営学やコンピュータ・テクノロジーの夜間クラスで、あくせく勉強して夜を過ごしているはずよ」

「ドウェイン以外はね。ドウェインは結婚して経営陣に入るから」誰かに聞かれる心配がないか、ジェーンはあたりを見回して確かめた。「そして彼の母親は、そのことをあまり喜んでいない」

「わくわくするところだと思うけどな。うちの子たちがいい結婚をしたら、きっと悪い気はしないと思う」

「彼女は思慮深くて、息子の欠点を黙って見ていられないって感じだよ」ジェーンはミセス・ヘスリングとの会話を思い出せる限り話して聞かせた。「自分の息子よりも、本当にリヴィのことが好きなんだと思う。ううん、好きってのとは違うな。でも、彼女を守るべきだって気持ちが強いの。リヴィが本人よりも、父親を喜ばせるために結婚することまでわかっていたみたいだしね。それからドウェインが、リヴィの父親そっくりに威張り散らすようになるだろうってことも」

シェリイは眉をひそめた。「理解し難いよね、ちょっとばかりピット・ブルじみた闘争心があるあたしたちには。だけど、リヴィを幸せにするのは、まさにそこなんだと思うよ、ジェーン。責任を放棄して満足しきっている人って、男にも女にもいる。従うだけの人間もいないと、誰も指導者にはなれないよ」

「あたしたち、ちょっと哲学的になってるなあ。あんたは、リヴィが本気でドウェインに夢中になってると言ってるの？」

シェリイは肩をすくめた。「たぶん、彼女としては最高に夢中なんだよ」

「彼女の名を口にする時、その前に気の毒なって、つけずにはいられないのはなぜなんだろ？」

ジェーンは考え込んだ。

「あんたがたくましい年増女だから？」シェリイが言ってみた。

「よく言うよ！」ジェーンは言った。「校長を恐怖で震えあがらせ、車の販売店に足を踏み入れれば販売員が直立不動になっちゃうあんたが」

シェリイは少し得意げだった。「あんたもそうなりつつあるよ、ジェーン。ジャック・サッチャーの無礼に毅然と対峙したのは、おみごとだった」

ジェーンは階段の一番上にイーデンがいるのを見つけた。微笑んでジェーンに来るように合図している。「わたしたち、完成させたわよ」ジェーンが行くと、イーデンは言った。

ブライズメイドたちがやってみせた即興のファッション・ショーに、ジェーンは感心した。結果的に、この結婚式は大失敗にはならないかもしれない。レイラとイーデンは若くて魅力的だ。キティは若くて――妥当な言葉を探したものの、ジェーンがやっと考えついたのは健康的、だけだった。チェリー・ピンクのシルクのドレスは、ミセス・クロスウェイトにあてがわれていた、くすんだ茶色の部屋を文字通り輝かせた。

「すばらしいわ！　三人とも。こんなことに忙殺されることになって、本当に申し訳なくて」ジェーンは言った。

「あなたのせいじゃないわ」イーデンが言った。「ミセス・クロスウェイトを階段から突き落としたのが、あなたでなければね」

「階段から突き落としたって！」キティが叫んだ。「なぜそんなことを言うの？　彼女はただ落ちただけよね？」

「冗談よ」イーデンは言った。「そんな取り乱した顔をしないで。悪趣味だったわ。ごめんなさい」

キティは確かに怒っているように見えた。イーデンの詫びを聞き入れずに、ジェーンのほうを向いた。「贈り物はどこかに並べて展示してあるんですよね。わたしも持ってきたんだけど」

ジェーンはキティが到着した時のことを思い出し、結婚の贈り物を持ってきたというのにも驚かなかった。あの山のような荷物からして、キティは自分の持ち物をほぼまるごと持ってきたのだろう。彼女が到着して荷物を運ぶのを手伝った時、大きなスーツケースが二つあったし、そのあとでもキティが段ボール箱を三つ運ぶのをジェーンは見かけていた。「贈り物は、ブライダル・シャワーが開かれる部屋にあるの。あなたが普段着に着替えたら、案内するわ」

数分後、ジェーンがその部屋のドアを押し開けると、彼女とキティは、リヴィとドウェインの抱擁シーンのもてなしを受けた。ドウェインのキスに、リヴィは情熱的に応えているようには見えなかった。

「あっ、ごめんなさい」ジェーンは言った。「ここに誰かいるとは知らなかったの」

リヴィは真っ赤になったが、ドウェインはにやりとしただけだった。「入ってください。しばらくは行儀よくしてますよ。さすがに明日までは」

「もう、ドウェイン」リヴィはにっと笑った。

「キティが自分の贈り物を飾りに来たのよ」ジェーンは説明した。

「まあ、キティ！　なんてすてき！」リヴィはドウェインから離れて、キティが手にしているカットクリスタルのフルーツボウルをじっくりと見た。キティからそれを受け取り、窓から入ってくる光にかざした。「きれいだわ、キティ。本当に親切に、ありがとう」

キティは全くの無表情だった。褒め言葉への返しかたも、悪い冗談のかわしかたと同じく明らかに下手だった。ブライズメイドである間は、微笑むように言っておかなくてはならないようだと、ジェーンは思った。そしてリヴィからボウルを受け取ると、贈り物のいくつかを並べ直して、日の光がグラスのカット面に当たる場所にスペースを作った。それからシェリイとのドアのそばでの務めに戻った。

「ドレスは完成してたよ」ジェーンは言った。「女の子たち、きれいなの。キティまでね。あれで時々笑ってくれさえしたらなあ」

「メルが来たよ」シェリイが言った。「ちょうどあんたが二階に行った時に到着した。今、キッチンにいる」

「挨拶はもう充分やったことにして、全部なくなっちゃう前に、さっさとランチを食べちゃおうよ」

メルはキッチンのテーブルにいて、ミスター・ウィリスと地元の手伝いが二人でランチの残り物を片づけているのを見ていた。メルがジェーンとシェリイを迎えた態度は、二人が期待していたより堅苦しいものだった。

「何かよくないことがあったの?」ジェーンは静かに訊いた。

メルは首を振った。「全くない」くるりと二人に向き、何気なくシーッという仕草をしてみせた。

まずい、とジェーンは思った。

「ジェーン、料理を皿にもらって外で食べよう」シェリイが明るく提案した。「メル、あなたはもう食べたの? 一緒にどう?」

彼らを身辺からどかせたくてたまらなかったミスター・ウィリスは、さっさと三人ぶんの皿を用意し、ドアからシッシと追い払った。狩猟小屋のすぐ裏の木陰にみすぼらしいピクニック・テーブルがあったので、彼らはそこに落ち着いた。

「で、何があったの?」誰も食べ物に手をつけないうちに、ジェーンは訊いた。

「ここへ来る途中、町に寄って挨拶をしたよ」マスタードの効いたハムサンドイッチを物欲しげに見ながら、メルは言った。「ここの警察は少々話し好きな傾向があるな。俺が何者なのかを俺の言葉通りに信じて、いくつか興味深いことを教えてくれた」自分のサンドイッチに勢いよく手を伸ばした。ジェーンのお決まりの尋問が始まる前に、しっかりひと口だけでも食べておこうと決めて。

「どんなこと?」シェリイとジェーンは、声を揃えて質問した。

メルはしばらく満足げに咀嚼《そしゃく》し、ソフトドリンクをひと口飲んで、ため息をついた。「最も重要なのは、ミセス・クロスウェイトがかなり強い力で押されたらしいということだ。彼女の背中に、指先の痕と見られる新しい痣《あざ》がかすかに残っていた」

「ええっ?」ジェーンは叫んだ。「指の痕がつくようなひと押しなんて、よほど強い力をかけないと無理だわ」

「抗凝血剤を服用している人間に対してなら、そうでもないらしい。現場にいた警官が、彼女のバッグに薬瓶が入っているのを見つけて処方医師に電話したところ、彼女には静脈炎の症状てるから」

が繰り返し出ていて、かなりの量の抗凝血剤を毎日飲んでいたと説明したそうだ。だから簡単に痣ができたんだ。さて、きみたちはそのことをじっくり考えてみてくれ、その間に俺は食べてるから」

ジェーンはシェリイを見た。「彼女が死ぬより前の時点で、誰かが押したのかも」

「でも、なんでそんなことをするのよ?」

「事故かもしれない」ジェーンはとっさに考えて言った。「誰かがつまずいて、転ぶまいとして両手を伸ばした拍子に、彼女にぶつかったのかもしれない」

シェリイは眼をぐるぐる回した。「うん、そうだね。それで、彼女がひと言も文句を言わずに済ますと思う? ジェーン、あれは文句を言うために生まれてきた女だよ」

「うーん、誰かが反証するまで、あたしはこの説を信じることにする。誰かが故意に彼女を階段の下へ突き落として死なせたなんて、考えたくないもん」

「ジェーン、ポリアンナぶるのはやめて。あたしには、誰かがまさにその通りのことをしたように思えるよ。だから、あたしたちがこの屋敷でその犯罪者ともうひと晩過ごさなくてはならなくなる前に、その彼だか彼女だかを当局に捕まえてもらいたいと思ってる。寝室のドアには、確か鍵もついてないんだよ」

ジェーンはテーブルに両肘をついて頭を抱えた。「わかった、わかったよ。だけど、ここに宿泊している誰かと限ったわけじゃないんだからね」

「流れ者の変質者って推理?」

「ううん、だけど、この結婚式に関わっていて、ゆうべ近くに泊まった人はたくさんいるよ。モーテルの宿泊者の何人かは、ゆうべのうちに到着してる。たとえばヘスリング家の人たちとか」

「でも、ヘスリング家の人たちがミセス・クロスウェイトに対して、どんな恨みを持ちうるっていうの?」

「いったい誰がどんな恨みを彼女に持ちうるっていうの?」ジェーンは言い返した。「彼女が無礼なクソババアだという理由以外に」

メルは考え込んだ様子で、まるでテニスの試合を見ているように、二人を交互に見続けた。

「何もない」シェリイが言った。「とにかく、あたしには一つも思いつかないや。ジェーン、彼女に対して真剣に腹を立てていたのはあんた一人だけ――ちょっと、そんなにつんけんしないでよ――同時に、彼女が元気でちゃんと生きていて、せっせと針仕事をすることで、一番得をするのもあんただった」

「えっと、もし誰かが故意に彼女を殺したのなら――そんなことを信じてるなんて、あたしは認めないけど――その場合犯人は、彼女の人生に関わりのある何者かであって、狩猟小屋にいる誰かしらに疑いをかけるために、ここまで彼女を追ってきたんだよ。あたしが取り仕切った結婚式に、そんな企みを関わらせてなるものか」

「ああ」ポテトチップをくわえたメルが言った。「やっとわかったぞ、ジェーン。きみはこの件で自分がなんらかの悪影響を受けると思ってるんだな?」

「警察は彼女の身辺を調べてるんでしょう?」ジェーンは訊き返した。メルの質問に答えなかったのは、正直に答えれば心の狭い人間に見えると、自分でもわかっていたからだ。

「これまでのところ、彼女の生活に取り立てて何かあったという証拠は見つかっていない」メルが答えた。「書店の上のアパートメントを借りていて、預金があるがたいした額ではなかった。子供はなく、長年未亡人暮らしで、社会保障制度の給付金を受け、亡くなった夫の少額の年金と仕立て仕事の収入がある程度。とても静かな生活を送っていたと、書店経営者は言っている。彼が知る限り、訪ねてくるのは、彼女が仕立て仕事を受けた女性たちと、あとは、同じ教会に通っている数人の女性で、時々、彼女の家に集まっていた。ああ、毎年一月に従妹を訪ねて旅行をしていた。フロリダだったか、テキサスだったか、書店経営者は覚えていない。どこか暖かいところだったらしいが」

「でも――」ジェーンは言った。

「今はまだ、これ以上のことは知りようがないさ、ジェーン」そう言ってメルは片手を上げた。まるで暴走する十八輪連結トレーラーをとめるために、そうできると信じて手を上げる、交通警官のように。「警察は、今朝捜査に着手したばかりだ。きみの言う通りに、彼女には暗い秘密があって、それが明るみに出るのかもしれない。だけど今の時点では、容疑者は結婚式のためにここへ来た人たちだけだ」

「それはすてきよね」ジェーンは言った。「例の痣から、おそらくは強い悪意によって押されたものと考えて、地元の警察はここへ戻ってくる。現場に覆いをかけに。招待客を尋問しに、はた迷惑な真似をしに」

「残念ながらね」メルが言った。

「わかった」ジェーンは殉教者ぶってため息をついた。「うまくやれるわ。気持ちは切り替えられる。殺人犯を見つけることは、広い視野で考えれば、絵になる完璧な結婚式よりも大事だから」

メルが何やらつぶやいたのは、こんなふうに聞こえた。「それに、はるかに面白いから」

「なんですって?」ジェーンは訊いた。

メルが微笑んだ。「俺のこと? 何も言ってないけど?」

シェリイがちらりと腕時計を見た。「ブライダル・シャワーがそろそろ始まる時間だよ、ジェーン。お昼を食べたら、あっちへ行ってパーティがうまくいくようにしなくちゃ」

「全員がパーティから生還できたら、充分うまくいったってことにするよ」ジェーンは言った。

10

ブライダル・シャワーには、無理にお祝いの空気を作り上げている危うさがあった。そんな空気の中に、甲高い笑い声がはじける。実際のところ、参加している女性のうち、お互いをよく知っている者はほとんどいなかった。ジャックの友人たちが金で勝ち得た若い妻たちはたしかにお互いを知っていたし、そのことを残念に思っていたので、できるだけ慇懃《いんぎん》にお互いを無視していた。レイラとイーデンだけは、曲がりなりにもキティと親交を結んでいたようだった。おばたちは、全ての進行が自分たちの有能な手に委《まか》せられているように装い、共同ホステス役を楽しんで演じ——とことんジェーンをいらだたせた。

ジェーンとシェリイは女性客を呼び集めて、料理と飲み物がぬかりなく準備されているのを確認したあと、邪魔にならないようにその場を離れた。「しばらくとどまって、食べてくわけにはいかないよね?」シェリイが訊いた。「目立たないようこっそり後ろでもぐもぐやるわけには?」パーティのメニューには、ラズベリーの詰まったふわふわのやわらかいペイストリーや、小さな鐘の形をした、濃厚な味わいの手作りのチョコレートウェハースや、シャンパン・カクテルが含まれているのだ。

「食べ残しが出るって」ジェーンは請け合った。「それに二人だけの時なら、うんとがつがつ食べられるし。なんなら、太腿に直接塗りたくって、消化過程をすっ飛ばすこともできる。それにしても、なんて陰気臭いパーティだろ」

「陰気っぽいよね」シェリイも認めた。「だけど、あんたのせいじゃないって。彼女たち全員が共有してるたった一つのものが、かわいそうなリヴィだからだよ。たとえばね、あんたがイーデンのために全く同じパーティを準備したのだったら、彼女には人としての魅力があるから、楽しいパーティになったはず。ところで、リヴィが持ってうろうろしていた、キラキラの紙に包まれたあの小さなものって、なんだったの?」

「コンパクト。すごくきれいでね、リヴィが唯一強く主張して決めたものみたい。ブライズメイドへのプレゼント。本物のゴールドが使われていて、裏にリヴィとドウェインの名前と結婚の日付がきれいに彫ってあるんだ。ものすごくお金がかかってるはず」

「すてきな記念品じゃないの。彼女、少なくとも趣味はいいんだ。ああ、あたしってひどい。リヴィは本当に感じのいい、柔和なタイプの娘《こ》なんだよね。彼女には、とにかく気概っていうものを注入してやりたくなる」

ジェーンはうなずいた。「あたしもリヴィを好きになりたい。誰でもそう感じると思う。いやなところなんかないし。だけど、彼女は複雑なコンピュータ・システムが入ったマネキン人形。コンピュータの指示で喋って動くだけ。礼儀正しく行動するけど、生気がないんだよね」

「外でしているあの音、なんだろ?」シェリイが言った。

「花婿とその友達、だと思う」快適な坐り心地だった椅子から二人してよっこらと立ち上がり、その音を確かめに向かいながら、ジェーンは言った。若者たちはタッチ・フットボール（両手でのタッチをタックルと見なし、手軽にアメリカン・フットボールを楽しめるようにしたスポーツ）をやっていた。体格を別にすれば、彼らは十五歳の集団と見分けがつかなかった。言葉遣いも少しはきれいだったが、大差はない。

誰かが、おそらくは無気力なジョーおじさんが、リクライニング・チェアを引きずってきて、玄関のそばに置いていた。何か理由があってそこまで運んできたのか、あるいはどこかへ運ぶ途中だったのか、ジェーンには推測できなかった。とは言えその椅子の一つをひっぱってきた。

「坐りなよ、シェリイ。花嫁の女友達の誰かがあたしに用があっても、ここにいれば見つけられるもんね」

「ほんとは、もうちょっと離れたとこに坐りたいんじゃないの? シアトルあたりとか?」

二人が居場所を定めた時、メルとジョン・スミス巡査が森から現れた。彼らはジョーおじさんを間に挟んで歩いていた。彼らがジョーおじさんから聞き出そうとしている内容を聞き取るのは無理だったが、その意図を推測するのは難しくなかった。メルか地元の警察官がいずれ話してくれるだろう。ジョーおじさんときたら、わかるもんかとばかり、即座に肩をすくめている。彼の態度は、知るもんかと両手をひろげるか、首を振って否定するか、にらむか、本気ではないものの、相手の男二人を払いのけようとするかのどれかだった。

「彼はなんか知ってるね」ジェーンは言った。

「なんでそう思うの？」シェリイは若者たちのグループを見ながら訊いた。

「だって、何も知らないふりをしてるから。何も知らない人はいないもん」

「あたしのいとこのアルフレッドを知らないから、そんなことが言えるんだよ」

ジェーンは笑った。「シェリイ、もし誰かに何か質問されて答えられなかったら、少なくともなんらかの情報はないか、どんな些細なことでもいいからと、あんたは立ちどまって考えてみない？」

「うん、たぶん考える。でもあたしは、自分の縄張りに侵入されて気を悪くしている、世捨て人の偏屈ジジイじゃないからね」

「そこが重要なの。まさに彼の縄張りだよ。とにかく彼の考えではね。明らかに、長年ここに住んできたし、ほとんど一人きりだった。足を引きずって歩き回り、いかにも虚弱で役に立たないふうに見せてるけど、暗闇の中だろうと、どんな小さな家具のことも把握していると思うな」

「彼も、ゆうべの嵐の時に徘徊してたと思ってるの？」

「絶対に間違いないよ」ジェーンは言った。「しかもきっと何か見たか、聞いたかしているくせに秘密にしてる。だからこそ、ここで起こっていることについて全く知らないと、メルとスミス巡査にあんなに頑強に否定してるわけ。家族でさえそばにいてもらいたくない感じだもんね。その彼が、警察に侵入されたらどんな気分か、想像してごらんよ」

　昨夜ジェーンが出くわした猫が、建物の角をのんびり曲がって現れ、坐って二人をじっくり値踏みしたあと、一度思い切り伸びをしてからジェーンの膝に飛び乗った。彼女は彼の耳の後ろをかいてやった。

　シェリイはじっと見つめていた。だが見ていたのはタッチ・フットボールの試合ではなかった。ひどく考え込んでいるので、ジェーンには脳の歯車のギシギシ動く音が聞こえそうだった。やっと、シェリイが彼女らしからぬ怯《ひる》んだ様子で口を開いた。「ジェーン、ばかみたいだってわかってるけど、あたしね、例の隠されたお宝の話を、みんな何かしら知っている気がする。なのに誰も信じてることを認めない。ちょっとあやしいと思わない？」

　ジェーンは猫を撫で続けていた。「思うよ。でもそのみんなってのを、はっきりさせとこうよ。レイラはかすかにその話を覚えていた。イーデンはもっとよく覚えていたし、おばたちが憶測して考えついた話であって、ジャックが調べてお宝の存在を否定したと言ったのも彼女だった。それで全員」

　シェリイは首を振った。「ラークスパーが、鋤とショベルを手に、花とは無縁な激しい貪欲の色に眼を輝かせてうろついてるよ」

「そうだね。彼のことを忘れてた。彼はどうやって知ったんだろ？」

「訊いてみないとね」シェリイは言った。「彼がその話を聞いてるんだったら、同じように聞いてる人がたぶん数百人いるよ」

「とすると、どういうことになるわけ？」

「えっと――」シェリイは口ごもった。「これが必ず正しいと思ってるわけじゃないよ。ただね、ここに本当にお宝があるとしたら――」

「もしも隠されたお宝が存在するんなら」ジェーンは口を挟んだ。「どうして、その場所が狩猟小屋でなきゃいけないのか？　あたしがお宝を持ってたらさ、大きな古い金庫を買って、その中に突っ込んどく」

「だけど、それじゃあ隠すんじゃなくて、しまい込むだけじゃん」シェリイはいらついた様子で言った。「とにかく最後まで聞いてくれる？　仮にお宝があったとして、それがミセス・クロスウェイトの部屋にあったとする。もしあたしがO・Wで、ここに何か隠したかったら、自分自身の部屋か、その隣の部屋に隠して、ここにいる間お宝が確認できるようにする。そしてあたしがいない時は、その部屋には他の誰も泊まらせない」

「わかった」ジェーンは言った。「あたしもその点は賛成。じゃ、あんたは、ミセス・クロスウェイトがお宝を見つけたと思ってるんだね？」

「彼女は少し耳が遠かったみたいだけど、視力は驚異的によかったはずだよ。彼女の仕事ぶりを見たでしょ。あの几帳面で緻密な手作業を」

「でもシェリイ、彼女は丸一日もここにはいなかったよ。ジョーおじさんが全く気づかなかったものを、どうやって見つけられたっていうの？　それにサッチャー一族とその友人知人たちに加え、赤の他人までお宝の噂を聞いてたとしたら、ジョーおじさんが知らないままでいられる？　何年もずっとそれを探してたのに。やだ！　あたしってばお宝があるものと思ってる言いかたになってきてる」

シェリイはジェーンの主張に反論する用意ができていた。「彼の服装を見てごらんよ。少なくとも色覚異常じゃなきゃ、あれほど趣味の悪い人がこの世にいるわけがない」

「違うね。老齢だったあたしの祖父は、市松模様と格子縞と縞模様を合わせて着るのが大好きだった。視力はよかったよ。センスがなかっただけで」

「なるほど、その点はあんたに譲る」シェリイが言った。「ポールのお父さんは世界一みっともない帽子を被ってるけど、いかに間抜けに見えるかなんてまるでわかってないみたいだもんね。でも、ミセス・クロスウェイトの視力が抜群によかったはずだってことは、あんたも認めざるをえないよ」

「そこは同意する」

「じゃ、彼女が床にピンを落としたとして、拾おうとかがんだら、床の継ぎ目が小さなドアになっているのに気づいたっていうのは？」

「あの部屋の床はリノリウムだった」

「細かいとこを突っ込まないでよ。ただのたとえなんだから」シェリイがぴしゃりと言った。

「仮によ、なんとなくおかしいものに彼女が眼を留めて、調べてみたら、何か貴重なものが見つかったのだとしたら？　ごく小さいものだったかもしれない。絨毯の端からちょこっとだけ覗いてる封筒の角とか」

「もし彼女が見つけていたのだとしたらあとは？」ジェーンは言った。「あたしたちはミセス・クロスウェイトのことをよく知らないもんね。だから、わんさか持ってきた物の中にそれを忍ばせて、残りの人生を豪勢に過ごすつもりだったか、あるいは本来の持ち主に返すつもりだったのかはわからない」

「本来の持ち主って、ジャック・サッチャーになるんだろうけど、彼女が死んだ時、彼はまだここに来てなかった――」

「あたしたちの知る限りではね」ジェーンは注意を促した。「彼がゆうべどこにいたか、あたしたちは知らない。それにシカゴからここまでは、一時間半しかかからないよ」

「――だけど、彼女は貴重なものを見つけたことを、誰かにほのめかしたかもしれない。ここにいる間、彼女はほとんど二階のあの部屋にいて、他のみんなは思い思いに歩き回ってた。誰でも二階に彼女を訪ねていけたし、他の人には気づかれもしなかったかもしれない」

タッチ・フットボールをやっていた一人から、大きな悲鳴があがった。二人の若者が、芝生に大の字になっているドウェイン・ヘスリングに駆け寄るのを見て、ジェーンはぞっとした。だが彼女が動きだす前に、ドウェインは立ち上がり、ぐあいを見るように腕を曲げていた。

「大丈夫」彼は言った。「どこもちゃんと動く」

ジェーンは溜めていた息をほっと吐き出した。「彼に腕か脚の一本でも折ってもらえれば、もう完璧だわ」

「ラークスパーに、彼の松葉杖をチューリップとカスミ草で飾ってもらわなきゃ」シェリイが笑って言う。

食料品店で行儀の悪い真似をする子供の母親用にとってある眼つきを、ジェーンは友人にしてみせた。「あんたの推論に戻ろうよ。ここまで、多少なりと現実味のあることから、六つほど仮定の話を考えてきたよね。最後まで行ってみるのもいいじゃない」

「うーん。正直言って、行きつく先はわからないんだよね。ただ、ミセス・クロスウェイトは何か貴重なものを見かけるか、見つけたかして、そのことを口にしたために、自分を危険に曝した可能性はある」

「それだと、あたしの説が崩れるな。結婚式に無関係の誰かが、彼女をナチの協力者だったと知って、復讐を果たすためにここまで追ってきて突き落としたっていう説」ジェーンは言った。

シェリイは微笑んだ。「そりゃ悪かったね。だけど、誰だろうと、なぜ彼女を殺すのにここまで追いかけてくるの？　狩猟小屋の間取りもわからないのに。特に夜となると」

「ひと晩じゅう暗かったわけじゃないかも。停電になった時、大広間の明かりがちょっと点いたよ。夜の間に通電していたかもしれない」

「だけど、昼間ずっと家具の下にでもひそんでいなければ、どの部屋にミセス・クロスウェイトがいるかさえ、外の人にはわからないよ」

ジェーンはちょっと考えたが、議論の余地を掘り起こせなかった。「わかった、わかったよ。じゃあ、もし警察の言う通り、誰かが彼女を階段から突き落としたのだとして、犯人が泊まり客だったとしたら、あんたは誰が第一容疑者だと思う？」

「おばさんたち？」シェリイは気乗りしない口調で答えた。

「ちょっと、シェリイ！　ミセス・クロスウェイトがあの二人のどちらかにとって、どんな脅威になれたっていうの？」

「だって、お宝話があるじゃない。あたしたちが聞いたところによると、その話を考えついたのはあの二人で、ラークスパーを別にすれば、信じてるらしいのもあの二人だけ。ミセス・クロスウェイトが何か貴重なものを見つけて、その話をあの二人にしたのだったら？　ひょっとしたら、彼女は貴重なものだとすらわからずに」

「おばたちは、それを自分たちのものにしたかった。当初お宝の存在を信じなかったジャックとは分け合いたくなくて……？」

「あるいはおばのどちらかだけだったかも」シェリイが言った。「独り占めしたかったほうが」

ジェーンはしばらく考えた。「そうかもね。だけどおばたちは夕食のあと、手厳しく彼女を撥ねつけてた。ほんとに救いようのない上流気取りだよ」

「でも、ゆうべ狩猟小屋にいたサッチャー家の長老は、あの二人だった。ミセス・クロスウェイトがもし何か見つけて、正直者でいようとしたら、あの二人こそ彼女が話をする相手じゃない?」

「そうだろうね」ジェーンは言って、いっとき考え込んだ。「ミセス・クロスウェイトが、本当はおばたちと知り合いだったら? 今回よりも前からってことだよ。あるいは間接的に知っていたとしたら?」

「どういう意味?」

「三人とも同い年だよ。それに、七十歳になるまで待ってお針子になる人はいない。彼女、言ってたじゃない。はるか昔、マーガレットのウエディング・ドレスを縫ったって。おばたちとのつながりから、そのどちらかの秘密を、彼女が知ることになったのだとしたら?」

シェリイの眼がぱっと輝いた。「それ、気に入った。たぶん、ミセス・クロスウェイトは五十年前に、妊婦用のブライズメイド・ドレスも作ったんだ。純潔で、純潔であることを大威張りしていたアイヴァおばさんのためにね。お針子のような卑しい者のことを彼女たちは覚えていないだろうけど、お針子のほうは上流階級の典型のような人のために秘密の仕事をしたことをきっと覚えてる」

「おばたちは彼女が何者で、何を知っているかをはっきり知ると、言い争いをする仲ではあっても、敵に対しては協力し合うわけよ」

そんな話をいやがるかのように、猫がジェーンの膝から飛びおり、歩き去った。ジェーンは笑った。「これで、あの猫がその説をどう思ってるかがわかったよね」

「ひどいもんだ、って？　想像をひろげすぎた？」シェリイが訊いた。

「ちょっとだけね。でもたいした想像力だよ。その努力にはAをあげる」

「よし、しばらくおばたちのことは忘れよう。あの二人が、選び抜いた二言、三言で誰かを破滅させるところは容易に想像できるけど、体を使ってというのは無理だよ。ここにいる誰かでなきゃだめってことなら、ジョーおじさんは？」

「動機は？　この際、秘密の妊娠とナチ関連はなるべく避けようね」

「お宝だよ、もちろん」シェリイは自信満々に言った。「彼は長年ここでこつこつ探してきた。床板を剝がし、獲物の首の詰め物を搔き回し、壁を叩いて秘密の抜け道を探し——」

「庭を掘り返して？」ジェーンが口を挟んだ。

「そう、それでも何も見つからなかった。すると気難し屋の老婦人が、彼が二階へ運ばなくてはならない重いミシンの持ち主が、お宝を見つけるわけ。そのお宝はジャックとおばたちに引き渡される。忠義者のジョーおじさんには一セントも渡らない。だから彼女を階段から突き落とし、彼女の部屋へ——あるいはお宝があると彼女が言った場所へ——さっさと入って掠《かす》め取る」

ジェーンはうなずいた。「で、彼女が他の誰でもなく、彼にお宝の話をすることにしたのは、どういうわけ?」

シェリイはリクライニング・チェアにどさっともたれた。「ただの文句じゃなければいい質問だね。『ねえ、あなた』」とシェリイはミセス・クロスウェイトを真似てみせる。「『そのミシンをちゃんと置いたら、あのおそろしい熊の敷物の口の部分に、丸めた書類が突っ込んであるから処分しといて』これでどう?」

ジェーンは苦笑した。「当ててみようか。その丸めた書類って、ジョーおじさんがかつて連続殺人犯だった証拠なんだ」

「あるいは、ナチの支持者だった証拠」シェリイが陽気に言う。「どっちでもお好きなほうを」

11

タッチ・フットボールをやっていた一人が試合から抜けて、ジェーンとシェリイに礼儀正しく会釈しながら建物の中に入り、数分後には両腕いっぱいに炭酸飲料を抱えて出てきて、みんなに配った。彼が出てくるのと同時に、また一人が中へ入り、同じく数分後に出てきた。

「たぶん、シャワーの出ぐあいを確認しとくべきだね」ジェーンは力の入らない様子で言った。

「何か必要なものがあれば、彼らのほうからあんたを捜すって」

「それでも、ちゃんと生活費を稼いでいるように見せとかなきゃ。すぐに戻るから。もし坐ってるとこをジャック・サッチャーに見られたら、報酬から百ドル引かれちゃうかも」

「ところで、彼はどこにいるんだろ?」

「彼とご友人は、領内のどこかにある湖を見にいってる、と思う」ジェーンは言った。「たぶん、九番目のグリーンをどこにすべきか、計画を練ってるんだよ。ここで待ってて」

「あたしをここに残して、素人のフットボール試合を見せとくつもり? 冗談じゃない」シェリイが言った。

二人が大広間の隣の部屋に近づいた時、間違いようのない親しげな喋り声がたくさん聞こえてきたのが、ジェーンは嬉しかった。まだ早い時間に張っていた緊張の氷は割れたようだ。イーデンとレイラが、ドアの外へ出てきた。イーデンはおそらくトイレ休憩のためだろう、修道士の小部屋へ続く廊下へと歩いていき、レイラはキッチンへ向かっていた。「何か必要なものは?」ジェーンは声をかけた。

ジェーンがまだ話していた時、ミスター・ウィリスが、追加のシャンパン・カクテルの載った盆のバランスを取りながら、勢いよくキッチンのドアを開けた。「あれが、ちょうど探していたものよ」レイラが言った。「わたしたち、みんなほろ酔いで笑い上戸になっちゃって。マーガレットおばさんが、ご自分できわどいと思っている話をしているところ」

レイラがそれこそ少女のように楽しそうなので、ジェーンは抱き締めたくなった。「楽しんでるのね?」

「ミセス・クロスウェイトのことがなければ、ここ数年で最上の週末だったと思います」

「お子さんたちがいなくて、寂しくない?」

レイラは笑った。「ええ、ちっとも。後ろめたく思うべきかしら?」

「いいえ、断じて」ジェーンは言った。

ジェーンとシェリイはドアからそっと入り、リヴィの眼をとらえた。「何か必要なものは?」

ジェーンは口の動きで伝えた。

リヴィは包装紙とリボンの山に埋もれていた。贈り物を開封するために、誰かがキッチンからいくぶん危なげなナイフを持ってきていた。誰もミセス・クロスウェイトの部屋へ鋏を取りに入りたくなかったのだろうと、ジェーンは思った。

　リヴィは包装紙とリボンを脇にどけて立ち上がり、二人のほうへ歩いてきた。「どんな小さなものも失くさないように、これ全部入れてしまう箱が一つ必要だわ。屋根裏部屋にあるかもしれない。差し支えなければ――？」

「全然平気よ」ジェーンは言った。

　ジェーンと二階へ向かいながら、シェリイが言った。「彼女、意外にもちょっと微笑んでた。それも本物の微笑みみたいだった」

「早く終わってほしいもんだ」ジェーンは言った。「今や事はうまく運んでるようだし、残りも最後まで順調に進むかもしれない」

　ジェーンは屋根裏部屋への扉に手を伸ばし、押し開けようとした。が、開かない。おそらく雨やら湿気やらのせいで動かないだけだろうと思い、もう一度押してみた。「変だな。鍵がかかってるみたい」

「鍵が？　昨日はかかってなかったのに。この中を覗いたよ、覚えてる？」

　ジェーンは扉を見つめた。「すごく妙だよね。ミセス・クロスウェイトの部屋にリッパー（縫い目をほどくための裁縫道具）がないか見てくる」

「話がつながらないんだけど？」シェリイは訊きながらジェーンのあとを追った。

ミセス・クロスウェイトの部屋は少々散らかっていた。警察が彼女の荷物と仕立ての道具や材料を調べたあとだ。部屋をわざと荒らしたわけではないだろうが、ひどく乱雑だった。「あとでもう一度ここへ来て、全部箱詰めしないとね」ジェーンは言った。「あっ、ここにリッパーがあった。これで鍵を開けられる」

「なんて変わった特技だ」シェリイが言った。

「母親なら誰だって知ってるんじゃない？　小さな子が自分で鍵を閉めて浴室から出られなくなった時、助け出す方法くらい」ジェーンは訊いた。

「以前デニスを一階のトイレから助け出すために、ドアの下の隙間から這って入らなくちゃいけなかったことがあって、その後、鍵ははずしてもらった」シェリイは言った。「で、あたしは閉じこもることができても、子供たちにはできないように、小さいフックを高い位置につけたの」

ジェーンはリッパーを手に持ち、廊下に戻ってさっきの扉の前に坐り込み、錠を調べた。

「いったいどこでこんな技を習ったのよ？」

ジェーンはにっと笑った。「あたしが、頭がおかしくなりそうなほど、絶望的に恋をしていたフランス人の男から習った」

「なのに、彼と結婚しなかったの？」

「できなかったの。彼は三十歳で、あたしは十歳だったから。当時、父さんがパリの大使館に配属されてて、家はパリ郊外にあったんだ。両親は姉とあたしに、フランス語が上達するように現地の学校に通わせたかったの。姉妹して見込みなしだったけど。ムッシュー・バティスト・ルクレールは数学の先生だった。彼があたしたちに錠前のはずしかたを教えたの。数学の法則を理論で説明するためってことで。実際は、あたしたちを共犯者にするために教えてたみたい。学期の途中で、彼が失踪したの。母さんからあとで聞いた話だと、家に押し入ったかどで逮捕されたんだって」

シェリイが笑った。「あんたたち少女を仕込んで、幼いオリヴァー・ツイストにしようっての？　はん」

「彼って、そりゃあすてきでさ。ウェーブのかかった黒っぽい髪を、いつも芸術的に後ろへ掻きやるの。あたしが今までに見た中で、最高に長くて美しい睫毛の持ち主だった。大人として彼に会ってたら、お尻をひっぱたいて矯正させたくなったかもしれない。でもあたしが十歳の時の彼って、すごくロマンティックだったんだよね」ジェーンが錠を一瞬そっと突くと、かちりと音がした。彼女はドアを開けた。「こういうやりかたを知ってるなんて、メルには絶対言わないでよ」

屋根裏部屋のがらくたの中に通路が一本できていて、一番奥にまだまだ新しそうな段ボール箱がいくつかあった。女二人は用心しいしい通路を歩いていって箱を二つ選ぶと、立ちどまって他のものもいくつか見てみた。散弾銃の薬莢がぎっしり詰まった木箱一つ、情けないまでに見捨てられている散弾銃が数丁、衣類がいっぱいに入った大きな古い木箱が、部屋の一番奥に置いてあった。たいていが野外で使うものだ。あまりに古くてひび割れているウエリントン・ブーツ、タータンチェックのウールのコート、毛皮の縁《ふち》飾りのついた帽子。五本指手袋とミトンがたくさんあったが、どれも片方しかないようだ。シェリイが指先で乗馬ズボンをつまみ上げた。「洗えば、使えるかもしれないね」

「食料品店への楽しいお出かけにぴったり」ジェーンは言った。「ドアノブだ」

「なんだって？」

「いろんなドアノブが箱いっぱい入ってる」ジェーンは通路を戻る途中で、別の木箱を覗こうとしゃがみ込んで言った。「なんだって、ドアノブを集めたりするわけ？　しかも面白くも、きれいでもないものばっかり」

「あっ、見て。クローケーの道具だ。二組か三組あるよ」シェリイが言った。「一組持ち出して、芝地にセットしよう。子供の頃のあたし、クローケーの天才だったんだ。ずるをやりまくって」

二人は屋根裏部屋のスポーツ部門らしきところへ来ていた。覆いをはずすと、野球のボールに使い古されたバット、アメリカン・フットボールのボールも何個かと、もつれ合ったバドミントンのネットが出てきた。

「昔の人は、余暇についてずいぶん違う考えを持ってたんだね」ジェーンは言った。「今だったら、みんなでする団欒《だんらん》は、たいていテレビかコンピュータの前。夏にここへ遠出するのは、きっと楽しかっただろうな」

「リヴィのとこへ、もう箱を持って下りたほうがいいね。あの黒いものはなんだろ？」

「電気工事用のテープ？」入口そばの、とぐろを巻いた蛇に見えるものに眼をやり、ジェーンは推測した。「ううん、布だ。伏せテープ（伏せ縫いの縫いしろを処理するために使うテープ状の布）。妙だな。クローケーの道具を持って下りる？」

「あとでもう一度ぼろ布を持ってきて、きれいに拭いてからにする」シェリイが言った。

二人は屋根裏部屋を元通りに閉めて、リヴィに箱を届けた。パーティはお開きの兆しが見えていた。女性たちは最後の飲み物をぐっと飲み干して、自分のバッグを捜している。キティは実際的に振る舞って贈り物を選り分け、再利用できる包装紙をきれいに畳んでいる。レイラは快適な椅子にもたれて微笑みを浮かべ、そのまま眠ってしまいそうだ。イーデンは包みについていたいらないリボンを、色鮮やかなティアラのように頭に緩く巻きつけていて、おばたちを部屋から退かせようとしていた。

「すぐにお夕食になりますよ。お二人は、それまでにちょっとお昼寝をしておくべきじゃない？」イーデンは訊いていた。アイヴァは頭の上で鬘《かつら》が勝手に半回転したがっているように見えるし、マーガレットはこの世で唯一動かないもののように、テーブルにしがみついている。イーデンはちらりとジェーンを見て、にっと笑った。「ものすごくいけるシャンパン・カクテルだったのよね」

　やがて部屋は空になった。金持ちのトロフィーのような妻たちは、夫たちが迎えに来て地元のモーテルに戻った。おばたちは酔いを醒ますべく、寝室で布団にくるまれている。レイラは椅子から一人で立ち上がり、少しふらつきはしたものの、やはり寝にいった。キティはきれいなネグリジェやスリッパや下着、さらにはもっと控えめなキッチンやバス用品の贈り物を片づけてしまっていた。ミセス・ヘスリングは完全にしらふのようで、パーティが終わったのに心底ほっとしたらしく、モーテルに連れて帰ってもらおうと、大きな声をあげてエロールを捜していた。ミセス・ヘスリングが去ると、残されたのはリヴィ一人で、とても疲れている様子だった。

「夕食の前に、少しお休みなさいな」ジェーンは忠告した。

「パパがわたしに何も用がないか訊いてみて、なければしばらく休むわ。こういうのは疲れるし、あなたはもっと疲れてるはずよ、ジェーン」

「かまわないわ」ジェーンは言った。「あたしは、そのために来たんですもの。それに、大変な仕事の大部分は、事前に計画を練ることだから」

　ジェーンはそのまま残り、もう少し部屋を片づけた。シェリイはクローケーの道具を掃除しにいっていた。タッチ・フットボールの試合のざわめきが聞こえなくなったのは、ドウェインの友人たちが、このあとに控えているバチェラー・パーティのために、一人、また一人と着替えや身支度をしにモーテルに戻ったからだ。

手つかずらしいシャンパンのグラスが、一つだけ残っていた。ミスター・ウィリスが部屋に入ってきて、残りの皿を片づけ始めると、ジェーンは彼に持っていかれる前に、そのグラスに飛びついた。

「すばらしいお仕事でした、ミスター・ウィリス」ジェーンは言った。「それにこれ、ほんとにおいしい。みんなが千鳥足で出ていくことになったのも、無理ないわ」

彼はうなずいて感謝を示した。「しばらくの間、また少し必要なものを取りにいくのでここを留守にするよ。冷蔵庫にあなたとミセス・ノワックのぶんのサラダと料理を入れてある。ミスター・ヴァンダインも夕食の間ここにいるのかな?」

「わからないわ。彼と話ができる機会があまりなかったので」

「では、彼のぶんもちゃんと残しておこう」

ミスター・ウィリスが無敵執事ジーヴズのごとくふっと姿を消し、ジェーンは最高に幸せな静けさの中でシャンパンをひと口飲んだ。だが幸福は、数分後にドウェイン・ヘスリングによって邪魔された。彼は怒っているようだ。

「何があったの?」ジェーンは訊いた。

「あっちこっちあんたを捜し回ったぞ」彼はいきり立って言った。「見に来てくれ」

二人で大広間まで来ると、木槌やらボールやら小門を両腕に抱えたシェリイと鉢合わせした。

何かあったとピンと来たシェリイは、どさっと全部を椅子におろし、ジェーンとドウェインを追って彼の部屋に向かった。

そこはめちゃくちゃにされていた。

抽斗が、空っぽのものまで引き出され、そこいらにほうり出されていた。スーツケースの中身が、部屋のいたるところにばらまかれていた。ベッドじゅうに、ボトル入りのアフターシェーヴ・ローションがまかれていた。浴室では、彼の練り歯磨きが床にべったり絞り出されていたし、トイレの中では、ひげ剃り用の器具が丸められた礼装用シャツに載っていた。

「うわあ、信じられない！」シェリイがささやいた。

「これはどういうことなんだ？」ドウェインがジェーンに迫った。

「わからないわ」彼女は言った。「いつこんなことに？」

「俺たちみんなが外にいる間さ」ドウェインが腹立たしげに言った。「フットボールをするために、こんな格好に着替えてるんだぞ」

「ドウェイン、誰だか知らないけど、なんでこんなことをすると思う？」ジェーンは訊いた。

「知るもんか」

「誰かがものすごくあなたに怒ってるってことよ」シェリイが言った。

「俺のものをこんなにするなんて、誰にもそんな権利はないぞ。即刻、きれいに掃除してもらいたい」

「じゃあ、一緒にやりましょう」ジェーンは言った。最初こそ同情したが、彼の命令口調がジャック・サッチャーそっくりに聞こえて、いらだちを感じ始めていた。

「俺はここの責任者じゃない。それはあんただろ。俺は客だ」彼は冷ややかに笑った。

「ミスター・サッチャーのお客よ。あなたのトイレでごそごそやってもらうように、彼に頼みたい?」ジェーンは訊いた。

「俺は、新しい練り歯磨きを買いにコンビニエンス・ストアを探しにいく」彼は言った。「戻ってきた時には、全てきちんとなっててほしいね」

ドウェインは足を踏み鳴らして出ていき、残されたジェーンとシェリイは、猛烈な怒りから真っ赤になっていた。しばらくお互いを見つめ合った。それからジェーンが口を開いた。「この廊下に並ぶ部屋に、まだ一つだけ空きがあるの。ドウェインのものは、とりあえずそこに入れよう。掃除屋さんは、彼がどこかよそで見つければいい」

「なんて最低なやつ」シェリイが言った。

「あのとんま、ジャック・サッチャーの膝に坐って、傲慢なブタ野郎になる方法を習いでもしたみたい」さらにジェーンは言った。

「クズめ、クズ、クズ」シェリイはぶつぶつ言いながら、シャツを拾ってよく振り、散らかったものの中からハンガーを見つけようとした。

三十分後、二人は空気の入れ替えができるように小窓を開けたままにして、部屋のドアを閉

め、ジェーンがそのドアにメモを貼った。そこにはこう書かれていた。〈今後のあなたのお部屋は廊下の反対側です〉

12

午後四時頃、家族と結婚式の参加者がリハーサルの準備とその後の夕食のために、集まり始めた。結婚式の通しのリハーサル自体は、すいすい進んだ。おばたちがもっと重要な役をやりたがるのをのぞけば。もっと重要な役がどんなものだったかは、誰にもわからない。おばたちは、花嫁の母の代理として、花嫁側の一列目の席に案内されることになっていた。ところが一段階進むたびに、二人は訊き続けた。「ここでわたくしたちは何をしていればいいの？」

この質問に、ジェーンは皮肉な回答を五、六個は用意できたが、自分を抑えておばたちに言い続けた。ただじっと坐って、楽しんでもらえばいいのだと。

花婿、ベストマンのエロール、グルームズマン（ベストマンのほかに花婿に付き添う男性）たちが脇の部屋から順番に出てきた。キティとレイラとイーデンは優雅に階段を下りてきた。三人の中に、ミセス・クロスウェイトの落下事故のことを考えていた者がいたとしても、一人としてそんな様子を見せなかった。キティは、女友達からの贈り物を飾っていたリボン紐や蝶結びを利用するという実にみごとな方法で、リヴィのブーケを作っていた。リヴィは夕食の席のために着た淡いブルーのスーツ姿で、リボンのブーケを手にしたところは、そのままでもかわいい花嫁になっただろう。彼女をエスコートしているジャックまでも、楽しげで好ましく見えた。

エスコートのリハーサルはわずかな時間で終了した。ジャックが雇ったマイクロバスが、すでに正面玄関で待機していて、花嫁花婿の一行と家族とをシカゴのとてもすてきなレストランに送ることになっていた。そのおかげで、ジェーンとシェリイに加えてミスター・ウィリスも、充分受けるに値する中休みが取れる。花嫁たちはずいぶん余裕をもって出発する。移動時間と食事の時間とで、ジェーンとシェリイとミスター・ウィリスには、喜ばしい静けさが、たっぷり五、六時間は与えられることになるのだ。

客がバスに乗り始めた時、ずいぶん立派なスーツとネクタイに身を固めたジョーおじさんを、ジェーンの眼がとらえた。「彼も行くのかな?」シェリイにささやいた。

「彼が招待される理由が思いつかない」シェリイが答えた。「彼もあたしたちと同じ雇われ人なのにね、ただ長く働いてるだけで」

しかし、ジョーおじさんはバスに乗った。

イーデンが忘れ物を取りに狩猟小屋に戻ってきたので、ジェーンは彼女を呼びとめた。「イーデン、どうしてジョーおじさんも一緒なの?」すばりと訊いてみた。

イーデンは少し混乱しているようだった。「あら、だって彼は家族だもの。知らなかった?」

「家族って、どういう?」ジェーンは訊いた。

「ジャックの兄よ。庶子だけどね、もちろん。正確には異母きょうだいなの、ジャックとアイヴァとマーガレットの三人とは。あなたは知ってると思ってた。だから彼はたいして仕事もしないのに、ただでここに住むようになったのよ。わたしのビーズのバッグ、見かけなかった？」

「茶色の長ソファの上よ」ジェーンは言い、あっけにとられた顔でシェリイを見ると、友人も同じ顔をしていた。

客が全員バスに乗って出発するまで、二人は口をきかなかった。バスが出発しても、黙ってキッチンへ向かった。ジェーンは二人ぶんのコーヒーを注ぎ、キッチンの真ん中の大きなテーブルの椅子に、シェリイと腰をおろした。

「誰も思いつかないよ」シェリイがようやく口を開いた。「おじさんって、ただの敬称だと思い込んでた。あの一族への長年の奉公があったからだと」

「どうにもよくわからないよ」ジェーンは、その中に啓示でも現れんばかりの勢いで、コーヒーカップを覗き込んでいた。「異母兄だって、イーデンは言ってた。じゃあ、彼が生まれたのは、ううん少なくとも胎内に宿ったのは、O・W老がまだ結婚もしてなかった時じゃん」

「イーデンの話だと、その爺さんはずいぶんな女たらしだったって」

「彼の奥さんは、結婚前にそのことを知ってたと思う？」ジェーンは訊いた。

「あたしたちには知りようがないけど、イーデンが知ってるなら、他の家族は知ってるよね」シェリイは言った。「ジョーおじさんは、本当にリヴィのおじさんなんだ」

「道理でおばたちが、彼に対してああも高飛車で冷たいわけだ。よくある上流意識のせいだと思い込んでたけど、はっきりした理由のある上流意識だったわけか。あのみっともない老人が自分たちの異母兄なんだから」

シェリイは微笑んだ。「あまり愉快なはずないよ」

「誰も彼をわざわざ身内だとは言わないわけだ」ジェーンは言った。「あたしだって、言わないだろうな」

「でも彼らは家族の一員として、彼をディナーに連れていった。ヘスリング家の人たちには誰かが話したのかな?」

「ヘスリング家がそう気にするとは思わないけど」

「ドウェインは気にするかも」シェリイが推測した。「ジョーおじさんが一族のお金を受け取るかもしれないじゃない」

ジェーンははっと顔を上げ、眼を丸くした。「あんた、まさか――?」

「あのジョーおじさんが、例の所在不明のお金を手にしていたら? 所在不明のお金が現実にあるとしてだけど? たぶん、そういうことじゃないかな。だけど、それだったら、どうして彼は何年もこんなところでじっとしてるんだろ?」

「家賃がただ、仕事もたいしてない。怠惰な老人には最高の場所だよ」ジェーンは言った。「彼、ずっとここで暮らしてたのかな。はたまた、若い頃にはちゃんとした仕事と生活があって、ここは引退生活ってだけなのか」

「あたしには、彼が昔からここに居坐り続けてるって感じがする。永遠に」シェリイは言った。「でも、そういう感じがするってだけだもんね」

二人はしばらく黙り込み、サッチャー家に関する新しい情報を頭に取り込んで整理しようとした。そのあと、シェリイがドウェインの部屋の件を持ち出した。「いったい誰なら、彼の持ち物にあんな真似ができたんだろう、それに理由は」

「性質《たち》の悪いいたずらのつもりだったかもしれない。でも、あの男の子たち——ここにいたあの若い子たちの性格とは、食い違うみたい」

「あたしも全く同感。第一に、彼らは破壊行為を面白がるような不良には見えない。全員、どちらかというとガリ勉ぽい。第二に、ドウェインに何か不愉快なことをしてやりたいと思っていたとしても、ジャック・サッチャーにはとてつもなく敬意を払ってるから、彼の屋敷のベッドや水回りを荒らすことを考えたりはしないと思う。大企業の重役を感心させるには、いい手じゃないもん」

「同感。だけど、彼らの何人かは、フットボールの試合中に家に出入りしてた。機会はあったよ、動機はなくても」ジェーンは言った。

「でも、ほぼ全員がそうだった」シェリイが指摘した。「ブライダル・シャワーの参加者は、シャンパンをがぶ飲みしては、自分の部屋のトイレと会場とを走って往復してた」

「女のしわざかもしれないって？」

「そうでない理由はないもんね。特別力がいるわけじゃないし、背も高くなくていい。そういう意味では、あのおばたちにだって可能性はある」

「あるいは、ジャック・サッチャーにも。さらにはジョーおじさんもだ」ジェーンは言った。

「でも、目的は何？　単に反感か軽蔑を見せつけるため？」

「警告のつもりだったとか。おまえのやってることをとにかくやめろ、ドウェイン。でないと、何かもっと悪いことがおまえに降りかかるぞ、って」

「でも、リヴィと結婚する以外に、彼が何をしてるかな？」

シェリイは言った。「それだけで充分なのかも。他にも何かあるかもしれないけどね。あたしたちは、彼のことを何も知らないもん。下劣なとこがあって、かっとなると、誰かれかまわず手近な人間に性質《たち》の悪い真似をすること以外は」

「あたしの考えでは、ただ一人やるはずのなかった人物は、ジャック・サッチャー」

「どうして？」

「だって、彼だったら、結婚式を取りやめにしたければ、リヴィにやめだと言えばいいだけだもん」

「たぶんあんたの言う通り。それに、リヴィとドウェインの結婚が、おばたちにいくらかでも影響を及ぼすとも、あたしには思えない。だったら、あとは誰が残ってる？」

「ブライズメイドとジョーおじさん」

「あたしはジョーおじさんにする」シェリイが言った。

「なんで？　彼の動機は？」

「わからない。でも、そのうち何か考えつくよ」

二人は玄関扉の開く音と、近づいてくる足音を耳にした。「メル？　あなたなの？」ジェーンは呼びかけた。

メルがキッチンに入ってきて、まっすぐ冷蔵庫へ向かった。「何か食べるものはあるかな？」

「ミスター・ウィリスが、あたしたちに夕食を残しておいてくれたわ」ジェーンは言った。

「どれでも気に入った料理のお皿を選んでね。どこに行ってたの？」

「この領内をこそこそかぎ回っていただけさ」彼は言いながら、皿からアルミフォイルをはずし、料理を不満げに見つめた。「やけに女の子っぽいものだな。洒落たチキンサラダに小さなサンドイッチ。ずっしり腹に来るものはないのか？　俺、腹が減って死にそうだ」

「あると思うわ。でも、あえて手をつけないの。でないと、ミスター・ウィリスの料理計画をぶち壊すことになるかもしれないから」ジェーンは言った。「数マイル先に、マクドナルドがあるわ」

「いや、本物の料理がいい。ステーキに大きなベークド・ポテト」メルは言って、自分のぶんのソフトドリンクを注ぎ、ジェーンたちがいるテーブルに着いた。「一緒に出かけて、そういう料理を出す店がないか探してみないか？」

「他の時なら、いつだってその申し出に飛びつくけど」ジェーンは言った。「でも、今はとにかくここにいて、ぼうっとする機会に恵まれているうちに、ただそうしてたいの。メルは知ってた？　ジョーおじさんが、ジャック・サッチャーとその妹たちの、非嫡出の異母兄だってこと」

「そんなまさか！」メルが言った。「しかし考えてみると、彼には、どことなくもっと歳を取ったジャック・サッチャーを思わせるところがあるな。あの二人の眼と髪の生え際は、おんなじだ」

「それってすごく意味があるとは思わないの？」ジェーンは訊いた。

「どういう点で？」

「わからないけど。とにかく変だもん。彼らはジョーおじさんに全く情を持ってないみたいよ。実際、おばたちは彼に話しかけようともしないし。でも彼はここに住むまでになってるし、リハーサル・ディナー（結婚式前日のリハーサルのあとに、出席者の顔合わせやねぎらいなどを目的として開く食事会）にも行ったの」

「どこの家にも、それぞれのルールがあるさ」メルが穏やかに言った。「その状況は、俺が出くわしたものに較べたら、半分も奇妙じゃないし、薄気味悪くもない。俺のおばの一人は、別れた夫二人を自分の四度目の結婚式に招待したよ。二人とも結婚式にやってきて、楽しくやってた」

「お宝の件を、誰かあなたに話した？」ジェーンは訊いた。

メルは片眉を歪め、少し微笑んだ。「お宝の件だって？　隠されたお宝ってことか？」

「何を隠そう、そういうこと」メルはあたしを虚仮《こけ》にしてふざけるつもりなのだと、ジェーンは正しく推測した。「もし本当にあればだけど」

「なるほど」メルは椅子の背にもたれた。「話してみろよ」

「何人かから断片的に聞いた話だけど、ほとんどはイーデンからで……」

「あのものすごく魅力的なプライズメイドか？」

「あの魅力に気づかなければいいなと思ってたのに」ジェーンは言った。「とにかく、おばたちによると、オリヴァー・ウェンデル・サッチャー老は、亡くなった時に出てきたお金より、もっとずっと持ってたはずだってことなの。うんとたくさん遺してもらったのに、おばたちは、それでもまだ所在不明のお金がもっとあると結論したわけ」

「遺言検認裁判所（法定の方式に従い、遺言能力のある遺言者によって作成された遺言であるかどうかを決定する裁判所）に来る遺族の半分は、同じことを信じてるよ、ジェーン」メルが言った。

「でも、こっちの場合はね、ありうることかもしれないみたいなの。それにシェリイが指摘したように、彼は肉親のために、税金がかからないようお金を隠しておけるくらい抜け目のない人物だった可能性が高そうよ。とても裕福な人の多くが、遺産の中から正当な部分以上のものを国に渡すのには慎重だわ。少なくとも、あたしはそう聞いてる」

メルはどこかぼんやりした顔をしていた。「面白い、とは思うが、それが何とどうつながるんだ？」

「たぶん、それこそが、ゆうべ暗闇の中で謎の人物がこそこそ動き回っていた理由なのよ。ミセス・クロスウェイトが死んだ夜にね」ジェーンは言った。「あたしは確信してる。おばたちのどちらかが、あるいは二人で大広間の絵画をはずして、その中に貴重な書類が隠されてないかどうか、確かめたのよ」

「それで偶然、ミセス・クロスウェイトを階段から落としてしまった？」

「あるいは故意に、ってことかも」ジェーンは言った。「あたしが大広間にいた時、誰かが一瞬あたしの眼に懐中電灯を照らして、そのあとあたしが呼びかけても返事をしなかった。それに部屋へ戻る途中で、反対方向へ行こうとしていた誰かとすれ違ったの。だから、少なくとも二人の人間がまっとうでない理由からうろついてたのよ。もっといたかもしれないけど」

「きみは、そのことが隠されたお宝に関係があると考えてるわけだ」メルはため息をついた。「まあ、そんなのはナンセンスだからと無視して、結局は関係があったとなれば、俺は自分がとんでもない間抜けに思えるだろう。町まで車を走らせて、もう一度地元の警察に話をすることにする。うん、実際、いい考えだよ。警察官はいつだって、うまいものを食べられる場所を知ってるからな」

「ああ、メル。他にもあるの。ドウェイン・ヘスリングの部屋が今日の午後、荒らされたの」

「荒らされた？」

「彼のスーツケースの中身が全部ほうり出され、衣類はわざと皺くちゃにされ、ドウェインの臭いったらないアフターシェーヴ・ローションがベッドに振りまかれ、トイレタリー用品はトイレに用立てられてた」

「彼の友人連中の悪ふざけだろう」

「あたしたちはそうは思ってないのよ」シェリイが割り込んだ。「彼らは野心を持った若者で、ドウェインが経済面の充実と結婚の両方に成功したものだから、想像を大いにかきたてられてる。この屋敷にいる間最高に行儀よくしてないのは、とんだおばかさんよ。それにドウェインはものすごく怒ってた。彼がそういうおふざけに走るような連中の仲間なら、あんなに怒ったりしないと思う」

メルは真剣な顔で聞いていた。「わかった。きみたちが正しいのかもしれない。しかし、それなら本当の目的はなんだと思うんだ？」

「あたしには、脅迫めいたことに思える。警告、かな」ジェーンは言った。「こうこうしろ、でないとおまえに悪いことが起きるぞっていう。あの部屋からは、ひどく破壊的で悪意のある感じがしたわ」

「そしてその件が、ミセス・クロスウェイトの死やくだらないお宝話やジョーおじさんの出自とも関係があると考えてるわけか？」

「嫌味の域に近づこうとしてるよね？」ジェーンは言った。

「近づいてない。とっくに踏みわけて進んでる」メルが言った。

ジェーンは疲れて、怒りっぽくなっていた。それでも、言えば後悔するようなことを黙っているだけの分別はあった。「あたしたちは、自分たちの得た情報や考えが、地元警察にまだもたらされてないかもしれないから話してるだけ。あなたが警察に伝えたければ、そうすればいいわ。伝えたくなければ、それはそれでかまわない」

嫌味を言われるより、そんな言いかたをされたほうが、メルの懲らしめになった。「なるほど。言いたいことはわかったよ。これからスミス巡査を捜しにいって情報を伝え、同時に他に知っていることはないか探ってみる。本当に、一緒に来ないのか?」

「ええ。あたしは洒落たチキンサラダが好きなの。洒落ていればいるほどいい」ジェーンは言った。

13

結局メルは、表に看板すらない街道沿いのレストランで、ジョン・スミス巡査と夕食を取ることになった。店は完全に近隣の男たちの溜まり場になっていて、実にうまいチキンのステーキとまあまあのビールが売りだった。

「喜んでご一緒します」夕食を奢ろうとメルに誘われた時、スミスは言った。「妻が子供たちを連れて実家の母親を訪ねていまして、ぼくの料理はまずいんです。もしよければ、もう一人誘ってもいいですか?」

「もちろん」メルは言った。

スミスが電話をかけたあと、二人はレストランへ向かった。「ガス・アンブラーに声をかけて、落ち合うことにしました。長年、郡の保安官を務めている好人物です。狩猟小屋の件で何か参考になる背景があるとしたら、全てアンブラーが知っているはずですから」

ガス・アンブラーは、小太りでたくましい闘鶏に似ていた。多少なりと残っている髪は白くて短かったが、元は赤毛だった。スミスの話から、アンブラーの年齢が七十代か、八十代の初めに違いないのはメルにはわかっていたが、倒れるまで走りっぱなしだった馬さながらの五十代に見えた。身長は五フィート足らずで、肩を揺すって歩くけんかっ早い老水夫のような歩きかたをしていた。

アンブラーが先にレストランに来て、一杯目のビールを飲んでいた時に、メルとスミスは到着した。スミスが紹介の労を執ってから、メルは言った。「あなたに逮捕されることがあったら、俺はびびって唾も出なかったですね」

アンブラーは得意になった。「その通りだとも、きみ！　若かった頃にゃ、悪党どもをがたがた震え上がらせたもんだ。それできみら、わしみたいな偏屈ジジイの話を聞かなくてはならんとは、何をやっとるんだ？」

「サッチャー家の狩猟小屋で人が死んだのは、お聞きですか？」スミスが訊いた。

「わしならなんでも聞いとるとも。もうホシは捕まえたのか？」

「いいえ」スミスは言った。「ですが、ホシは屋敷にいた誰かだということを、我々は確信しています。その狩猟小屋とサッチャー家のことを、あなたなら何か教えてくださるのではないかと思いまして」

アンブラーがメルをにらんだ。「きみは、この事件にどういう立場で関わってるんだ？」

「俺はただの客です。友人が、明日に予定されている結婚式を取り仕切ってるもので、彼女のために警戒してます。それと、好奇心もあって」

「それに、彼は優秀な警察官ですよ」スミスが割り込んだ。メルが担当として解決した難事件のいくつかをすらすら挙げた。

「どうして知ってるんだ？」メルは言った。

スミスは意外そうな顔をした。「あなたを調べましたから。誰に対してもするように。近頃じゃ、誰でも身分証明書を偽造できますからね。あなただって、同じことをしませんでしたか？」

メルはにやりとした。「全く同じことをしたね」

「すると、きみもわしらの仲間か」アンブラーが言った。どうせ三人とも名物のチキンステーキを食べるつもりなのだから、見るだけ時間のむだだったが、とにかくメニューを見ながら、アンブラーは自分が関わったいくつかの事件のあらましを話した。それらははるか禁酒法時代にまで遡る事件で、まだひよっ子だったアンブラーが、保安官代理だったおじにくっついて回っていた頃のことだった。

メルが何より好きなのは、不屈の古参警官を囲んで、彼が語る古き良き時代の話を聞いていることだった。だがスミスはその物語を前にも聞いているらしく、老人をそれとなく誘導して、狩猟小屋について知っていることに話を戻した。

「あそこはな、元々は修道院だった。きみらもそれは知ってるだろう。開拓時代の東部から、裾の長い茶色のローブ姿の女々しい若者の集団が、一人の金持ちとやってきた。そいつは祈ってさえいれば天国に行けると考えていたに違いない」アンブラーは言った。

疲れた顔をしたウエイトレスが来て、大きな音を立ててテーブルにビールを三つ置き、注文を取った。

「とにかくだ」アンブラーは続けた。「金持ちが死んだあとも、彼らはここに二、三年いたが、金が尽きた。死んだらもう祈りは必要ないと、その金持ちは思ったんだろうな。だから修道士たちに運営資金を残さなかった。彼らは野菜を育て、蜜蜂を飼い、布を織り、なんやかややってみたし、しばらくは石鹸作りに手を貸すことまでしてみたが、ついに断念して修道院をO・W・サッチャーに売り渡した。それが一九三二年か三三年だったはずだ。ひどい時代だった、あの頃は。だが、わしらのような人間と違って、O・Wは金のために猟をしていたわけじゃなかったようだ。当時の彼はまだ若かったが、父親の会社を経営して、折り畳み式の定規やら爪楊枝入れやら、ちっぽけなごみみたいなもんを売っとった。彼が爪楊枝入れなんぞで、どうやって十セント稼いだものか、わしには想像もつかん。当時、わしらのほとんどは、爪楊枝さえ買えなんだ……」

メルは、このままでは肝心の話が始まりもしない気がした。スミスも同じ気持ちだったらしい。「では、O・Wはここで過ごすことがよくあったのですか?」

「最初はそうでもなかったんだ。狩りの時期だけで。彼はシカゴの取り巻きを引き連れてここへ来てな、これが、いやはや手に負えん連中で！　ぐでんぐでんに酔っ払い、狂ったように田舎道を車でぶっ飛ばして、他人の家の猫や犬をライフルで狙い撃ちしやがった」

「すると、近隣住人にはあまり歓迎されなかったと?」メルが訊いた。

「てんでされなかったよ。されるもんかい。だがしばらく経つと好転した。O・Wが結婚して、二、三人子供ができると、飲み仲間の代わりに友人家族を連れてくるようになってな。その頃には経済状況がましになっていて、その面での彼への反感が以前より薄れていたおかげもあった」

「ジョーおじさんと呼ばれている人物は、その家族の一員なんですか?」メルが質問した。

「いやあ、まさか! 彼はO・Wの婚外子だった。O・Wの妻は、その子が身近にいると聞いたことはなかっただろう。実際、彼女が死ぬまでは隠し通し、他の子たちが十代になっていたその時に、O・Wはジョーを家族の中に引き入れたわけだ。ジョーは乱暴な子だった。ここに来ていた時はあらゆる面倒を引き起こしたが、戦争が起こると出征した。帰ってきた時は、人が変わっていた」

「変わっていたとは、どういうところが?」

「まず、乱暴ではなくなった。もの静かというのか、それでいていつも気難しい。負傷したという噂だったが、どこを負傷したのかを知っている者はいないようだった。見てもわからんのだ。足を引きずるとか、耳が悪いとか、そういうことではなかった。噂では、頭に榴散弾《りゅうさんだん》の破片が入ってるとか聞いたが、本当かどうかわしにはわからん。人は、そうだと思いたいことをでっち上げるものだ」

さっきのウエイトレスが料理を運んできた。すばらしい料理だったので、彼らはしばらく黙黙と食べた。やがてアンブラーが満足げにげっぷをして、先を続けた。「とにかくだ、O・Wはジョーをずっと狩猟小屋にいさせた。世の中に出ていく能力のない息子に、なにがしかの責任を感じていたのだろう。それから、ジョーも褒めるべきだな。O・Wが歳を取っておかしくなってしまった時、面倒を見たのはジョーだった。O・Wは老後のかなりの時間を、狩猟小屋で過ごしたんだ」

「すると、親子仲はよかったんですか?」メルは訊いた。

「いいや、まさか! どっちも、ひと癖ある相手とうまくやれるタイプじゃなかったが、なんとか折り合ってやっとったさ。ジョーは、シカゴの医者のところへ彼を送り迎えしていた。そのことで文句を言い続けていたが、それでもちゃんとやった。O・Wも、自分を飢え死にさせる気だとジョーの悪口を言い続けたが、最後の発作を起こすまでずっと体重はふえていた。その発作のあと、もうジョーの手には負えなくなり、療養施設に入れるしかなくなったんだ」

「O・Wは、ジョーに何か遺したんでしょうか?」

「遺したとしても、眼につくほどではないな。だがなにせジョーは、私生活を知られるのを異常なまでにいやがるやつだ。口をつぐんでた。それに信託財産というのも、検認の手続きを経て公記録に残ることがないもんだからな、誰にも確認できない。ジョーがひと財産もらったとしても、それはわからん。やつはO・W同様に締まり屋でケチ臭い。あの古き良き時代にも、大酒飲みがここへやってくる時は、各自で酒を持参しなくてはならんかったそうだ。O・Wは仲間づきあいが好きでも、彼らの浪費ぶんは払ってやらなかったんだとよ」

「ジャックとその妹たちは、よく訪ねてきたんですか?」メルが訊いた。

「短期間の滞在でな。娘たちは懐が寂しくなるか、ヨーロッパへ旅行したくなると、ご老体に取り入ろうとするんだ。ジャックはよく来たもんだが、いつも仕事のためだった。ご老体は、事業に関与し続けることに固執しとった」

「どうしてそのことを、あなたはご存じなんです?」メルは控えめに訊いてみた。

ガス・アンブラーが笑った。「抜け目ない捜査のおかげだ。実はな、亡くなった家内が時々狩猟小屋で手伝いをしていたんだ。春の大掃除の時には、あの小屋からごみを掃き出すのさ。繕いものやアイロンがけといった、ちょっとした仕事もな。食品を瓶詰めする時や、パンを焼く時は、ついでにO・Wとジョーのぶんも作ったもんさ。あの二人には、面倒を見てくれる女がいなくて気の毒だと言ってな」

また同じウエイトレスが皿を取りに来た。三枚とも舐めたようにきれいだった。「ルバーブのパイはあるかな?」ガス・アンブラーが訊いた。

「あんたにパイは無用だよ、ガス」彼女は言った。

「友人たちとのつきあいでひと切れだけだよ。三つ頼む」ウエイトレスによる体型の評定には知らんぷりで、アンブラーは言った。

メルはお宝の質問をして笑い者になるのはいやだったが、話題にするくらいはやってみなくてはならなかった。ジェーンのせいにして。「友人のミセス・ジェフリイがですね」と切り出す。「結婚式を取り仕切っている人なんですが、お宝話を何人かから聞いたと言ってるんです」

メルは毅然とした老保安官に大笑いされることを覚悟していたので、穏やかにこう言われて驚いた。「うん、その話はみんな知っとる」

「宝はあるということですか?」メルは訊いた。

アンブラーは「わからん」と、大きな身振りをしてみせた。「みんなその話は耳にしているという意味だ。それが本当かどうかは知らん。O・Wが金と不動産とを三人の嫡出子に残し、何か別のものをジョーに遺したとしても、さほど不思議ではなかっただろうよ」

「しかし、もしジョーが内緒で大金を相続したのだったら、なぜ狩猟小屋に住み続けるんでしょう?」スミスが質問した。食事中ずっと静かだったのは、妻が町を出て以来となるまともな料理を、夢中で食べていたからだろう。

「わしが思うに、あそこがジョーの知っている唯一の場所だからかな」ガス・アンブラーが答えた。「自分のテレビとラジオと狩猟の雑誌があるんだし、これといって野心も関心も持たないやつだ。それに、どこに行けば、同じように私生活を守れる場所があるというんだ?」

「この夏に狩猟小屋が解体されたら、彼はどうするんでしょう?」メルが訊いた。

「ぼくは本人に訊きましたよ、一、二週間前にワンダの店でたまたま会った時に」スミスが言った。「失敗でした。人のことに首を突っ込むな、どこでも自分の気に入ったところへ行くさ、と言われてしまいました」

アンブラーがうなずいた。「わしもそのことで話を聞こうとした時、全く同じ反応が返ってきたよ」

「それじゃ、どこか別の場所で自立する資力が、実際に彼にはあるかもしれないと？」メルが訊いた。

「彼はそう言っとる」アンブラーはウエイトレスを捜してあたりを見回した。「頼んだパイはどうした、ハニー？」部屋の向こうにいるウエイトレスの眼をとらえると、大声をあげた。

「ぼくは、何か隠されたものを彼が持ってると思います」ジョン・スミスが自分から意見を述べた。「警察は彼から何度となく通報を受けてるんです。空き巣狙いがいる、覗き屋がいる、不法侵入者がいる。警察は一人も捕まえてませんし、彼の妄想かもしれない。そうでなければ、何か貴重なものを守ろうとしているのかもしれません」

「あるいは、貴重だと彼が思っているものを、かもしれんな」アンブラーがつけ加えた。

「どういう意味です？」メルが訊いた。

「うん、死期が近づくと、O・Wはやることが実に派手になってな。建築業者を呼び寄せた。いいかい、町の外からだ。彼らが何をやっているか、喋り歩かないようにな。何部屋か壁を塗り替えさせ、手を入れさせた。ある壁を撤去させ、別の壁を作らせた。錠もつけ替えさせた。

虫に食われた獲物の首いくつかを、剝製屋に送らせた。ドアノブをはずして全部同じものに替えさせ、古井戸にも何か手を加えさせた。もう一度言うが、遠方の業者に依頼してだ。屋根も修理させたが、そこまでするのがなんのためだか、わしにはわけがわからんが……」

「奥さんの報告ですか？」メルがにやりとして言った。

「鷹のような観察ぶりさ。家内らしくないとは思ったがね。とにかく、その作業が終わろうとしていた時、О・Ｗは最初の脳卒中を起こした。かなりひどいやつでな。顔がねじ曲がり、脚が不自由になり、相当に頭がおかしくなった。夜中に徘徊するんだ。彼を救ったのは、歩行器が歩く時にすさまじい音を立てたからで、ジョーが必ずその音を聞きつけたおかげだ。さて、わしがいつも考えていたのは、こういうことだ。もしО・Ｗが何かを隠すためにこういう仕事をさせたのなら、そしてその計画をジョーに伝えないうちに最初の卒中が起きたのだとしたら、彼は計画をすっかり忘れてしまったかもしれない。なにせ屋内で小用を足すにはトイレに入る必要があることも、自分の名前すらも、たびたび忘れていたくらいだ」

　ようやく届いたパイは、チキンステーキと同じくらい何から何まで申し分なかった。ガス・アンブラーはものの数分でうまそうに平らげると、メルに訊いた。「それでこの件は、例の女が殺されたこととどう関係しとると思うね？」

「俺は、関係があるとは思いません」メルは正直な考えを言ってから、スミスに向かって訊いた。「現場にいた残りの人たちに関する調べは、どうなってる？」

「いろいろわかってきましたよ。しかし、どれも取り立てて関連はないようです。リヴィが結婚するあのドウェインというやつは、十代での万引きの前科がありました。数年前に記録は抹消されているべきだったのに、たまたま残ってたんです。彼の母親の記録は実にきれいなもので、弟は二年前にスピード違反切符を切られています」

「彼はどこで働いてるのかな？　ドウェインのほうだけど？」メルは訊いた。

「大きなローン会社の小さな支店で、副支店長代理をしています。よくいる外見重視の連中のように、金の代わりに肩書きで給料をもらっているタイプです」スミスは答えた。

「経理上のちょろまかしなんぞは？」ガス・アンブラーが訊いた。

「完全にはわかりません。彼の上司は、彼についてあまり言うべきことがなかったですね」スミスは答えた。「ぼくの受けた印象では、上司はあの若者をあまり好きではないが、話したい具体的な批判は特にないという感じです。上司自身が組織のごく小さな歯車なので、自分のためにならない厄介事は、起こしたくないのでしょう。話してくれたのは、結婚後はドウェインが辞職して、新妻の会社に移るということくらいです」

「被害者については？」アンブラーが訊いた。「着手すべきはそこだ」

「無害ですが、人をいらだたせる老婦人だったようですね。彼女の住まいがある土地の警察は、彼女が国税庁や社会福祉の担当者と揉めていた件に関する書類を見つけています。明らかに、彼女が払った自営業者の税金額と社会福祉から得ようとした金額とには食い違いがありました。

両組織と彼女の会計士が発行した書類は大量にあります。しかし、それらが彼女の死に関係があるとは、ぼくには思えません。我々は彼女の会計士とも話をしました。そこから得た唯一の情報は、彼がブライズメイドの一人の父親の会計士でもあるということです。イーデン・マシューズですよ。あの曲線美の」

「どの子かはわかるよ」メルはにやりとした。

「ただの偶然のようです」スミスは言った。「なんらかの関連があるようには、ぼくには思えません。またその会計士によると、数年前にミセス・クロスウェイトは裁縫の教室を始めていたそうです。ミシンとコミュニティ・センターの部屋を借りて。うまくいかず、そのせいで税金の問題が始まったわけです。会計士の妻が同情して教室に登録したのですが、妻の話では、ミセス・クロスウェイトは口うるさく、嫌味がきつかったので、生徒の半分は続かなかったそうです。会計士が持っていた小切手の入金票の控えを見ると、教室に登録した生徒の名前がわかりました。その一人にヘスリングという名があり、その人は花婿の母親の可能性もあるかと。ただし、入金票には名字しか書かれていません」

「彼女は教室を続けたのかな?」メルは訊いた。

「会計士には確認のしようがないです。生徒のうち二人だけは、むだなことでしたが、授業料を取り戻そうとしました。他の生徒はただ黙ってやめています」

「ミセス・ヘスリングが、裁縫教室のことで何年にもわたって恨みを持ち続けることはなさそうだな。講師を殺すほどには」メルは言った。「言わずもがなだが、同一人物ですらないかもしれない」

スミスが肩をすくめた。「まずないでしょうね。また、ミセス・クロスウェイトが持っていた大判の古いスクラップブックには、彼女がドレスを作った花嫁全員の結婚写真が貼ってありました。初期の写真の一枚は、ジャック・サッチャーの妹マーガレットのものでした。ですが大昔のことで」

「昨夜、同じ屋敷にいた他の人間については？」アンブラーが訊いた。

「たいして何もありません。ブライズメイドについては、警察や法的機関の記録はなし。花屋はおそろしく変わった男ですが、我々の知る限り法を犯したことはありません。ケイタリング業者は、二年前に不払い請求の訴えを起こす羽目になっていますが、それ以外は何もないようです」

メルは訊いた。「ジョーおじさんは、空き巣狙いを目撃したか妄想したかしているが、昨夜は通報してないのか？」

「うんともすんとも連絡はなかったです」スミスは断言した。

「きみらは、厄介なもんを抱えたようだな」アンブラーがぶっきらぼうに言った。「死んだ女が狙われたわけではなかった可能性は？」

「どんな可能性もありますが、それはあまりなさそうです」スミスは言った。「ぼくのパイの残りをいかがですか？　もう腹一杯で」

　スミスと共に警察署へ戻る途中、メルは言った。「ガス・アンブラーを誘ってくれて、よかったよ。人のいい爺さんだよな？」

「そうでしたね……今夜は」スミスが微笑んだ。

「どういう意味だ？」メルは訊きながらベルトの穴を一つ緩め、あんなどでかい食事を取ったあと、またものを食べられるのだろうかと考えていた。

「彼が、いつもの田舎警官役をやってたってことです。引退して奥さんが亡くなると、彼は退屈したんですね。だからハーヴァード大学に入って法律の学位を取りました」

「冗談だろ！」

「大真面目です。それから、いいですか——彼は週に一度、百マイル車を走らせて、愛着のある小さな大学に通い、美術鑑賞の講義をしてるんです。それも授業料をもらわずに」

　数マイル走る間、メルは黙り込み、あの男を見誤っていたことをくよくよ考え落ち込んでいた。それからやっと口を開いた。「完全にやられたみたいだ」

「ガスに出会った人は、みんなそういう気になりますよ。遅かれ早かれね」

14

ジェーンとシェリイは夕食を終えると、ミセス・クロスウェイトの部屋へ行き、彼女の所持品を集めて箱詰めするという悲しい作業を始めた。どうやらミセス・クロスウェイトは、必要になるかもしれないもの全てと、その他のものもたくさん持ってきたようだ。整理の行き届いた箱がいくつかあり、ボビンやボタンや針が入っていた。大きなケースの一つには、考えられる限りのあらゆる重さと色の糸が整然と並んでいた。小さな修理用道具を網羅したセットやミシンに使うネジ類もある。

「あたし、ずっと欲しいと思ってたのよね、全て揃った……なんとかってもの」シェリイは言った。「こういうの、あたしが今までに見た中で、限りなく最高に近いものよ。これは、なんだろ?」小さな道具をつまみ上げた。

ジェーンはちらりと見た。「ミシンに使うものだと思う。襞《ひだ》をつける時のもの、たぶん? きっと全部をまとめて入れるケースがあるはずよ。これだ。このグリーンの紙箱。ほらね? 小さな仕切りがあって、全部ぴったり入るようになってる」

「彼女、自分の専門分野はよく把握してたのね?」シェリイが言った。「少なくとも、道具はしっかり揃えてた。かわいそうにね。これ全部、誰のものになるんだろ」

「ちゃんと価値を知ってる誰かであってほしいな。彼女に家族がなければ、たぶん教会の友達が彼女のものをどうするか決めることになるだろうね。シェリイ、彼女ね、真夜中に階段付近にいるなんて、何をしてたんだと思う?」

「真夜中に、ちょこっと何かつまみに下へ行こうとしてたとか?」

「懐中電灯は持ってなかったと思うのよね。少なくとも、階段にも床にも、見かけなかった。もちろん、ソファか椅子の下に転がってたかもしれないけど」

「誰かに会ってたのかも」シェリイが考えを述べた。

ジェーンは首を振った。「パジャマを着てたから、それはない。あの世代の女ならね。誰かに会う予定があれば服を着たままだった、と思うな」

「不安を感じるような物音を聞きつけて、調べにいったのかも」

「ゆうべは不安を感じる音ばっかりだったよ、シェリイ。あれだけの稲光と雷鳴だもん。それにさ、ただでさえオーラにびくついてたうえに、少し耳まで遠いとなると、懐中電灯なしで、あとはそうだな、鋭い鋏のような武器になるものも持たずに、自分からうろつき回るような真似はしなかったと思う」

「なるほどね。あたしのアイデアは種切れ。あんたはある?」

「ない」ジェーンは言って、チェリー・ピンクの伏せテープのパックが入っていたはずの箱を捜した。「もしも誰かが彼女に言ったとしたら？　何かよくないことが起こって家の外に出なければならないって」

「火事、とか？」

「そう。火事。それだよ。彼女は動きもゆっくりだったし、燃えている建物の中にいるのが怖くてたまらなかっただろうなあ。うん、考えてみたら、あたしだって怖いよ。火事でなくても、こんなことを言われたかもしれない。彼女の部屋の上にかかっている大枝が、今にも家を直撃するかもしれないとか」

シェリイはベッドのへりに腰をおろした。「あんたの考え、的を射てるかもしれない。だって、身に危険が迫っていると怖がらせることくらいしか、暗闇にパジャマ姿で彼女を部屋から出させる理由なんて、考えつかないよ」

ジェーンはヘムテープ（生地の縁を始末するテープ）と伏せテープの箱を見つけて、出しっぱなしになっていたパックをその中に入れた。床で見つけてあったもう一つのパックも入れた。「シェリイ、屋根裏部屋に、もつれた黒い伏せテープがあったのを覚えてる？」

「なんとなく」

「あたし思い出したことがあるんだ。あの伏せテープは古くも、埃っぽくもなかった。それでね、ここにもう一つ黒の伏せテープのパックがあって、数インチしか残ってないの」

ジェーンはフロアを通り過ぎて屋根裏へのドアを開け、あたりを見回した。ドアノブの箱に蹴つまずいたあと、テープを見つけた。「あった」後ろについてきたシェリイに言った。「ほら、パックに入ってたテープの端と床にあったこっちの端を見てごらんよ」

「ぴったり合う。切り口がギザギザだ。でも、なんでミセス・クロスウェイトはずいぶん長い部分をカットしながら、ここにほっといたんだろ？　彼女の部屋にも大きなごみ箱があったのに」

「彼女がしたんじゃないからだよ。他の誰かがやったんだ」

「わかんないよ、ジェーン。あんた、何を言ってんの？」

「あたしのにらんだとこじゃ、夜の間に誰かが伏せテープのパックを盗み、明かりが消えたあとに階段のどこかの段にそのテープをぴんと張ったんだよ。そして残りのテープは、あとでミセス・クロスウェイトの所持品の中にこっそり戻したわけ」

シェリイの眼が丸くなった。「彼女を確実に階段で転ばせるためだね。たとえ押しただけではうまくいかなくても！」

「そう。そしてその人物は伏せテープをはずし――ほら、結びつけてあったのをほどいたとこがわかる？　そいでこの屋根裏部屋に投げ込んだわけ。ここなら誰も入らないし、たとえ入っても、テープに気づくことがあったって、それもがらくただと思うだけ」

「悪意に満ちてる」シェリイが言った。「だけど、このことが解決にどうつながるの？」

「わかんない。このことが、ミセス・クロスウェイトの死が計画されたものだと証明する以外はね。衝動的なものじゃないってこと」

シェリイは身震いした。「うーっ。いやだったらない。なんておそろしい計画だろ！」

ジェーンはもつれたテープに眼を落とした。「これには指紋はつかないよね？」

「ジェーン、暗くなってきたし、二人きりでこの屋根裏にいるのはいやだ。その伏せテープはここに置いといて、荷造りを終わらせよう。そのあとはキッチンに坐って、メルの帰りを待とうよ。あたし、二人だけの孤独が急に楽しくなくなった。他にも誰かいてほしい。できれば男性に。銃つきで」

二人はミセス・クロスウェイトの部屋へ戻った。「男性と言えば、ラークスパーをずっと見かけないけど」ジェーンは言いながら、裁縫の小さな道具が詰まった箱をいくつか片腕に抱えた。「ここを離れるなんてこと、彼は何も言ってないよね？」

「うん、あたしにはね。この荷物、どこへ持ってくの？」

「ミセス・クロスウェイトの車に。全部積み込んでおけば、車を引き取りに来た人は、彼女の所持品を一つ残らず持って帰れるってわけ」

何往復かすることになったが、二人は全てを車に載せ、残るはミシンだけになった。それは、あとで誰か力のある若者に運んでもらうよう、ジェーンが頼むつもりだ。彼女はミセス・クロスウェイトのバッグを、眼につかないよう運転席の下に置き、ジープをロックし、キーをポケットに入れた。

二人がおいしいコーヒーを淹《い》れにキッチンへ行くと、ラークスパーが冷蔵庫に身を乗り出して、食べ物を探していた。

「あなた、どこに行ってたの？」ジェーンは声をかけた。「心配になってたとこよ」

ラークスパーは冷蔵庫の中を探し続けた。「そこらを、あちこち回ってただけよ。ジョーおじさんのウサギ小屋みたいな家の後ろで、すばらしいオダマキを見つけたの。今は開花時期じゃないから、冴えない花しか咲かないかもしれないけど、葉がみごとなの。それに、そこにはボクの知らないシダもあったし」

「でも、お宝はなかったの？」ジェーンは訊いた。

彼はぐるっと首を回した拍子に、扉の内側に載っている卵のトレイにしたたか頭をぶつけた。

「お宝って？」大げさに無邪気を装う。

「あなたが本当に探してるのは、それなんでしょ？」シェリイが言った。「どういうわけで、お宝について耳にすることになったの？」

ラークスパーは、冷蔵庫からメルの料理の皿を取り出した。「これもらってもいい？」ジェーンがうなずいたので、テーブルに着いて、皿からアルミフォイルをはずした。「まあ、すてきなチキンサラダ。最高ね。ボクがどういうわけで、お宝について耳にしたかって？ああ、そうだった。店のお客さんに喋ったのよ。狩猟小屋で結婚式の仕事をすることになって、鹿の角を引き立てるにはどんな花がいいか考え中だって。そしたら彼が狩猟小屋はどこにあるのかと訊いて、それなら昔その近くに住んでたと言って、お宝の話をしてくれたのよ」

「お客さんは、お宝がどういうものだか言ってた?」

「ううん、ただ、狩猟小屋の中か庭に何かとても貴重なものが隠されてると、町ではみんなが信じてるってことだけ」

「そのお客さんって、誰だったの?」ジェーンは訊いた。

ラークスパーは両手をばたばた動かす仕草をした。「いやだ、そんなの思い出せるわけがないわ。お店にはお客さんがどっと来ては出ていくし、何ヶ月も前のことなのに。どうして? 誰かってことが問題なの?」

「問題じゃないと思う」ジェーンは言った。「みんなが知ってる噂みたいだから」

「噂? ただの噂にすぎないって、本当に確か?」ラークスパーが訊いた。

「あたしにとって確かなことなんて、結婚式が終わるのを願っていることだけよ」ジェーンは言った。「終われば家へ帰って、社交嫌いのぐうたらに戻れるもの」

「まあ、あなたったら、トゲトゲしちゃって。ぐうたらじゃないのは百も承知よ。たまに社交嫌いになるのは、まあねえ、誰だってそうなって当然よ。だけどぐうたらなんかじゃない。あなたのハンサムな刑事のお友達は、どこへ行っちゃったの?」

「食事に出かけたわ。今あなたが食べてるのが彼のぶん」

「彼、困るかな?」ラークスパーは訊きながら、誰かに奪われまいとするかのように、チキンサラダの皿を抱え込んだ。

「いいえ、彼は出かけて、地元の人と会ってるわ。と言っても、仕事上のつきあいよ」ジェーンは言った。「たぶん、今のが彼だわ」ドアが開く音がしたので、言い添えた。

だがそれは、ハム・ロールとエッグ・ロールの載った大きなトレイを手に現れた、ミスター・ウィリスだった。彼はトレイをオーブンに突っ込んだが、まだ火にはかけなかった。それからまたすぐに、ビールやプレッツェルやポテトチップスでいっぱいの買い物袋を手に戻ってきた。

「そんなことしなくてもよかったのに」ラークスパーがにたっと笑った。

ミスター・ウィリスは自分の太くて短い鼻に眼を落とした。「あんたのためじゃない。バチェラー・パーティ用だ。あの若者たちはグルメ向きの料理でなくても、気にしないから」

「結婚式の出席者たちは、ディナーからまだ帰ってないわよね？」ジェーンは腕時計を見た。

「まだだよ。しかしビールは冷やしておかないと」

「ミスター・ウィリス、狩猟小屋に隠されたお宝について、何か聞いたことはある？」シェリイが問いかけ、冷蔵庫に缶ビールを詰め始めた。

「誰でも知ってるんじゃないか？」彼は肩越しに訊き返した。「ばかばかしいと思うけどね。隠されたお宝があるという、元は古い館だった二軒のレストランで働いたことがあるよ。片方でお宝が見つかった時、そこで働いてたんだ」

「お宝はなんだったの？」

「消滅した鉱山会社の古い株券の束だ。古いポケット・ドアに隠されていた。オーナーは株券を額に入れて壁に飾り、店名を〈鉱夫の夢〉に変えたよ」

「ポケット・ドアって何？」シェリイが訊いた。

「厚い壁の中にスライドして収納できる戸」ジェーンは説明した。

「ここにある？」

「ないわよ」ラークスパーが断言した。「それになんにもないの、井戸の周りにも、家の床下にも」

「床下を掘って回ったの？」ジェーンは訊いた。

「基礎部分にできてる窪みに、懐中電灯を照らして覗いただけよ。ここに何かあるとしたら、解体作業員が手に入れると思う」

「建物を取り壊す時は、そういうことになるものなの？」シェリイが訊いた。

「だと思う。よく耳にする高級資源の回収会社が、壁やら大理石の飾りやらをごっそり手に入れて、審美眼よりお金のある郊外居住者に売りつけるのは、そういう仕組みだからよ」

シェリイがつんと顔を上げた。「つい先日、うちは、古いオフィスビルの外壁についていた卵鏃《らんぞく》模様の装飾品《モールディング》を、一区分買って前庭に置いたところだわ」

ラークスパーは動揺しなかった。「だけどあなたはね、ダーリン、例外はあるってことを証明する例外じゃないの。ボク、バチェラー・パーティのためにお花を飾りにいかなきゃ」

彼が出ていく時、シェリイがささやいた。「バチェラー・パーティに花なんて、ちょっとやりすぎじゃない?」

「すごくマッチョなアレンジメントなの」ジェーンは答えた。「ユッカの葉とね、あとはほら、ちょっと卑猥っぽい大きな赤いプラスチックみたいな花で、白いものが突き出てるやつ。彼、ちょっとHなおふざけとして、手早く無料で生けるんだって」


ジェーンは、メルの帰りが待ち遠しくてならなかった。彼が摑んできたものがあれば、それについてシェリイと共に彼の頭脳を利用させてもらえるからだ。ところが狩猟小屋に戻った彼は青い顔をしていたし、その直後に結婚式の参加者を乗せたマイクロバスがシカゴの食事会から帰ってきた。ジェーンはしかたなくメルを部屋へ行かせ、ひと眠りして食べたものを消化させることにして、自分はすぐさま雇われ接待役に戻った。ミスター・ウィリスは、この日の午後にブライダル・シャワーが開かれた部屋へ、急いでビールと買ってきたスナック類を運んだ。ジェーンも彼を手伝って、大広間に腰を落ち着けるかもしれない客のために、ワインやシェリイや上品な小さいおつまみを並べた。

シェリイはおばたちやブライズメイドたちから脱がせたコート類を、やすやすと片腕に抱え、ささやいた。「こう考えなよ、ジェーン、今は十一時。明日のこの時間には、あたしたちみんな家にいて、このことも楽しい思い出になってる」

「うん、そうだね。明日の夜までみんな生きてたらね」ジェーンはつぶやきながら、ブラウスの裾でシェリー・グラスについた水の痕をごしごし拭き取っていた。

15

バチェラー・パーティが徐々に始まった。参加者はドウェイン、その弟、グルームズマンたち、ジャック・サッチャー、それにジャックの仕事仲間が数人。ジョーおじさんはいなかった。自分が招待状を手配したわけではないので、彼の欠席は、ジャックが呼びたくなかったせいか、彼が出席を断ったせいなのか、ジェーンにはわからなかった。若者たちは、有力な年配者たちに自分を印象づけたい一心でそつなく振る舞おうとするが、硬くなってぎこちない。年配者たちはひどく退屈していた。二度、ジェーンはドアから覗いてみたが、二度とも二つのグループは距離を置いていた。

ジェーンとシェリイは部屋を出てすぐのところに椅子を持ってきて、客がジェーンに用ができた場合に備えた。「ずいぶんとお楽しみのようね」シェリイが皮肉を込めて言った。

「気の毒に」ジェーンは言った。

「どっちのグループが？」

「みんなよ。無理強いされたお祝い事ほど、困るものはないもん」

「どうかな——あんた忘れてるみたいよ、出産でしょ、税務調査でしょ、水道管の凍結でしょ、町中での渋滞時のパンクに大学の授業料……」

ジェーンは片手を上げた。「わかった、わかったってば」

大広間には手持ち無沙汰に数人の女性が坐っていたが、ジェーンとシェリイからは離れた場所にいた。わざとなのか、たまたまそうなったのかは不明だ。おばたちは部屋の奥の隅で、古いアップライトのラジオのチューナーをいじっていた。ひょっとして、天気予報を聞くつもりだろうかと、ジェーンは思った。遠くでかすかに雷がゴロゴロ鳴っており、昨夜の嵐の繰り返しにならないようにと、心から祈った。暗闇で結婚式を執り行う可能性は、まだなきにしもあらずなのだ。

イーデンが一番いいランプを勝手に独り占めして、テーブルにこれでもかと化粧品を並べていた。爪やすりと爪磨きが半ダースずつ、色も形もさまざまなネイルエナメルの瓶、それに、謎めいた液体が入ったひと揃いの瓶。キティとレイラは、暖炉のそばにあるひづめ足の大きなコーヒー・テーブルで、今夜も別のジグソーパズルを完成しかけていた。

ミセス・へスリングは彼女たちの中にいなかった。マイクロバスでみんなと帰ってきたのだが、疲れたからと言って、エロールにモーテルへ連れて帰ってもらった。リヴィの姿もどこにも見えなかった。花嫁がどこへ行ったのか、全く心当たりがなかったが、ジェーンは自分に言い聞かせ続けた。自分は結婚式のプランナーであって花嫁の母ではないのだから、人生の大切な日の前夜を花嫁がどこで過ごそうと、干渉してはいけないと。

ジェーンとシェリイが腰を落ち着けてから数分後、メルがまた姿を見せた。眠ったはいいが、まだ少し疲れが残っているようだ。「何が行われてるんだ？」彼は訊いた。

「たいしたことじゃないわ」ジェーンは言った。「全然盛り上がらないバチェラー・パーティよ。だからね、今夜何を摑んだのか、あたしたちに教えて」

メルは、ジョン・スミスとガス・アンブラーとの夕食時の話をかいつまんで伝え、全ての重要事項に触れた。修道士たちのこと、酔っ払っての狩り騒ぎ、家庭生活への進歩（見方によっては後退か）、ジョーおじさんの出生、ガスの見たところ乱暴な少年だった彼が、出征して詳細不明の傷を負い、帰還したこと。それから、O・Wが生涯しみったれで、最後は頭がひどくいかれていたという話も伝えた。

「だがガスは、ジョーが父親の面倒をできる限り長く、そしてよく見ていたと認めている。あまり快くとはいかなかったにしても」

「お宝の噂のことは話してみた？」ジェーンが訊いた。

「ああ。驚いたことに、ガスは都会のすれっからしにそんな話を持ち出されて、笑い転げたりはしなかったよ」

「じゃあ、お宝があると彼は思ってるの？」

「そこまでは思ってない。こうこうこういうわけで、かろうじて可能性はあると認めただけだ」メルは説明を続け、O・Wの人生の終わり頃に狩猟小屋の改修工事が行われたことや、

O・Wがその工事の内容も目的も秘密にしていたことを話した。

「秘密の通路に忍び込めるようにとか、壁に何かを隠せるようにとかするため？」ジェーンが訊いた。

メルはひどく疑わしげだ。「きみ、また古いゴシック小説を読んでるんだろ？」

「あたしは真面目に言ってるのよ、メル。近隣住人に知られたくない秘密の部屋でもなければ、なんで新しい壁を作ったり、わざわざ遠くの業者を雇ったりするのよ？」

「いい仕事をすると思えるような大工が、地元にいなかったからかもしれない。それに、彼は少し偏執狂気味だったのかもしれないぞ。年寄りだったし、何度か小さな発作を起こして、たとえ肉体的な変化はなかったとしても、精神構造は変わっていたのかもしれない」

シェリイが言った。「そういうことが、ミセス・クロスウェイトの死とどう関わりうるのか、あたしにはわからないな。この狩猟小屋で彼女が何かを見つけて、それがジョーおじさんにとって、人に喋られたくないものだったらともかく」

ジェーンは首を振る。「ミセス・クロスウェイトが目敏い人だという印象は、あたしにはないよ。それに、彼女があたりを見回しながらこの場所をうろつく姿も想像できない。そもそも彼女が、なんでお宝があると思ったりするの？」

「ナルシスは知ってた」メルが言った。

「ラークスパーのことね」ジェーンは言った。「確かに。しかも彼は結婚式が予定されるまで、この場所になんの関わりも持っていなかった」

「ドレス作りに時間がかかりすぎていたのは、そのせいだとは考えられない？」シェリイが推測した。「ここに招待されるように？　普通は、お針子が結婚式に招待されることはないと思うもん」

ジェーンの眼が大きく見開かれた。「あんた、いいとこを突いてるかもしれない。リヴィがミセス・クロスウェイトを選んだのは、すばらしい評判を耳にしたからで、もしも他の人のドレスをちゃんと間に合わせてなかったら、選んだりしなかったはずだよね。ここに何か貴重なものがあるという噂をラークスパーが聞いたんなら、ミセス・クロスウェイトだって聞いたかもしれない」

「だけど、全部その通りだとしてもよ、あたしにはジョーおじさんだけが容疑者とは思えないな」シェリイが言った。「仮に……仮によ、お宝が本当にあればだけど、それが大きくて目立つものだったら？」

「どんなもの？」ジェーンは訊いた。

「わからない。でも、たとえばね、ああいう大きな家具の一つが、ものすごく貴重なものなのかもしれない。おそろしく有名な人の手によって作られたとか、ロシア皇帝と家族が暗殺された部屋にあったなんていう、数奇な古い歴史があるとか。そんなに眼をぐるぐる回さないでよ、ジェーン。例として挙げただけなんだからさ」

「続けてよ」ジェーンは笑いをこらえて言った。

「うん、だからね、なくなれば目立つほど大きなものなら、家族は誰でもお宝に気づけるだろうけど、小脇に抱えてとっとと走り去ることはできないじゃん。ジョーおじさんがここを出ていき、いよいよ建物が取り壊されるという時まで待って、力持ちの引っ越し作業員二人と小型トラックでここに駆けつけ、そいつをかっぱらってくの」

ジェーンもメルもまだ大っぴらに笑ってはいないので、シェリイは続けた。「あたしたちはさ、ミセス・クロスウェイトのことをほとんど知らないわけで、だけど人って妙な知識の小さいポケットを持ってたりするものよ。ほらジェーン、あんたとあんたの特技みたいにさ」シェリイは、リッパーで錠をこちょこちょやる仕草をした。

「なんだそれ?」メルが訊いた。

「シェリイはふざけてるだけだよ、メル」ジェーンは、やや強い調子で言ってしまった。

「さて、ミセス・クロスウェイトが家族の誰かに言うわけ。『あらまあ、外に置いてあるあの荷馬車、マリー・アントワネットをギロチン台に運んだ死刑囚護送車にそっくり』そして、もしその人物が、そのことを知っていて、荷馬車を盗み出す機会を何年もじっと待っていたとしたら、ミセス・クロスウェイトはとたんに、そして愚かにも大きな脅威となったわけ」

「それだと、おばたちは絶対に容疑者からはずれるね?」ジェーンは訊いた。「今だにお宝が何で、どこにあるかを調べているようだから」

シェリイはうなずいた。「でもそれは、ゆうべ絵を盗んでばらばらにするためにうろついていたのが、あの二人だというあたしたちの考えが正しければの話」

「お宝について、ジョーおじさんの次によく知っていると思われる人物は、ジャック・サッチャーだね」ジェーンは言った。「一番長く、ここで過ごしてる」

「あるいはリヴィ」シェリイが言った。「たぶん彼女は、一流の教育を受けてる。たとえ勉強したかったのはビジネスだけでも、きっとジャックは、社交上必要なあらゆる教養を娘に身につけさせようと思ってた。歴史や美術やなんやかやの知識はあるよ」

ここまでメルは、意見せずに二人の会話を聞くだけだった。だが、ここで口を開いた。「ご両人、こんなのはくだらないよ。想像に流されてしまってるじゃないか。それにこれはきみたちの問題じゃないし、俺の問題ですらない。あと数時間、きみたち自身が無事でいられるように気をつけていさえすれば、全容を明らかにするのは、ジョン・スミスの仕事だ。それにそもそも今回の件は、殺人事件ですらないかもしれないんだ」

「じゃあ、ミセス・クロスウェイトについていた押し痕はどうなるの?」ジェーンは言った。

メルは肩をすくめた。「いい指摘だね、階段を落ちる時に、そういう痕がつくものの上に倒れたのかもしれない」

「メル、あなたの想像力は、あたしたちのと同じくらい飛躍してるよ」ジェーンは言った。

「他のどんなものなら、そういう痕がつく? 大理石の彫像が伸ばしている手に倒れかかったら？　そんなもの、あの付近にはないよ」

メルは困った顔をした。「わかった、わかったさ。しかし、誰かが暗闇で歩き回っているうちに彼女に来合わせ、びっくりして怖くなり、とっさに押してしまったとしたら？　誰かもわからずに」

「それじゃ解決しないよ、メル」ジェーンは言った。「まず、ミセス・クロスウェイトは、部屋からおびき出されでもしなければ、暗闇の中で階段には寄りつかなかった。真昼間だって、あの階段の上り下りを怖がっていたくらいだもん」

「ジョン・スミスからもいくつか情報を得たんだ。彼女は間違いなくマーガレット・ロウの結婚衣装を、暗黒時代のいつかの時点で作っている」

「彼女、自分からそう言って、マーガレットにあっさり無視されてた」ジェーンは言った。

「彼女はイーデンの父親と同じ会計士を雇ってた」

「それにはどういう意味があるの？」ジェーンは訊いた。

「きっとたいして意味はないだろう」メルは答えた。「それから、彼女は一度裁縫教室を開いたことがあって、そこにミセス・ヘスリングという人物が出席していた」

「あなたは情報の宝庫だね」ジェーンは言った。「だけど、その一つでも役に立つ？」

「役に立つとは言ってない。報告してるだけだ」

「ドウェインについては？　警察は、彼のことを何か摑んだ？」

十代での万引きの前科は話すべきではないことだと、メルは判断した。「たいしてないな。上司は彼について口を閉ざしていた。会社として話したくない何かを、上司が隠そうとしていたのか、あるいは、単にあの若者が気に入らないだけなのかは、はっきりしない。上司は、ドウェインがリヴィの父親の会社で働くつもりだと言ったが、彼がいなくなるのを残念だとは口にしなかった」

シェリイが突然はっと息を呑んだ。

「どうしたの?」ジェーンは訊いた。

「伏せテープ! あの伏せテープのことを、メルに話すのを忘れてた!」

ジェーンは自分の額をぴしゃりとやりかけた。「なんで忘れるかなあ!」彼女はメルが食事に出かけていた間に、埃を被っていない新しい伏せテープを屋根裏で見つけた話をした。それから、ミセス・クロスウェイトがしっかり転ぶように、そのテープが階段のところに張られていたのではないかという、二人の推測を説明した。

「それは今どこにあるんだ?」彼が低い声で言った。

「屋根裏部屋に置いたままだと思う」シェリイが答えた。

「このことは、まだ他の誰にも言ってないな?」メルが訊いた。

「もちろんよ」ジェーンは言った。

「じゃあ、黙っててくれ。それからここにいて。俺はスミスに連絡して、そいつを見てもらう」

メルは立ち上がり、何事もなかったかのようにぶらぶらと歩いていった。

「今度だけは、あたしたちの話を真剣に受けとめたね」ジェーンは驚いていた。

「二人で何を企んでるの？」イーデン・マシューズがジェーンの背後から声をかけた。ジェーンもシェリイも、彼女が近づいてくるのを見ていなかった。今の話をちらとでも聞かれただろうかと、ジェーンは思った。

「別に、何も」ジェーンは答えた。「明日の予定について話をしていただけ」

イーデンはメルが坐っていた椅子に腰かけた。彼女はまだディナーの時の装いのままで、体の線がきれいに出ている、襟の大きく刳《く》れた黒のドレス姿だった。本物のダイアモンドらしきブローチが、胸元のひろがりに人々の眼を引き寄せている。本当に艶《なま》めかしく魅力的な女性だ。

「あなたの恋人はすごくハンサムね」

「あたしもそう思う」ジェーンは言った。

「彼はどこへ行ったの？」

「わからないわ。何も言ってなかったから」ジェーンは一瞬考えてしまった。イーデンは本気で彼が寝室に行ったかどうかを訊いて、追いかけていくつもりなのだろうかと。その先を考えてしまわないように、訊いてみた。「リハーサル・ディナーはどうだった？」

「最高だった。料理がすばらしくて。お店の雰囲気もすてきだったけど、同席者は最高だったとは言えないわね、正直なところ。ドウェインは部屋をめちゃくちゃにされて、荒れ気味だったの。そのことをぶつくさ言うのをやめられなくて。だから知性を触発する楽しい会話にはならないわよね」

「それは残念だったわね」シェリイが言った。「彼、特定の誰かを責めてたの？」

「ああ、誰かれなく順番にね。さほど露骨には言わないから、誰も正面切って怒れない――実際はね。でも、すごくむかつくの。みんないらいらして歯を食いしばってた」

「彼はどういう仕事をしてるの？」シェリイが訊いた。

「ものすごく大きなローン会社のものすごくどうでもいい事務員、って感じかな。証書の調査とか、そういう退屈な仕事。でも、リヴィとハネムーンから帰ってきたら、一族の会社に入ることになってるわ。どんな貢献ができるのやら、わたしには想像できないけど」

「リヴィに息子を作るだけ？」シェリイが言った。

イーデンはにっと笑った。「そうよね、たぶん彼を身近に置いて、ジャックが支配するための策略。そんなふうに考えたことはなかったけど、たぶんあなたが正しい。彼をジャックの厳しい監視下に置いて、彼がいずれ結婚から抜け出すことを考えでもしようものなら、よそで仕事を探す動きを封じるんだわ。あなたってすごく鋭い」

「彼の部屋を荒らしたのは誰だと思う？」ジェーンは質問し、褒められて礼を言おうとするシェリイを、うっかり遮ってしまった。

「考えたら、わたしだってやるわね、彼をいらだたせるためなら」イーデンが人の悪い笑みを浮かべた。「でも、してないわよ。誰かはわからないわ。彼の仲良したちが一番あやしいかな。全員、ちょっとちんけだと思わない？　それに、あれは男のしそうなことだわ」

「意外だろうけど、あたしは彼ら全員をかなりの野心家だと見てるの」シェリイが答えた。「彼らは、明らかにジャック・サッチャーと彼の成功した友人たちを畏れ敬ってる。何人かは、あの金持ちの実業家の誰かにすぐれた資質を認められて、どん底の下級管理職から引き上げられる幻想を抱いてると思うよ」

イーデンは一瞬驚きの眼でシェリイを見つめた。「ええ。わかる、わかるわ。でも、だったらあとは誰が残る？　わたしじゃないわ。あなたたち二人でもない。結婚式を台無しにするようなことを、あなたたちは望まないもの」

「おばさんたちは？」ジェーンが言ってみた。

イーデンは首を振った。「いいえ、あの二人は整理整頓が生甲斐だから。二人とも、週に三回掃除屋さんに来てもらってるわ。それにあの人たちに、彼を惨めにしたがる理由がある？」

「たぶん、彼がリヴィと結婚するのに反対だから」ジェーンは言った。理由としてはかなり弱いが、他に考えつかない。

イーデンが椅子の上で身動きし、あくびをした。「理由はわからないままかもね。わたし、今夜はあきらめる。美容のために早く寝なきゃ」

ジェーンとシェリイは彼女が去るのを無言で見送った。そのあとシェリイが口を開いた。

「妙ね。誰もドウェインにあまり愛情を持ってないみたい。実の母親すら。それにリヴィは彼に情熱を持ってるとしても、全くそれを表に出さないし」

「そして少なくとも一人は、積極的に彼を嫌ってるらしい。彼の持ち物をめちゃくちゃにした人物」ジェーンは言った。また数分間考えてからつけ加えた。「そして、この結婚式の参加者の中に、人を殺してしまえる人物がいる可能性が高い。あたしがドウェインなら、不安だよ。というか、あたし本当に不安」

16

ジョーおじさんが姿を見せたのは、バチェラー・パーティが終わる十分ほど前だった。大広間の隣のパーティ会場の部屋へぶらりと入り、またすぐにぶらりと出てきた時は、冷えたビールを片手に、ひと摑みのプレッツェルをもう片手に持っていた。ジェーンはちらりと考えた。ジョーおじさんが現れたのは、出席する権利はあっても、自分の意思で参加しないことを見せつけるためだろうかと。それとも、無料のビールが欲しかっただけ？　彼はシェリイやジェーンの近くに腰をおろしたが、声をかけようと思うほどそばではなかった。ジェーンが礼儀正しく会釈してみせると、彼も会釈を返した。

アイヴァおばさんとマーガレットおばさんは、大広間の一番奥に坐っていた。シェリーを飲みながら生き生きと、しかしささやき声で喋っていた。それが今は立ち上がって、ジェーンとシェリイのほうへ歩いてきた。「明日の予定はどうなってるの？」アイヴァが訊いた。

「朝食が七時から八時。十二時から軽いお昼、結婚式の本番は二時に開始です」ジェーンは言った。この内容は、ピンクのカードにきれいに印刷したものを準備して、家族全員には到着時に手渡ししてあった。だがアイヴァとマーガレットはどうやらそれを失くしたか、単純に無視したのだ。

「わたくしたち、結婚式のあともしばらくここに滞在しようと思うの」またしても脇へずれている雪のように白い鬘《かつら》を、虚しくつつきながらマーガレットが言う。「なんといっても、間もなくこの狩猟小屋はなくなるわけだし、ここに滞在するのは、わたくしたちにとってこれが最後の機会ですからね」

なぜ二人が自分にそんな話をするのかも、どう答えるべきかも、ジェーンにはわからなかった。彼女にしてみれば、ブルドーザーが私道をやってくるまでは、二人は自由に滞在してよいのだ。だから単純な答えに落ち着いた。「わかりました」

「わたくしたちが少女の頃は、ずいぶんここで過ごしたのよ」アイヴァが説明した。「ですからね、少し思い出をたどる時間が欲しいと思って」

でもって、邪魔されずに徹底的に探すわけね、とジェーンは思った。

「晴れの日には気持ちのいい散歩をして……」マーガレットが言い添えた。

ひょっとしたら、ジャックに説明する予行演習をしているのかもしれないと、ジェーンは推測した。彼は二人の話を信じるだろうか、それとも自分が最後にひと回りして調べるために、二人をほうり出すのだろうか。

「お二人には楽しいことでしょうね」ジェーンは穏やかに言った。

ジョーおじさんは、すでにビールとプレッツェルを腹に収めていた。サイドテーブルに空のビール缶を置いて、歩き去った。

「それじゃ……お休みなさい」とアイヴァが言った。自分たちの計画を聞いたジェーンの返事に、不満な様子だった。

「あんたに反対されたかったみたいだね」鬘を被った年配の二人連れが行ってしまうと、シェリイが口を開いた。

「あたしもそんな気がした。だけど、なんであたしがかまうの？　結婚式が終わればあたしたちはいなくなるんだし、家族はそうしたければ全員で残ったっていいんだもんね。あの二人は、ジャックに話すための予行演習をしてたんだと思うよ」

「探し物はまだ見つかってないみたいだね」シェリイが言った。

「だから、あの二人は誰もいなくなったら、本気で建物を壊して探せると思ってる」ジェーンは同意した。「幸運を祈る、ってとこかな」

バチェラー・パーティがそろそろ終わろうとしていた。ジャックと友人たちは大広間を通り抜けて正面玄関に行き、お休みを言い合った。ドウェインと友人たちは恭《うやうや》しくそれに続いた。若者の一人が、「ふーっ！　やっと終わった！」とばかりに、額をすっと撫でる仕草をしたのを、ジェーンは眼に留めた。エロールもそれを見て、笑い声をあげた。

玄関にたむろしていた人々がどっと出ていこうとした時、スミス巡査が入ってきた。制服に身を固めて。玄関にいた全員が沈黙した。

スミスは愛想よく微笑んで言った。「やり残したことを確認しに来ただけですよ、みなさん」小部屋の並ぶ廊下からメルが現れ、にっこりしてスミスを迎えた。二人は去っていく客の流れとは逆に進みながら、何気ない会話を交わした。「ひどく遅くなったね」メルが言った。「家への帰り道に寄ろうと思ったので」午前零時をとうに回った時間に帰宅するのを、スミスは当然のように言う。

だが、ジャック・サッチャーは激昂した。二人の警察官をにらみつけておいてから、友人グループに向いて「見学者だ！」と言い、皮肉を込めて笑う。

「あたしたちも、もう寝る時間だよ」シェリイが言った。

「その通り」ジェーンは言った。友人たちが去ってしまって、一目瞭然のあの怒りようをぶつける暇ができたジャックには、近寄りたくない。「あたしたちには、何も用はないわよね？」メルのそばを通り過ぎる時に声をかけた。

「ないよ」彼は言った。

ジェーンとシェリイは、他よりは安全な自分たちの続き部屋へさっさと駆け込んだ。「ドアに鍵がついていればいいのにな」自分の部屋のドアノブの下に、椅子を噛ませようとしながら、シェリイが言った。椅子が低すぎて楔《くさび》代わりにはならない。

「あたしたちがベッドで殺される怖れがあるなんて、本気で思っちゃいないよね？」ジェーンは不安げに訊いた。

「うん、誰かの脅威になるようなことなんて、あたしたちは何も知らないから。でも鍵がかかっているとこにいるほうが、気分的には楽だな」

「あたしたちが脅威じゃないって、どうしてわかるの?」ジェーンは訊いた。「ミセス・クロスウェイトが誰かにとってどんな脅威だったのかさえ、あたしたちにはわからないし、あの人たちのことなら、彼女よりあたしたちのほうがはるかに詳しいよ」

「でも、それはどうかなあ、ジェーン。ミセス・クロスウェイトには、あの家族の誰かとの間に、長年埋もれていた因縁があったのかもしれない。マーガレットとウエディング・ドレスの件を忘れないでよ。ミセス・クロスウェイトの話は本当だったのに、マーガレットは彼女に知らんぷりだった。彼女がただの雇われ人にすぎなかったから忘れていただけかもしれないけど、歳月を経て偶然再会してしまって、完全にパニックに陥っていたのかもしれないよ」

シェリイはそこで口ごもり、考えてから続けた。「そのことだけど、彼女が何かを知っていたせいで殺されたのかどうかは、わからないよね。ことによったら、精神的にひどく不安定な誰かをいらだたせすぎて、キレさせてしまったのかも。あるいは、誰かに、ひどく嫌っている人間を思い出させたとか」

ジェーンは自分の部屋へ行って、ナイトドレスに着替えた。数時間後に迫っている結婚式が不安だった。ミセス・クロスウェイトの死についてあれこれ考えるのもうんざりだった。だがそれは、巨大で悲劇的なささくれに似ていた。そのことを考えて不安になるのをやめられず、どうしてもさわってしまう。髪を梳《と》いて歯を磨くと、ジェーンはシェリイの部屋へ入って、ベッドのへりに坐った。

「あたしたち、これまでいくつも殺人事件に巻き込まれてきたよね」ジェーンは、言わずもがなのことを口にした。「そして解決してきた。いつもちゃんとした動機のある容疑者がいた。なのに、何者かがミセス・クロスウェイトを殺すような動機が、まだ見つからない。そのせいであたし、ちょっとおかしくなりそう」

シェリイは、読んでいるふりをしていたペーパーバックを置いた。「その通り。考えついたのは、どっちかっていうと仰天するほど愚かで、全く裏づけのない数十の仮説。一番あたしを悩ませてるものって、なんだと思う?」

「何?」

「お針子の死とドウェインの部屋荒らしには、なんらかの関係があるのかどうかってこと。関係がないとは確信できないのに、どんな関係なのかまるで想像がつかない。最初の犯罪はとても暴力的で決定的、次の犯罪はすごく些細。順番が逆であるべきだよね、あたしの言う意味がわかってもらえるなら」

「わかると思う。でも、たぶん別の二人の人間が、全く違う動機からやったことだよ」

「うん、そんなふうに見えるよね。だけどあたしには、どういうわけかその二つに関係があるという本能的な強い感覚があるの」シェリイは言った。「なぜ関係があるべきなのか、理由を組み立てられないだけで」

ジェーンはしばらく黙り込んでいた。「被害者の唯一の共通点は、あたしたちの知る限りでは結婚式。そこでのドウェインの役割はもちろん大きいよね、花婿だもん。ミセス・クロスウェイトの役割は、比較的小さい。ドレスを縫っていただけで、彼女が死んでも結局ドレスは完成してる。関係があるとしたら、二つの犯罪は入れ替わって起こるべきだった」

「そうだね。ドウェインを排除して結婚式をやめさせるのが目的なら、彼が殺人事件の被害者になってるだろうし、ドレスはささやかな警告として、傷をつけられるか、切り裂かれるかしていたかもしれない。ジェーン、こんなの全く筋が通らないよ」

「ある人には筋が通ってるんだよ」ジェーンは言った。「あるいは、ある人たちにとっては。シェリイ、あたしが望むのは、とにかくこの結婚式を終わらせて家に帰ることだけ。今後死ぬまで結婚式には一切出席すらしないと、聖なる誓いを立てようかと思ってるくらい」

シェリイがにっこりした。「そういう聖なる誓いには注意しないとね。あんたには結婚させる子供が三人いるんだよ」

ジェーンは両手で頭を抱え、うなった。

ジェーンはなんとしても眠ろうと一所懸命だった。だががんばればがんばるほど、眼が冴えてしまう。二時だ、あと四時間半で起きなきゃいけない、と彼女は思った。すると、あまりぐっすり眠って、寝過ごしてしまうのが心配になった。つい想像してしまう。テーブルや椅子やリネン類を配置しに業者がやってきて、ジェーンの指示なしに全てを間違えてやっている。それに、もし夜のうちにミスター・ウィリスが死んでしまったらどうしよう？　いや、ラークスパーが花を飾るのをやめて、突然ブラジルへの移住を決めてしまったら？　いやいや、ブライズメイドたちがマラリアに罹《かか》ってしまったら？　あるいは、ジャック・サッチャーが結婚式をやめると決めたら？　やっと浅い眠りに落ちると、夢の中でラークスパーがジャングルにいて、長くて先の尖った花を薬としてキティに与えていた。キティは、彼女の大量の荷物全てを使って作られた棺台らしきものの上に横たわり、ピンクのシルク地でぐるぐる巻きにされていた。

その夢は廊下を行く足音によって邪魔された。男の足音だ、とジェーンは思った。起きて、確かめるべきだろうか？　いいえ。あたしには関係ない。どこぞのばかが心地よい夜の眠りをむだにすると決めたって、あたしの知ったことじゃない。その時、シェリイが身動きする音と、床板を軋らせる音が聞こえた。

ジェーンはベッドから飛びおりた。「誰が通り過ぎたの？」暗闇の中にささやいた。

「わからない」

淡い月の光が、小窓からひと筋射し込んでいた。シェリイは廊下側のドアの後ろに立ち、灯油ランプを頭の上にかざして、誰だろうと部屋へ入ってくる者の頭蓋をぶちのめすべく身構えていた。

「あれが聞こえる?」ジェーンはささやいた。「うめき声」

「ただの風だって。ゆうべの再現だよ」シェリイが腹立たしげにささやいた。

「窓の外を見て。風はそよとも吹いてないよ」

「どうすべき?」シェリイが訊いた。

「何もしないのは?」ジェーンは提案した。

「誰かがうめいてる。怪我をしてるのかもしれない。メルを起こして、確かめてもらおう」シェリイが言った。「彼はどの部屋に入れたの?」

「二つ先のドア。ううん、そこは浴室のドアだから封鎖してあるの。彼は三つ先のドアの向こうにいると思う」

シェリイは灯油ランプを点けて、とてもゆっくり静かにドアを開けると、身をひそめている者がいればあっちへ行けとばかりに、廊下にランプを突き出した。ちょっと待ってから、外を覗いてみる。「廊下には誰もいない」と知らせた。

ジェーンはシェリイの夜着を着た背中にしがみつき、二人で小刻みに廊下を進んだ。灯油ランプが不気味に躍る影を照らしている。ジェーンは、メルの部屋のドアを軽く叩いた。返事はない。もう一度、今度はやや強めに叩いた。それでも反応がない。ジェーンはシェリイからランプを受け取り、ドアを開けた。

「誰もいない」彼女は小さな部屋を覗き込んで言った。

「確かなの？」

「彼がベッドの下で丸くなってるか、洋服簞笥の中に隠れてるんなら別だけど」

「調べて確かめよう」

「シェリイ！　そんなとぼけたことを」

二人はまたうめき声を耳にして、お互いにしがみついた。ジェーンは首をかしげ、どこからその声が聞こえてくるのかを突きとめようとしたが、何も判断できないうちに、大広間へ続く廊下のドアが音を立てて開いた。廊下の一番端にいた二人は、そのドアのところにうずくまっている灰色のぼうっとした形のものの正体を、見定めることができなかった。

強い力でシェリイに腕を握られて、きっと肌にいつまでも痣《あざ》が残るだろうとジェーンは思った。

「いったいあれは何？」シェリイのささやきがあまりに甲高かったので、誰が喋りかけているのか蝙蝠《こうもり》が確かめに現れるのではないかと、ジェーンは期待しないでもなかった。

「言いたくないけど、あたしには幽霊みたいに見える。薄汚れた幽霊って感じ」

シェリイは大きく息を吸って、死にもの狂いで摑んでいた手をジェーンからはずし、頭の上にランプを高く掲げ、いきなり大股で前進した。「ここから出ていきな！」幽霊に向かって叫んだ。

さらに、シェリイは足を踏み鳴らした。

灰色のものはくるりと向きを変えると、自分の胸元をしっかり押さえ、それから勢いよくドアを開け、走り去った。

「ワオ！」ジェーンは言った。「まさにゴーストバスターズ！」

廊下に並ぶドアの二つが一、二インチ開いた。ジェーンは全く距離感をなくしていたため、その二つが誰の部屋のドアだかわからなかった。しかも、大広間から何かが壊れる音と鋭い悲鳴がしたのに気を取られた。また、どこかの寝室のドアが開いた。

ジェーンとシェリイは一瞬眼を見合わせ、自分たちの部屋へ隠れるのか、それとも調べにいくのかを、無言のまま話し合った。当然のように、二人は大広間へ向かった。入口に近づくと、またドアが開いた。幽霊が考えを変えたのかと思い、二人はたじろいだ。だが、ドアのところに現れたのはメルだった。

「何も心配いりません」彼は陽気に言った。「みなさん、どうぞベッドへ戻ってください」

いくつかのドアが静かに閉まった。そうならなかったドアをメルが指さすと、大きな音を立てて閉まった。

「これっていったい――」ジェーンは言いかけた。

「ばかな真似をしているやつらがいるだけだ」彼は言った。「眠っておかないと、二人とも朝になって昏睡状態に陥ることになるぞ」

「あなたもね」ジェーンが即座に言い返した。

「ああ、しかし、俺はここでなんの仕事もないから。きみたちは違う」

疲れ切っていて、ジェーンは反論できなかった。シェリイと共に自分たちの部屋を見つけ、倒木のようにベッドに倒れ込み、ばかな真似をするやつらが誰なのかを考える間もなく、深い眠りに落ちていた。

17

朝七時に起きたジェーンは、まともに目覚めてはいなかったが、とにかく直立して服を着ていたし、それで精一杯だった。ただシェリイに指摘された通り、着ていたシャツが裏返しだった。袖を表の側にひっぱり出すのにもじたばたして、手に余る気がした。

「ゆうべの幽霊みたいなのは、夢だったのかな？」ジェーンは訊いて、ボタンを留めようとごそごそしながら、親指がちゃんと動かない気がするのはなんでだろうと思った。

「そうだったら、一緒に見た夢だ」

「あんたってば、かっこよかった！」ジェーンは言った。「あいつに出ていきな、なんて言っちゃって！」

「うん、でしょ？　メルは何をしてたのかな……真夜中にうろうろ歩き回るなんてさ？」

「何をやってたか、誰のこともわからないよ。あんたももう朝食に行ける？」

ジェーンがまたメモ帳類を手にし、シェリイと連れ立ってキッチンへ行くと、そこではミスター・ウィリスがシジュウカラのように陽気に、オーブンから焼きたてのクロワッサンを取り出すところだった。

「あたしたちが一番乗り？」ジェーンは訊いた。

ミスター・ウィリスはうなずき、クロワッサンの載った皿を、バターやクリームチーズや蜂蜜と一緒に並べた。いつものジェーンならこういうごちそうには飢えた野蛮人のようにがっつくのだが、今日は心配のあまり、コーヒー一杯を注ぐことしかできなかった。「テーブルと椅子の業者は九時に到着することになってるの。電話してみたほうがいいかな」

「ジェーン、九時に来るなら、もうここへ向かってる途中だよ。やきもきしないの。食べなよ。あんたは力をつけなきゃ」

ジェーンはやはり食べ物には向き合えず、坐ってただコーヒーをすすりながら、頭に入っている、まだこれからやるべきことのリストをチェックした。

アイヴァとマーガレットが、よろよろとキッチンへ入ってきた。ジェーンと同じくらいくたびれている様子だ。アイヴァは栗色の鬘《かつら》を妙なぐあいにして、髪の一部を――ポリエステルでなく本物の髪ならだが――頭のてっぺんから引きおろし、ヴェロニカ・レイク風にふわりと前髪をふくらませていた。実に冴えないスタイルで、食事のために腰をおろす時もずっとその前髪をいじり、ひっぱり続けていた。

ジェーンはその老婦人に気を取られ、見つめ続けていた。ミスター・ウィリスが、何も入れないブラック・コーヒーか、それともカフェイン抜きがいいのかと訊くと、アイヴァがそちらへ少し顔を向けて答えた。

「あなたの左眼、どうなさったの?」ジェーンは声をかけた。

「いやだわ! なんて立ち入ったことを訊くのかしら!」アイヴァがぴしゃりと言った。

「すみません、ただ、見たところそれは――」

「ほっといてちょうだい」アイヴァが言い、またふくらませた前髪をひっぱる。

彼女の左眼の周りには濃い化粧がほどこしてあり、その眼の上と下とだけで、コンシーラーをゆうに半本は使っているように見えた。塗りすぎて、固まりができている。偽の髪で隠そうとするのも無理はなかった。

ミスター・ウィリスの手伝いをしている近所の女性が、立ったままクロワッサンを巻いていたカウンターから向き直って、声をかけた。「まあ、あなた、それにはウィッチ・ヘーゼルを塗らなきゃ。すぐに腫れが引きますからね。それと、気持ちのいい小さな氷のパックを作って差し上げます」

アイヴァは手にしていたクロワッサンを皿に叩きつけ、立ち上がってキッチンを出ていった。

「まあっ! わたしはそんな――」お手伝いの女性は叫んだ。

「あの眼、どうなさったんです?」ジェーンはマーガレットに訊いた。

「なんでも。なんでもないわ。椅子にぶつかっただけよ」

「確かに? ドアにではなく?」シェリイが皮肉っぽく言った。

「ええ、彼女はベッドに入る時につまずいて、椅子の上に倒れたの」マーガレットは言った。

「椅子の背もたれの、垂直に突き出た部分に眼が当たったんですよ。全くの思いがけない事故にすぎません。何も心配いりませんよ」

マーガレットは、慎重に練習を繰り返した鸚鵡《おうむ》のようだった。

「運のよかったこと、失明することにならなくて」お手伝いの女性は、明らかにその話を鵜呑みにしていた。「わたしのいとこに、鍬《くわ》の柄の先端に眼をぶつけたのがいるの。そっちの眼では二度と何も見えなくなったわ」

これにはどう言葉を返せばいいのか誰もわからず、その場に沈黙が流れた。

「あたし、テーブルと椅子の業者に電話をかけたほうがよさそう」ジェーンはアイヴァへの関心を失ってしまい、今日の予定の心配をしないではいられなかった。

ジェーンがキッチンを出る時、入ってくるドウェインに会った。このうえなく生き生きとしてご機嫌だった。「いよいよ結婚式だ」どうやら花婿らしくすることにして、部屋が荒らされたことも、ジェーンを責めたことも忘れたらしい。

「ええ、そうね」ジェーンは言った。

「ゆうべのあの騒々しさはなんだったんだ?」彼が訊いた。「夜中じゅう廊下をどたばた行ったり来たりして」

「あたしにもよくわからないの」ジェーンは正直に言った。「幽霊が出没したのかもしれない」

ドウェインは、頭がおかしくなったのかとばかりに一瞬ジェーンを見つめ、笑いだした。

「ああ、わかった。冗談か」

「そうよ」ジェーンは微笑みを作ろうと努力した。

当然ながら、テーブルと椅子の会社は電話に出なかった。心配しちゃいけないと、ジェーンは元気よく自分に言い聞かせた。早朝だからまだ会社の事務員は来てないし、トラックはとっくにこっちへ向かっているはずだ。それでも、トラックが幹線道路の路肩に寝そべっている光景が頭に浮かぶ。テーブルや椅子がどこまでもひろがる泥の中に散らばり、それからたぶん、好奇心旺盛な牛が二、三頭、残骸の間をぶらぶら歩いている。

ジェーンがキッチンに戻ってみると、人々の数はふえていた。マーガレットはもういなかったが、キティとイーデンとリヴィが、シェリイとドウェインに加わって大きなテーブルに着いていた。リヴィは青ざめ、やつれて見えた。明らかにあまり眠っていないし、眼の下にできているかすかな青い隈を、アイヴァのコンシーラーで覆わなくてはならないだろう。だがいつも通り、みごとな組み合わせの装いで、やや堅めの白いブラウスに黒のスカートを合わせ、お洒落なグレーのストライプのスカーフをウエストに結んでいた。ストッキングまでちゃんと穿いているのだろうと、ジェーンは推測した。

リヴィがジェーンに弱々しく微笑みかけ、丁寧に訊いた。「全て順調かしら?」

「あたしが把握してる限りでは」ジェーンは、できる限り自信たっぷりに言った。そして、どうかリヴィが朝に弱いタイプで、時間が経てばずっと元気になるようにと祈った。花嫁たるもの、ベッドに戻る必要があるように見えてはならない――一人きりでは。

ドウェインも、心配そうにリヴィを見ていた。キティまで不安そうで、落ち着かなげに朝食をつつきながら、ちらちらと二人を交互に見ている。そのせいで、ジェーンはいらだった。ブライズメイドたるものは、花嫁のそばに集い、やさしく元気づけるべきものではないか。ところがキティときたら、自分が取り乱しそうだ。ジェーンは、スカッとする活きのいい平手打ちのことを考えた。誰かをしゃんとさせるために、映画で時々やっているあれを。現実の世界では受け入れられないのが、なんとも残念だ。

イーデンはまた全く別の問題だった。彼女は寝間着とおぼしきものを着たままキッチンに現れていた。前にトゥイーティー（ワーナー・ブラザース社のアニメの黄色いカナリアのキャラクター）が描かれた、サイズがあまりに大きすぎる派手なブルーのTシャツに、お揃いのぶかぶかのスウェットパンツという格好だ。髪も梳《と》かさず、乱れた感じがしてセクシーだし、明らかに、その部屋で一番快活な人物だった。朝食をもりもり食べながら、『結婚行進曲』をハミングし、にっこりと勇気づけるようにリヴィに微笑みかけている。

ジョーおじさんも、無料の食事を取りにぶらぶらやってきた。皿にクロワッサンを高く積み上げ、バター四分の一本ぶんを載せ、それからジェーンがびっくりしたことに、出ていく時、リヴィの肩を愛しげにぽんと叩いた。するとリヴィが振り向いて、彼に微笑んだ。

ジェーンには信じられなかった。ジョーおじさんが、家族の誰かに秘かな好意を抱いていようとは。リヴィの存在など、やっと気づく程度だろうとしか思わなかったのに、あの肩の叩きかたには、はっきりと応援の気持ちが表れていた。ドウェインとの結婚に反対している人物が、ジョーおじさんということはありうるだろうか？　ドウェインの部屋を荒らしたのが彼かもしれないということは？　ドウェインに歓迎されていないと感じさせ、できれば彼が逃げ出すようにという、望みのない賭けに出たのだろうか？

そして、もしその通りだったら、ミセス・クロスウェイトの死も彼のせいなのだろうか？　それとも、二つの事件がどこかでつながっていると考えた自分とシェリイは、間違っているのか？　ジョーおじさんは、確かにミセス・クロスウェイトに腹を立てていたけれど、それどころか誰に対しても腹を立てていた。それに、地元の警察官たちと噂話をしたあとも、メルはその二人に昔も今もなんらかの関わりがあったとは言ってない。

そのことを考え続けながらも、ジェーンはようやくクロワッサンに手をつける気になった。クロワッサンと濃くて熱いコーヒーのお代わりが、きっと全脳細胞を目覚めさせてくれるだろう。そうなることを、ジェーンは祈った。

テーブルと椅子の業者は時間通りに到着し、効率よく、かつ静かに大広間の家具を全て壁際に移動させた。それも、邪魔にならないようにどけたという感じではなく、美しく好ましく見えるようにまとめて置いていた。ジェーンは感心した。もし物置き小屋に見えてしまったらと、不安だったのだ。

　アイボリー色の折り畳み椅子が整然と並ぶと、部屋はだんぜん明るくなった。ラークスパーの取り組みも、同じ効果をあげた。花嫁と花婿は観衆に向き合うことになるのだからと、彼は二人のために花による額縁と自分で呼んでいる飾りつけをした。とてもかわいい鉢植えの柳を両側に一本ずつ置いて、その小さな木の前に、温室咲きの月下香や白いヒエンソウ《ラークスパー》や背の高いピンクのコスモスを花瓶に生けて並べた。幅の広い階段には、花嫁のブーケに合わせてピンクのチューリップの鉢を両端に、一段おきに置いてある。彼がそのアイデアを提案した時、ジェーンは気に入らなかった。ウエディング・ドレスの裾が花の鉢に触れて、花嫁が泥まみれでたどりつくことになるのを心配したのだ。だが階段は充分に広いから、よほど進む方向を間違えなければ、リヴィが花の鉢を蹴り倒すことはないだろう。カビ臭かった部屋に花々が芳《かぐわ》しい匂いを漂わせ、美しく見せていた。

「初めて、本当にうまくいく気がしてる」ジェーンは、そばに来て一緒に部屋の変わりようを見守っているシェリイに、声をかけた。

「いろいろからかったあとで言うのは癪《しゃく》だけど、本当に華やかな感じ」シェリイは認めた。

「ジャックかリヴィは、この陰気な古い家が美しくなりうると感じ取ってたんだね。誰がこうなると思っただろ?」

　あと数分間しか自分の自由にはならないだろうと思い、ジェーンは身支度をしにいった。部屋をあとにする時の彼女は、ライラック色のスーツに花柄の長いスカーフを合わせ、きれいな巻き毛を整えて、手早くだがとても上手に化粧をしていた。その姿で廊下に出たとたん、ばったりメルに会った。彼は自分の部屋から出てくるところだった。

「うわ！　きれいだ！」彼は言った。

「あら、ありがと」ジェーンは礼を言い、もっと褒め言葉を聞きたくて、ちょっと爪先で回ってみせた。

彼女がもらったのはキスだった。おかげで口紅は台無し、髪まで困ったことになりそうだった。彼から離れ、にっこり笑った。「これじゃ、やり直さなきゃ」

「手助けはいる？」

「いいえ、ありがと」ジェーンは笑った。すぐに真剣な顔になった。「ジョン・スミスはシェリイとあたしが見つけた伏せテープのことを、どう考えた？」

「きみの考えと同じだよ。階段のところに張られて、そのあと取りはずされたんだろうと。犯人に結びつく手がかりにはならないが、その事実をスミスが知っていれば役に立つし、法廷での証拠になる。突発的な激情によるのではなく、計画的な犯行を示しているからね」

「突発的な激情なんて、およそミセス・クロスウェイトには縁のなさそうな言葉だわ。で、ゆうべの幽霊は誰だったの？」

「ジョーおじさん。灰色の毛布を被ったね。異母妹たちのために、修道士の幽霊をやってたんだ」

「異母妹たちのため?」

「彼自身のためだな、実際には。姉妹はしばらく滞在する話をしていた。彼は、少女の頃の二人が修道士の幽霊に怯えきっていたのを思い出し、それなら怖がらせて追い払えるのではないかと考えたわけさ」

「ジョーおじさんが、あなたに喋ったの?」

「すすんでとはいかなかったさ。それと、部屋から出てきたのが姉妹ではなくきみとシェリイだったことに、猛烈に腹を立ててた。あきれた爺さんだ」

「今朝、ひょっとしてアイヴァに会った?」ジェーンは訊いた。

「眼の周りに痣《あざ》があるほう?」

「ええ。彼女に何があったの?」

「今の話のあとのことだ。何をやってたんだか、彼女がこそこそうろついてた時に、食料品室に光が見えたらしい。膝をついて鍵穴からなんだろうと覗いてみた。そこにジョーがいて、足音を聞きつけてドアを開けた。その時ドアノブが彼女の眼にぶつかったんだ。二人ともその話を認めている」

「あなたってば、ひと晩じゅうあの人たちのあとをつけてたの?」

「ほぼひと晩じゅう」

「どうして？　あの人たちなら、勝手に走り回らせてぶつかり合わせとけばいいじゃない？」

メルは彼女の肩に片腕を回して言った。「彼らの一人が人殺しであることは充分考えられるし、きみの部屋には鍵がついてないからさ」

「あたしを守るためにひと晩じゅう起きてたの？　もう、メルったら――」

「大げさに感動するなよ。それに俺がいつもこんな真似をするとは思わないでくれ」彼は言った。「今夜は、みんなもうここを出るしな。それに、今度俺がきみのためにひと晩眠れずに過ごすとしたら、もっとずっと楽しいことのためだ」

18

お昼は、おちおち坐っていられない慌ただしい食事になった。ややこしいことになったのは、遠方からの客数人が、ケーブルテレビさえないのかと驚いて口々に言い合って、小さな安宿のモーテルに退屈しきり、早い時間から来て足手まといになっていたからだ。二人の演奏家が、フルートとバイオリン持参で現れた。ジェーンがほぼ失念していたこの二人は、ノヴェルティーズ社の社員で夫婦だった。黒服に身を固めた姿は、まるで葬式に来たかに見えた。

ジェーンは小部屋の並ぶ廊下を歩きながら、みんな支障なくやっているかを確認した。全員がいっせいに身支度にかかっていたが、その廊下部分は全ての部屋が同じ給水設備を使っているため、いくつかの部屋で同時にトイレの水が流れ、別のいくつかの部屋でシャワーの水が出ると、時折、悲鳴や叫び声があがった。

いろいろいやなことが起こりはしたが、今のジェーンは心からお祝い気分を感じていた。レイラとイーデンは、寮の女子学生のように、バスローブ姿で何度も廊下を走り回り、歯磨きやヘアスプレーや化粧品を借りていた。ブライズメイドの中でもとりわけキティは、なるべく自分をよく見せようと必死の様子だった。「この裾、まっすぐじゃないみたい」と、ジェーンに嘆く。

「誰も気づかないし、直すにしたって遅すぎるわよ」キティは泣きだしそうだったが、ジェーンはやんわり言い聞かせた。もうキティには我慢も限界だった。ヒステリックになるのは花嫁と決まっていて、ブライズメイドではないのだ。

メルがひょいと部屋から出てきて、何か手伝うことはないかと訊いてくれた。

「いいのよ、ありがとう。火種があれば消そうと見張ってるだけ。ありがたいことに、まだ一つも見つからないわ」

ジェーンは大広間へ入っていった。早く来た客は、部屋の端に寄せられた椅子やソファに坐っていて、結婚式用の神聖な椅子は侵されていなかった。ジェーンはリヴィを手伝えることはないか確かめに、二階の主寝室へ上がった。「ドレスを着る前に必要なものはない？　ヘアピンは？　香水は？」と声をかけてみる。

リヴィは窓辺に坐って、退屈しているかのように外を眺めていた。「えっ？　ああ、いらないわ。でも、訊いてくださってありがとう」

「あなた大丈夫、リヴィ？」

若い女性は弱々しげに微笑んだ。「大丈夫。ほんとに大丈夫よ。時間になったら、ドレスを着るお手伝いが必要になるだけ」

「お昼は食べた？」

「たぶん。ええ、そうね。サンドイッチを一つ。車が何台かやってくる音がしたわ。お客様にご挨拶にいくべきかしら？」

ジェーンは笑った。「いいえ、これはお芝居みたいなものよ、リヴィ。主演女優は、カーテンが上がるまで姿を見せないの。ロビーをうろついたりはしないわ」

リヴィの微笑みも、今度は本物だった。

きっと緊張しているだけよねと、ジェーンは自分に言い聞かせ、一時間後にリヴィが下りてくるはずの広い階段を下りた。リヴィは、自分の人生最大の儀式にこれから臨むところなのだ。洗礼式に独奏会、それから苦労してやっと迎えた卒業式にしても、誰もが緊張することにかけては結婚式にはほど遠い。結婚は、あとで失敗することもよくある。ジェーン自身の結婚も、手遅れになるまで気づきもしないまま失敗に終わっていた。それでも、結婚に足を踏み入れ、誓いの言葉を口にして古来のしきたりを守ることは、永遠の決断にふさわしい力を今も持っている。

本当に、本当に久しぶりに、あと数週間で二十年前のことになる自分の結婚式を、ジェーンはふと思い出していた。あの時母親は泣いた。嬉しさからだろうと思ったが、そうではなかったのかもしれない。父親は彼女を磁器の人形のように扱い、誰の妻になろうと母親になろうと、いつまでも自分の娘だと言ってくれた。姉のマーティは、ジェーンが嫌っているのを承知のうえで赤いドレスを着ていた。いかにもマーティらしかった。姑《しゅうとめ》のセルマはグレーのドレスを着ていたが、黒にしたかったのは明らかだった。リヴィの結婚式以上にささやかな式だったのは、スティーヴの身内がシカゴに住んでいて、ジェーンの側の身内は両親と姉と祖母と、呼びかたのみ家族のジムおじさんだけだったからだ。式はジェフリイ家が通う教会で行われ、手の込んだ花飾りもケイタリングの料理もなかった。だがジェーンは愛しい思いであの時の全ての瞬間を今も思い出す。あの日は、マーティやセルマすら好きだった。

ジェーンがスティーヴ・ジェフリイと結婚したのは、彼がハンサムで野心家で礼儀正しかったから、人生の好機に結婚を申し込んでくれたからだ。彼女は若く愚かで、本当にその通りだったから、そんな重大な決断をすべきではなかったのだが、世界じゅうを転々としながら成長したせいで——両親に愛されてはいても、ずっと家を持たない根無し草だったせいで——どうしても妻になりたかった。夫を持ち、家を持ち、ぽっちゃりした赤ん坊をたくさん産み、その子たちを、自分が育ったような、ちょっとした知り合いがいるだけの巨大な社会ではなく、生涯にわたる友達や級友がいる地域で育てたかった。

リヴィが置かれた状況はまるで違う。まず、ジェーンの時よりはずっと年上の花嫁だ。賢明にも仕事の経験を積むことに専念し、成功した女性実業家となって何年にもなる。うまくいけば赤ちゃんも持てるだろうが、彼女の場合、求められるから持つのである。

「ずいぶん考え込んでるみたい」シェリイの声に、彼女はぎょっとした。

ジェーンは階段の一番下の段に坐っていた。そこにシェリイも坐り込んだ。

「結婚式のことを考えてたの」ジェーンは言った。「リヴィとあたしの」

「あたしは、自分の結婚式のことは考えたりしないな」シェリイが言った。「うちの母親ったら、第二のノルマンディー作戦かって勢いで段取りをしたんだよ。ブライズメイドを、全員あたしのクローンみたいにしようとしたし。いとこのゾーイに髪まで染めさせようとして」

「まさか！」

シェリイは首を振って笑った。「うん、あんたを落ち込みから救うためのうそ。この結婚式はうまくいくと思うよ。ドウェインを見かけた？」

「朝食の時から見てない」

「もうタキシードを着ててね、ずいぶん垢ぬけてて花婿らしいのは認めざるをえない」

「で、女の子たちは？　支度できてた？」

「うん。キティが上着の袖にソーダをかけちゃって、取り乱したの。だから式での注目の的は誰なのか、誰が見られるべきで誰がそうでないのかっていう厳しい現実を教えといたよ。彼女のドレスをきれいにするのは、レイラに委《まか》せてきた」

「彼女、なんであんなにかっかしてるんだろ？」

「ブライズメイドをする初めての結婚式なんじゃないかな」シェリイは言った。「で、これが最初で最後になるかもしれないって、怖れてるのかも。ほんとにあまり魅力的な子じゃないし、その欠点を克服できるだけの個性も持ってないもんね。あんまりきれいじゃないけど、持ってる魅力だけで、出会った男をことごとく痺れさせる女を、あんたもあたしも大勢知ってる。だけどキティはそういう子じゃない」

二人は、花の飾りと牧師が立つことになっている小さな書見台の後ろに、ほぼ隠れている状態だった。そこで誰かに自分の名を呼ばれるのをジェーンは耳にし、ため息をついて立ち上がった。「あたしはここです、ミスター・サッチャー」

彼は一緒に話をしていた人々から離れて、ジェーンに近づいた。「きみを捜し回ったよ。リヴィの支度はできたのか？」

「時間にはちゃんと間に合いますわ。これからブライズメイドの子たちに、ドレスを着るのを手伝わせます」

レイラとイーデンは意気揚々としていたし、あのキティも落ち着いたようだった。「参加者が到着し始めたわ。あなたたちは姿を見られないようにしてほしいの、あとで劇的に登場できるようにね」ジェーンは言った。「さあリヴィの部屋へ行って、みんなでドレスとベールをまとう手伝いをしましょう」

女たちは大広間を通り抜けて二階へ上がった。ジェーンはドアのそばの椅子に腰をおろし、若い子たちは、リヴィのペチコートや手の込んだ装飾のガーターやドレスに大騒ぎしていた。イーデンがドレスの背中にずらりと並ぶボタンを留めにかかった時、ドアを軽く叩く音がした。ミスター・ウィリスが、シャンパンのボトルと氷が詰まった銀のアイスペールと、美しいグラスの載ったトレイを持ってきてくれたのだった。

「花嫁とブライズメイドへの、わたしからの贈り物です」彼は言った。

みんなあふれんばかりの思いで礼を言った。「ひと口だけね、でないとみんな酔っ払っちゃって、きっと階段を下りる時に転んじゃう」イーデンが笑いながら言った。そのあとでミセス・クロスウェイトが迎えた最後を考え、失言だったと気づいて謝り始めた。

そこでジェーンがその場を引き受け、イーデンを黙らせた。「みんな酔ってる暇はないわよ。ショータイムまであと十分しかない。リヴィ、すごくすてきよ。それに他の三人もきれい」ドアを開けて言う。「ここからは小声でね」

リヴィの部屋から階段の一番上の部分までは壁になっているので、彼女たちは下の部屋から見られずに並ぶことができた。「レイラが先頭、次がイーデン、それからキティよ、忘れないで。さあ、お父様がいらした、リヴィ」

演奏家夫婦は邪魔にならないように、階段の最上段から距離をおいた後方に、なおかつ音楽がちゃんと階下に流れる位置に着席していた。ジェーンはブライズメイドたちとリヴィと彼女の父親を並ばせ、一つ大きく息を吸ってから、演奏家夫婦にうなずいた。

彼らが立ち上がって、静かにフルートとバイオリンを奏で始めた。階下の大広間の話し声と足音とが小さくなり、音楽は大きくなった。ひと呼吸おいて、ジェーンは隅から下を覗いてみた。客は着席していた。マーガレットとアイヴァは最前列の片端に坐り、アイヴァは床まで届くシルバーっぽい色のロングドレスを、マーガレットはその色違いの栗色のドレスを着ていた。鬘《かつら》かドレスを交換すればよかったのにと、ジェーンは思った。ミセス・ヘスリングは通路を隔てた反対側の席にいて、おそろしく派手なターコイズブルーのポリエステルのドレスに身を包み、同色のかなり大きな帽子を被って、これも同色のバッグを手にしていた。そわそわとバッグをいじり、このまま持っているべきか、それとも床に置くべきなのかと迷っているのがもろわかりだった。ジョーおじさんは、リハーサル・ディナーにも着ていったまともな服を着ており、大広間の後方の壁にもたれて立ち、顔をしかめて他の参列者たちを見回していた。ジェーンが見ていると、ドウェインとエロールと牧師が横手の部屋から出てきた。そこにはシェリイがいて、よいタイミングが来るまで彼らを待機させていたのだ。

「よし」ジェーンは二階の一団に振り向き、小声で言った。「レイラ、まずはあなたよ。常に階段の真ん中を歩くように心がけてね」

レイラは、ピンクのスリップドレスをまとい、房飾りのついたショールをきれいな形をした肩の片側に巧みにひろげた愛らしい姿で一歩踏み出し、顔をしゃんと上げて、ゆっくりと優雅に階段を下り始めた。

ジェーンはしばらく見守り、十数えてからイーデンに向いた。「次はあなたよ」

リヴィは父親に激しい口調でささやいていた。「わたし、できないわ、パパ。パパががっかりするのはわかってるけど――」

「リヴィ、しっかりしろ」ジャックは静かに、だがとても厳しい口調で言った。

「いやよ。ドウェインと結婚したくない。誰とも結婚したくないの」

ジェーンは卒倒しかけた。一人目のブライズメイドをすでに行かせて、二人目を勇気づける時だというのに、花嫁が心変わりするなんて！

イーデンも二人のほうを向いた。「いいことよ、リヴィ。いいことだわ！」

「口出しするんじゃない、イーデン」ジャック・サッチャーが言った。「きみは昔からもめごとを起こしてばかりだ」

「パパ――」

「リヴィ、もう遅すぎる。結婚式は始まっているんだ」

演奏家たちは、この言い争いに見入り、ぎょっとして音をはずした。ジェーンがにらみつけると、彼らは素直によそを向いて、ちゃんと演奏に戻った。

「でもパパ――」

「だめだ、リヴィ。おまえのせいで、一族がこんな形で恥をかくわけにはいかない」

キティが妙な喘ぎ声をあげた。顔が涙でぐしゃぐしゃだ。ジェーンはリヴィの部屋の中へ突進し、ティッシュの箱をひっ摑んで、丸まったティッシュをキティに渡した。

イーデンがジェーンの腕を摑んだ。「わたし、これから下りるわ。参列者が心配し始めてるし、どうせジャックが言い負かすから」

イーデンは階段のほうへ出ていって、下り始めた。ジェーンはキティの袖をひっぱり、またティッシュを何枚も引き出して、手早く顔を拭いてやりながら言った。「あの階段を下りる時にもし微笑まなかったら、あとで追いかけてって、意識を失くすまでひっぱたくわよ。あたしの言うこと、わかった?」

キティがうなずき、なんとか和らげた表情は、それでもひどいしかめ面だった。

彼女の下りかたがどれだけ危なっかしいものか、ジェーンは見るまでもなかった。途切れることなく流れている調べに、キティの鈍い足音が重なって聞こえていた。ジェーンはリヴィとジャックのほうを向いた。

鋭いささやき声での言い争いは終わった。リヴィは片手を軽く父親の腕に置き、もう片手にチューリップのブーケを持っていた。顔は白く冷ややかで、大理石のように固まっていた。ジェーンは怖いもの見たさで二人をじっと見ながら待って、キティの重い足音がやむと、リヴィの腕に触れた。そこは冷たく湿っていた。

「本当にいいの?」ジェーンは訊いた。

ジャックが何か言いだすより先にリヴィがうなずき、父と娘は前へ歩きだした。

二人が階段を下りるのを見ているのさえ、ジェーンには耐えられなかった。絞首台へ向かう人間を見ているのに似すぎている。彼女はリヴィの部屋に戻り、窓辺の椅子に倒れ込んだ。

「かわいそう、かわいそうなリヴィ」ジェーンはささやいた。

演奏家たちが曲を最後まで奏でて、音楽はやんだ。

19

牧師に「リヴィ、あなたは……」と言われた時に、もしリヴィが誓いを拒むか、悲鳴をあげながら狩猟小屋から逃げ出しても、ジェーンにできることは何もないだろう。それに、壁の端からまた覗き見しているのを誰かに見られたくもないので、アメーバ並みに賢く敏捷にそのまままその場に坐り続けていると、演奏家たちがまた音楽を奏で始めた。

　つまり、終わったということだ。良くも悪くも。もしもジェーンの予定の通りに進んでいれば、リヴィとドウェインはキスをして契約を成立させ、そのあと花の額縁を回り込み、並んだ椅子の中央の細い通路を進んで狩猟小屋の外へ向かっている。すぐにも、彼らは美しい四月の陽が降り注ぐ屋外に出て、あとからどっとやってくる参列者たちから抱擁やキスや幸せを祈る言葉を受け、祝福されるだろう。

　リヴィには、幸せを祈る言葉がうんと必要になるだろう。

　ジェーンは自分を奮い立たせた。これからやることがたくさんあるのに、時間はほとんどない。階段を下りてみると、テーブルと椅子の業者が統制の取れた魚の群れのように、早くもせわしく動き回り、椅子を畳んで積み重ね、ビュッフェ用の長テーブルを設置する準備をしていた。

そばで待機しているラークスパーは、いらだちからそれこそ跳ねながら、大きな花の飾りを抱えて立っていた。おそらくラークスパーなのだろう。ジェーンに見えたのは、花瓶と花と葉っぱの背後の脚だけだった。

同じくミスター・ウィリスも、キッチンのドアのあたりで、シルバーの保温装置つき鍋を手にじりじりしながら待ち、近所からのお手伝いも、積み重ねたディナー皿の重みに沈みそうだった。

シェリイはまだ外へ移動していない数人の客を追い払おうと、最善をつくしていた。「あの人たちの下から、椅子を引ったくってやりたい」ジェーンのそばを通り過ぎながら言う。「奥様がた、そろそろ外へおいでになりませんか?」宝石を較べ合っている二人のトロフィー妻に甘い声で話しかけた。

最後の居残り組が外へ追い出されたとたん、大混乱が始まった。

数台の長テーブルが部屋中央の所定の場所にどんと置かれ、テーブルクロスがピンと張られて襞《ひだ》がふくらみ、まだ全てのテーブルが設置されていないうちから、ミスター・ウィリスとラークスパーは白く細長いスペースをめぐって争った。ミスター・ウィリスは、ビーフストロガノフがテーブルの真ん真ん中の最上位置を占めるべきで、その片側に前菜とサラダを、もう片側にパンとデザートを並べるべきだと考えた。ラークスパーが確信し、絶対的な真実だとばかりに口にして憚らなかった見解は、チューリップとシダとアガパンサスを生けた巨大な花瓶は、一番目立つ真ん中になくてはならず、それより小さないくつかの花飾りは、ミスター・ウィリスがここに平皿、カトラリー、それから一番端がナプキン、と指定した場所に置くべきだということだった。

「中央の花飾りが真ん中」ジェーンはぴしゃりと言った。「小さめの花飾りは平皿と前菜の間、およびパンとデザートの間、それから言い争いはやめること！　ラークスパー、飲み物用のテーブルがそろそろできあがるわ。あなたはそっちの作業を先にやってから、ミスター・ウィリスが配置したものに合わせて、飾りつけをしてちょうだい」

「グラスのそばに花はやめてくれ」ミスター・ウィリスが甲高い声をあげた。「グラスの中に花びらや虫が落ちると困る」

「ボクの花に虫はいないったら！」

「花を真ん中に、グラスはその周囲に。シャンパンに入った花びらはきれいに見えるわ」ジェーンは断言した。

「横暴ぶりが身についてきたわね」後ろからシェリイの声がした。「レイラが現れてからイーデンが姿を見せるまで、ずいぶん時間がかかったのはなぜ？　参列者たちがひそひそ話を始めてたよ」

「リヴィが結婚式をやめたいって、父親に頼み込んでたの」ジェーンは深々とため息をついた。

「うそっ！」シェリイが大声をあげた。「土壇場になって逃げ出したくなったわけ？」

「うん、ぞっとした。イーデンは彼女を応援してるし、キティは泣いてるし、演奏家たちは聞き耳を立ててるし、卒倒するふりでもしようかと思ったけど、結局はジャックが言い負かした」

「彼なら、当然やるよね」

「これで、リヴィはドウェインから離れられなくなった」ジェーンは憂鬱そうに言った。

シェリイはしばらく考えてから口を開いた。「ジェーン、それはリヴィ自身の問題で、一瞬パニックを起こしただけかもしれないよ。たいして意味はないのに、いきなりちょっとヒステリーを起こしちゃったとか。心底本気で彼との結婚をやめたければ、もっとずっと早くにやめてるって。あんただって結婚する時、『あたし、何やってるんだろう！』って考えた瞬間はなかった？」

「ううん、自分が何をやってるかは、ちゃんとわかってるつもりだった。もちろん、わかってなかったわけだけど。でも、不安は一瞬も感じなかったな」

シェリイがジェーンの腕を軽く叩いた。「まあね、冷酷なことは言いたくないけど、もう終わったことだし、あんたの問題じゃないよ。リヴィには決断すべきことがあって、その決断をしたんだから。それだけのこと。彼女が気に入ろうが気に入るまいが、今はもうミセス・ドウエイン・ヘスリングなの。あんたは彼女の母親でも親友でもないんだし、口を挟める立場じゃなかった」

「でも悲しいのはね、リヴィには母親も親友もいないってことなの」ジェーンは言った。「どっちも必要だったのに」

料理が置かれていて、すばらしい匂いがしていた。給仕テーブルに花が飾ってあり、サイドテーブルのいくつかにもラークスパーは小さめの飾りを配置していた。家具のレンタル業者は作業を終えて、横手のドアから退出していた。彼らが、明日の都合のよい時間にまたやってきたら、ジョーおじさんが迎え入れ、レンタルの家具やリネン類をそっくり引き揚げてもらうよう、予定は変更されている。四段重ねのウエディングケーキは、隣の部屋で展示されている数数の贈り物の中に、たった一つ鎮座していた。

ジェーンは最後にもう一度あたりを見回した。完璧だ。何よりいいのは、これが結婚式の最終段階だということだ。みんな料理を振る舞われ、新郎新婦は見送りを受けてハネムーンに出発し、ジェーンは家へ帰ることができる。最後の報酬ぶんの小切手を現金化し、他人の結婚式に首を突っ込むほど正気を失っていたことを忘れられる。ジェーンはふと考えた。我が子にその時が来たら、駆け落ちするよう説得できるだろうか。気前よくお金で誘惑すればできるはずだ。

やっと気分が楽になって、ジェーンは正面玄関へ行って扉を開いた。ちょうどカメラマンが最後の一枚を撮影するところだった。結婚関係者の一行全員がなだらかな丘に集まり、リヴィとドウェインの背後の傾斜面に扇状に並んでいた。今のリヴィは、幸せなのか、あるいは幸せに見えるようなしかるべき態度を取っていた。ドウェインは満面に笑みを浮かべている。親切な誰かが、ミセス・ヘスリングからあの大きな醜いハンドバッグを預かっていた。

ジェーンは一瞬思った。この写真の焼き増しを一枚手に入れて、ミセス・クロスウェイトがしたかったように、あのスクラップブックに貼るべきでないかと。だが、あのスクラップブックの中身を気にかける人が、誰か残っているだろうか？　おそらくガレージセール行きになって、どこかの骨董商が買って、自分が売ろうとしている古い額縁用の写真に使うのだろう。

客はそろそろお腹が空いてきたのか、みんなでぞろぞろと玄関へ歩いてきた。最後の写真が撮影された時、ジェーンは呼ばわった。「花嫁花婿は、みなさんをもう一度建物内に先導してくださる？」

玄関に一番近い場所にいた人々の中から不満を漏らす声がした。彼らが最も腹を空かせていたのだが、大勢で狩猟小屋になだれ込み、大広間の奇跡的な変わりようを見て、不満は驚きの歓声に変わった。

ほとんどの客が料理を取りに並ぶ列からいなくなるや、ジェーンはミスター・ウィリスにキッチンでは全て順調に進んでいるのか確かめた。彼は順調だと言い、温かいものも冷たいものも、どの料理がなくなろうと、補充する用意ができていると請け合った。ジェーンはキッチンを出て、はたと足をとめた。ここ何日も、次は何をすべきか、何が起こるかをあれこれ考える状態にあったのに、突然、自分のすべきことがなくなっていたのだ。

何一つ！

ジェーンは最高に幸せそうに微笑み、手近な椅子に沈み込むと、眠ってしまいそうになった。みんなが食事を終えたら、彼女は彼らを集めて、堂々たるケーキが披露を待っている隣の部屋へ案内することになっている。何度か乾杯をして、カメラマンがケーキカットの儀式を撮影し、みんなでひと口ずつ齧っていれば、客が徐々に帰っていく時間になるだろう。

そんな楽しいもの思いがいきなり乱暴に中断されて、最初にサイレンだとジェーンが思ったものは、実は鋭い悲鳴でいつまでも、いつまでもやまなかった。大広間は怯えきった沈黙に包まれた。ジェーンははっと立ち上がると、隣の部屋の閉まっているドアへと突進し、たどりついたところでシェリイとメルにぶつかった。

メルが、三人がもぐり込めるぶんだけドアを開け、すぐさま背後でバタンと閉めた。

部屋の中央でキティが三人に背を向けて立ち、悲鳴をあげていた。足元にドウェインが大の字に寝ていて、その眼は閉じられ、血の染みが白いシャツに大きくひろがっていた。メルが前へ歩を進め、キティの腕を摑んだ。メルに振り向いた彼女は、ナイフを握っていた。叫ぶのをやめ、めそめそ泣き始めた。メルがナイフの刃を二本の指でつまむと、キティは手を離し、おそろしげにナイフを見おろした。メルはかがんでナイフを床に置き、ドウェインを調べた。

「シェリイ、警察を呼んでくれ」静かに言った。

キティがゆっくり後ずさりして、ドウェインを見続けていた眼を、ジェーンに向けた。

リヴィとジャックが人込みをかき分けながら部屋へ入ってきた。ジャックがドアに背を向けて立ち、誰も入ってこれないようにした。リヴィは片手で口元を覆い、もう片手で父親の袖を摑んでいた。

キティがジェーンのほうを向いた。しゃっくりをしながら泣いている。「誰かが、い、言ったの、ケーキが、きれいだよって。わっ、わたし、カットされる前に、見たかった。はっ、入ったの。ドウェインがそこにいて。ゆっ、床の上に。きっ、気を失ってるとばっかり」

「落ち着きなさい、キティ」ジェーンは言った。

「それでみ、見たの。むっ、胸に、ナイフが」キティの声はまた甲高くなっていた。「引き抜いた。そしたらたっ、助かると思って。でっ、でも、あんなに血が」

「さわっちゃいけなかったのよ」ジェーンはドウェインから眼をそむけて言った。

「わかってる。わかってる。でも、あの時は――」キティはジェーンの肩越しにあたりを見回した。

「リヴィ、どうしてこんなことをしなくちゃならなかったの?」キティは訊いた。

リヴィが罠にかかった鼠のような声を出した。小さいキイッという声を。それから言った。

「わたし? わたしが! わたしが自分の夫を刺したと?」

「離婚することだってできたのに」キティは泣きながら言った。「結婚を無効にすることもできたわ。何も殺さなくったって」

リヴィが白眼を剝き、床にずるっと倒れて動かなくなった。

メルはジェーンを玄関へやって、誰も出ていかせないように見張りに立たせた。

「彼は死んでるの？」ジェーンはささやいた。

「完全に」

客はヒステリックに喋り立てていた。ジェーンがドアの周りに集まっている人々の間をすり抜けようとすると、何人かが引きとめた。

「何があったんだ？」「誰が叫んでいるんだ？」彼らは口々に訊いた。

「事故があったんです」ジェーンが張り上げた声は、震えていた。「扉から離れてください。誰もここを出ないように」袖を摑んでいるいくつもの手を強引に引きおろさないことには、動けなかった。

ジェーンが玄関扉へたどりつく頃には、もうサイレンが聞こえていた。あとを追ってきていたアイヴァ・サッチャーが、消え入りそうな震え声で言った。「リヴィじゃないわよね？」

ジェーンはさっとアイヴァを抱き締めた。「いいえ、違います。リヴィじゃない。ドウェインです。残念ですが、亡くなりました」

「亡くなった！　どうして？」

ジェーンはアイヴァに噂の渦を引き起こしてほしくなかった。「あたしにはわかりません」

とうそをついた。

二台の警察車両と一台の救急車が、ボコボコのグリーンのプリマスと共に横づけになった。プリマスから、極端に背の低い屈強そうな老人が降りた。メルがサッチャー家の情報をもらった老保安官、ガス・アンブラーだろうとジェーンは思った。

「被害者はどこですか？」ジョン・スミスが訊いた。

ジェーンが指で示して、扉の脇へのくと、彼と救急隊員が走り抜けた。老人は急ごうと喘ぎながら一番後ろを行く。

「わしは警察の者だ」彼がぶっきらぼうに言った。

「そうだと思いました」ジェーンは言って彼を通した。たとえ試みたところで、まっしぐらに突進するサイのような彼を、とめることはできなかっただろう。

ジェーンは扉を閉め、背中からもたれかかって眼を閉じた。たった今車のキーを手にしていたら、シェリイをつかまえ、錆びついた懐かしいステーション・ワゴンにふらふら歩いていって、走り去っただろう。

20

それはジェーンの人生で一番長い午後と夜になった。

サッチャー家の人々と、ミセス・クロスウェイトの死亡時に狩猟小屋にいたのがわかっているその他全員は、翌日までとどまるようにときっぱりと言い渡されていた。なんの関連性もない二つの殺人事件が、同じグループ内で起こることは、偶然ではありえない。ジェーンとシェリイは交替で家に電話をかけ、一日帰りが延びることを連絡した。遅れる理由を、ジェーンは姑《しゅうとめ》に詳しく説明しなかった。やりかけの仕事を全部片づけるためとだけ、思わせた。

その数分後に、ジェーンはレイラが電話で夫に喋っているのを耳にした。泣きながら夫と子供たちのいる家へ帰りたいと言っていた。レイラの電話のしばらくあとには、イーデンが電話を使っていた。誰かに聞かれないように片手で覆った送話器に、ごく小さな声だが感情的に言葉を注ぎ込んでいた。

その場にいた全員が、尋問を受けなくてはならなかった。客はみんな動揺し、中にはおそろしくて逃げ出したいあまり、怒ったり、無礼な真似をしたりする者もいた。非番の警察官も呼び出され、郡の保安官事務所は現場検証チームを派遣した。

ミセス・ヘスリングは悲しみのあまりまともに喋ることもできないありさまなので、モーテルに連れて帰らせてくれとエロールが警察に頼み込んだ。駆けつけていた地元の医者でもある検視官はその考えを支持し、エロールに弱めの鎮静剤を渡し、母親に与えるようにとまで言った。

意外にも、アイヴァが協力を買って出た。「あなたはお兄さんの……ご遺体のそばにいなくては」エロールに言い聞かせた。「他人に委《まか》せるのはよくありませんよ。わたくしがお母様を送っていって、眼を離さないようにします。その間リヴィのことは、マーガレットが見守りますからね」

ミスター・ウィリスとラークスパーは、どちらも翌日に仕事があるのを理由に逃げ出そうとしたが、こう言われた。大変あいにくだが、部下か同僚に連絡して、仕事を代わってもらう指示を出したほうがいいと。彼らは非常に潔くない態度で従った。

客はみんな紙と鉛筆を渡されて、カメラマンが集合写真を撮った瞬間からキティが悲鳴をあげ始めた時までに見たこと聞いたことを、細大漏らさず書き出すように言われた。

彼らのほとんどは、眼についたことをごく曖昧にしか記憶していなかった。シャンパンを飲みすぎてあまり覚えていないと告白した者たちも、わずかながらいた。「誰それがこう言って、わたしがこう言った」という膨大な事実を書き記した者たちもいた。男性も女性も、自分が書いたものを非番の警官の誰かに渡し、警官がそれを読んで時間や場所についてさらに質問し、最初のページの一番上に赤い印を入れた。それをジェーンが、まるで刑務所の看守みたいだと思いながら回収し、人々はやっと三々五々、退出を許された。

人々が去っていく合間に、ジェーンはその報告書にざっと眼を通し、そこにあるさまざまな話を総合して、いくらかでも筋道の通ったものを導き出すには、自分よりずっと賢い頭が必要だろうと判断した。ウエディングケーキがいかに壮観なものかということを耳にし、カット前の栄光のケーキを、隣の部屋へ盗み見にいったのは、キティだけではなかったようだ。何人かの傍観者が、その部屋へレイラが入るのを見たと主張していた。また別の人たちは、その記述から明らかにイーデンだとわかる人物が、ドアの向こうへ入ったのを見ていた。

トロフィー妻の一人は、書いた文字からすると、ほろ酔いではすまない酔いかただと思われるが、ジャック・サッチャーがきわめてこそこそした様子で、誰にも見られていないのを確かめながらその部屋に入ったと主張していた。しかし他のとても多くの人の報告書には、いつとははっきりわからないが、大広間でジャックと話をしたとあった。優雅なホスト役を務めるのに手一杯な時に、どうやったら隣の部屋へ忍び込む時間を作れただろうと、ジェーンはちらと考えた。あるいはそのトロフィー妻には、ジャック・サッチャーが殺人罪で逮捕されたら、金銭的に得をする立場の夫がいるのだろうかと。

二人が、二階への階段を上がるレイラを見たと言い、別の一人はイーデンが階段を下りてくるのを見たと言う。容貌とドレスがまるで違っていても、ピンクのドレス姿のブライズメイドたちは、ちらりと見る程度のパーティ出席者には、見分けがつかないだろう。グルームズマンの一人の主張によると、階段の二段目に坐って、名前は思い出せないが、きれいな女の子と話をしていて、その間階段を上がり下りする人はいなかったと言う。

貧相な感じの管理人ぽい男がずっとドアのあたりにいるのを見たと、二人が言っていたが、どちらも男がその部屋に入るのを見たとまでは断言していなかった。ジョーおじさんのことだろうと、ジェーンは思った。

わずかでも時刻を気にしていたのは一人だけだった。時計狂のその男は余分に紙をもらって、誰と話をし、どんな話をし、相手がどんなものを着ていたかを、分刻みで書き綴っていたが、隣の部屋にずっと背を向けていたので、誰が入っていこうが出ていこうが見たはずはないと書いてあった。

実に妙なことに、これまでのところ誰一人として、肝心のドウェインが隣の部屋へ入ったのを見たことに言及していなかった。だが間違いなく、彼は入ったのだ。その部屋には横手にもドアがあったが、頑丈に留めつけられていた。ジェーンがそのことを知ったのは、ブライダル・シャワーが開かれていた時に、少し新鮮な空気を入れようと思い、開けようとした時だった。とにかく、ドウェインが部屋に入る姿を誰も見ていないなら、犯人が入る姿も誰も見てないことは充分考えられる。

やがて不機嫌な客が数名だけ残り、彼らの書いたものが読まれ、それについて質問が行われていた。ジャックは大広間を腹立たしげに行ったり来たりしながら、警察というものの無能さにぶつぶつ文句を言っていた。マーガレットの手助けで、すでにリヴィはウエディング・ドレスを脱いでおり、今や花嫁は格子縞のシャツに皺加工されたジーンズという格好だった。とっくに淡いブルーのハネムーン用スーツ姿になっていたはずなのに。

リヴィはソファに坐って、呆然としている様子だ。エロールが何か食べさせようとしている。ジェーンが見ていると、リヴィは手を振って料理の皿を拒み、いきなり泣きだした。エロールが皿を置き、隣に坐って彼女の肩を撫でているが、どうにもぎこちなくて効果がない。

ミスター・ウィリスは料理を下げ、ラークスパーは花飾りをはずしにかかっていた。ジェーンは推測した。彼らもあたしと同じように、結婚式のために用意したもの全部が悪趣味に感じられるのだろう。花婿が殺されたのだ。しかもキティの非難を信じるならば、花嫁の手にかかって。でも、結婚式の中心人物たるリヴィが、はたして誰にも気づかれずに、部屋へ忍び込めるものだろうか？　あのかさばる白いドレスは、まるで目印のようだっただろうに？　血だってついて人目につくのでは？

最後の客が報告書を提出して去った。シートに覆われた台車つき担架で、ドウェインが運ばれていった。このおそろしい出立が起きる際、エロールがリヴィの前に立って視界を遮っていたのを、ジェーンは見て取った。彼はとても思慮深い若者だ。

ジェーンは隣の部屋へ行ってドアをノックし、メルに報告書を渡した。「その束を読んだの。

実際には、何についても誰も一致したことを言ってないわ」

メルは驚かなかった。「俺たちは、警察組織がどう機能しているかを披露するために、時々民間人向けに講習をすることがあるんだ。何度目かの講習で、その時間内に模擬の言い争いが起きるから、よく観察しておくようにと受講者は注意を受ける。そのあとで男女が教室に入ってきて言い争い、男が女を別のドアから外へ引きずり出す。受講者が言い争いについての考えを書くと、必ずと言っていいほどとんでもなく間違ってる。髪の色も身長体重も、着ていたものも、間違ってる。今からそれが起きるから、よく注意して見ておくようにと、前もって言われたにもかかわらずね」

「だったら、この報告書を書かせた意味はどこにあるの？」ジェーンは訊いた。

「まずは、書いた人間の印象を摑むためで……」

「確かにそれには有効だわ」

「それに、時には彼らも正確に把握していることがある。ただし、彼らの意見全てをつなぎ合わせる辛抱強さがあればね」

「うまくいくよう祈ってる」ジェーンは言った。

さっきまで、シェリイはテーブルの片づけを手伝い、グラスや皿や灰皿やカトラリーを集めて、キッチンへ運んでいた。今やっと、ジェーンのところへやってきた。

「贈り物をまとめて箱詰めしなきゃ」シェリイは言った。

「警察がみんなから事情を聞くのに、あの部屋を使うの」ジェーンは言った。

「うん、知ってるよ、ジェーン。だから提案したんだけど」

「警察は、あたしたちに立ち聞きさせてくれると思う？」ジェーンは訊いた。

「たぶんね。あたしたちがとにかく静かにとにかく黙々と作業して、聞いていないように見えれば」

「やってみて失うものは何もないもんね」ジェーンは言った。

二人は両腕に箱を抱えてそのドアへ向かった。ジェーンが肘でドアを叩いた。「ここにこれを置いてもいい？」ドアを開けたメルに言った。

彼はにやりと笑った。「置くだけか？」

「えっと、ちょっと箱詰めを、できればね」ジェーンは真顔で言った。

ジェーンに見えたのは、レンタルの椅子の一つにキティが坐り、両手でハンカチを絞るようにしていて、その向かいにジョン・スミスが坐って質問をしているところだった。

「もうお話ししたじゃない。何度も」キティは弱々しい涙声で話していた。「わたしじゃなくて、リヴィに訊くべきよ。わたしはケーキを見に入っただけです。そしたら、床にドウェインが横たわってるのが見えたの。飲みすぎて気を失ったかしたんだと思って、そばに行ってみた。それでナイフが見えたから引き抜いたんです。何も考えてなくて。そうしたほうが彼のためによくなる気がしたんだと思う。ばかだったって、わかってます……」

「俺たち、もうすぐに別の部屋へ移るんだ、ジェーン。箱はドアのそばに置いといてくれ」メルが言った。

「まあね、当たって砕けろ、だから」シェリイは肩をすくめた。

「言い古された言葉の通りになったら、うんざりしない？」ジェーンは言って、抱えたままの箱を床におろした。

電話が鳴りだしたので、一番近くにいたジェーンが渋々取った。「サッチャー家の別荘です」困ったような声が電話の向こうから聞こえた。

「ええ、彼女はここにいます」ジェーンは言った。「ですけど、今は電話に出られません。伝言をお伝えしましょうか？」しばらく耳を傾けていたが、当惑してしまい、それからひどくあわてて「紙と鉛筆」という身振りをシェリイにしてみせた。

「申し訳ありません。あたしには、許可なくその情報をお教えする権限がありません。折り返しお電話をさせてください」

「報道記者？」シェリイが鼻で笑った。

「ううん、そうじゃない」ジェーンは紙を見ながら言った。「シカゴにある新聞社の社交欄の編集者だった。結婚発表の確認をしたいって」

「そういうの、あんたはもうやっちゃったと思ってた」シェリイが言った。

「やったよ。この日曜日に、別の新聞に出ることになってる。花嫁も別人で」

「あんたってば、いったい何を言ってるの？」

「編集者は、結婚の詳細と、花嫁花婿の名前の綴りを確認したかったの。キャサリン・ルイーズ・ウィルソンとドウェイン・ヘスリングの」

「はあっ？　キャサリンなんとかって、誰？」

「キティ」

「ああ、ジェーン、その新聞社、ブライズメイドを花嫁と間違えたんだ」

ジェーンは首を振った。「違うよ、シェリイ。あたしが結婚発表の段取りをしたんだし、この新聞社には知らせてないもん。別の誰かが、この結婚式でブライズメイドになる人と花嫁になる人とを間違えたんだって」

21

ジェーンは、大広間の隣の部屋のドアをもう一度叩いた。今度は、メルが不機嫌なのがはっきりと見て取れた。「今度はなんだ?」彼は訊きながら部屋の外へ出て、ドアを閉めた。

「あなたがどうしても知っておくべきことを聞いたの」

メルは天を仰ぎこそしなかったが、それに近い気持ちに見えた。「わかった、聞かせてくれ」

しかし、ジェーンがかかってきた電話の説明をしていると、彼は我慢しきれなくなった。

「きみがその件を電話で間違って伝えなかったのは、確かなのか?」

「そこは、シカゴ郊外の地元の小さな新聞社。新聞と言ってもビラみたいなもん。そんなところに連絡する理由がないわよ」ジェーンは彼に新聞社の名を教えた。「その辺の人は、誰も関心を持たないわ」

「そこにキティが住んでいるということをのぞいてはね」メルが言った。

「うそっ!」ジェーンは叫んだ。「あたし、彼女の住所をあまり気に留めてなかったみたい。考えてみたら、ドレスの見本生地も私書箱宛に送ったんだった、確か」

「それじゃ、ジェーン、よく考えてみてくれ。この件は単なるきみの勘違いじゃないと、百パーセント確信があるのか？　新聞社の電話番号を調べていて、何かの拍子に一つ前か後ろの番号に電話をかけたとか？」

「どこにも電話はしてないもの。婚約の時の写真と結婚内容の詳細をワープロ打ちしたものを郵送したから。知らせるつもりのない新聞社に、何かの拍子に住所を書いて送るなんてありえない」

「わかった、ここで待っててくれ」

しばらくしてメルは戻ってきた。「スミスに電話の件を話した。五分ほど経ったら、きみに部屋へ入ってもらい、電話での伝言をキティに伝えてほしいそうだ。質問はなし。小細工もなし。電話の相手が言ったことを、そのまま彼女に話すだけでいい」

シェリイがジェーンの腕を摑んだ。「あたしを置いては行かせないからね」

二人は言われた通り五分間待った。ジェーンはメモした内容を書き写しておいた。ドアをノックし、許しを待たずにシェリイと中へ入った。キティに書き写した紙を渡す。「この人が、あなたに電話をかけてきたの、キティ」

キティはメモをちらりと見ただけだった。「誰なの？」

「あなたの地元の新聞社で、社交欄を担当している編集者よ。結婚のお知らせ記事に載せる、あなたとドウェインの名前の綴りを確かめたいそうよ」

キティは無表情でジェーンを見た。「わけがわからないわ」

「誰かが新聞社に電話をかけて、あなたとドウェインがこの週末に結婚したことを発表するための文言を、その編集者に告げたそうよ」

「あなたが何か間違ったのよ。でなきゃ、あなたが電話をかけた時に、向こうが間違ったんだわ」

「あたし、その新聞社に連絡したことはないわ」ジェーンは言った。

「じゃあ誰がしたの?」キティが訊いた。

ここで、ジョン・スミスが介入した。「さて、記事を完成させるにあたって、情報に間違いがないか確認できるように、その類の電話を新聞社が録音していても、ぼくは驚かないね。なんならぼくから、録音を手に入れるように頼んでも……」

キティは打ちひしがれている様子だ。

「何か他に言うことは?」スミスが穏やかに質問した。

キティはうなだれ、顔を両手で覆って泣きだした。誰も言葉をかけない。キティが落ち着くのを、いらいらしながら待った。やっと彼女が顔を上げ、震える声で言った。「わかったわ。わかったわよ。本当のことを言います。ドウェインとわたしは愛し合ってました。結婚するつもりだったわ。でも二人ともあまりお金がなくて、だけど家と子供を持ちたかったし――それで、ある計画を思いついたの」

「いつのことだ?」スミスが問いかけた。

「一年前です。わたしが彼をリヴィに紹介したの。彼は彼女に夢中のふりをした。だってリヴィがお父さんから、そろそろ結婚して孫を儲けてくれと、くどくど言われてるのを偶然聞いたから。わたしたち——ドウェインとわたしは、もし彼がリヴィと婚約するまでになったら、彼女の父親は彼を追い払うのにお金を出すだろうと思った。ジャック・サッチャーは上流意識の塊《かたまり》みたいな人だから。実際、ジャックはドウェインを追い払おうとしたけど、充分な額を出してくれなかったの」

ジェーンとシェリイはびっくりして眼を見合わせたが、口は出さなかった。

「ドウェインが言ったの。結婚式が迫れば、きっとサッチャーはあせって金額を吊り上げるだろうって」

「ところが、吊り上げなかったわけか?」スミスは穏やかに訊いた。

「そう、充分じゃなかった。だからゆうべドウェインと話し合って、結婚式はちゃんとやったほうがいいだろうと判断したの。そのあとでリヴィと離婚して、あの一族から多額の示談金を取ればいいって」

「婚前契約書はなかったのか?」ガス・アンブラーがだしぬけに口を挟んだ。彼が声をあげるまで、部屋の奥の隅に坐っていたことすら、ジェーンは気づいていなかった。

キティは首を振った。「いいえ、ジャックは作りたがったけど、ドウェインがサインするのを拒んだの。サインなんかしたら、無一文でほうり出されるとわかっていたからよ。だからドウェインは、ジャックが最後には結婚にストップをかけると踏んでた。わたしたちはお互いに血液検査もして、結婚許可証も何もかも準備してたわ」

キティはいったん口をつぐんだ。この告白を前にして、みんな黙りこくっていた。

「褒められたことじゃないのはわかってる」キティはまた鼻をすすって言った。「でも彼とわたしはとても切羽詰まってたし、ひどく貧乏だった。それに、リヴィは彼のことを好きでもなんでもなかったわ。ジェーン、リヴィが言ったのを聞いたわよね。階段を下りる直前に、結婚式から逃げ出そうとしたけど、父親にそうさせてもらえなかった。リヴィは全然彼を愛してなかったし、彼も彼女のことをなんとも思ってなかった。わたしを愛してたもの。わたしたちが結婚して、家と子供を手にするためには、あの方法しかなかったの。わたしたちのことをひどいと、あなたたちが思うのはわかってるけど、ああするしかなかった。しかたなかったの」

キティは同情か理解を求めてみんなを見回したが、あるのは完全に無表情な顔ばかりだった。

「リヴィなら気にしないと思ったわ」キティは続けた。「彼と結婚したくなかったんだもの。知ってるわよね、ジェーン。彼女がそう言うのを聞いたでしょ。イーデンも聞いたし、たぶんあの演奏家たちも聞いたわ。でも、披露宴の食事の間に、きっとドウェインが彼女に言ったのよ。即刻離婚してわたしとどこかへ行きたいって。いじいじしながらずっと抑えつけてた感情が、堰を切ってあふれ出したに違いないわ。リヴィは虚仮《こけ》にされたと怒り狂って、彼を殺したのよ。殺すつもりだったかまでは、わからないけど。理解はできるわ。あまりにショックを受けて、あまりに情けない思いをしただろうし、贈り物のリボンをカットしたナイフが、そこにあったから……」

キティはまたいきなり泣きだした。「彼はもう、わたしたちのどちらのものにもならない。彼なしでどうやって生きていったらいいかも、わたしにはわからない。彼女も、いっそわたしを殺してくれればよかったのに」

キティが同情を期待していたなら、落胆しただろう。部屋にははっきり嫌悪感とわかるほどの空気が流れていた。

ジョン・スミスがジェーンを見た。「ミスター・サッチャーを捜して、ここへ来るように言ってもらえませんか?」

ジェーンは言われた通りにした。ジャック・サッチャーはまだ大広間にいた。「ミスター・サッチャー、警察がお話ししたいそうです」

「ふん、やっとか!」彼がうなった。

ジェーンは彼のあとに続いて隣の部屋に戻った。ドアから中へ入るや、彼は文句を言い始めたが、ジョン・スミスがそれを遮った。「ミスター・サッチャー、お嬢さんとミスター・ヘスリングは婚前契約書を作成していましたか?」

「はあ? それがなんだというんだ? もちろん作ったとも」

「拝見できますか?」

「なんとまあ、あきれたことを！　あんなものを持ち歩いたりはしないよ！　銀行の貸金庫に預けてある」

「いいえ！」キティが叫んだ。「うそよ。ドウェインが言ってたもの、どんなものにも一切サインはしなかったって」

サッチャーが彼女のほうを向き、誰だったかすら思い出せないというような顔をした。「いったいきみが何を知っていると言うんだ？」相手にならないと軽蔑する思いが声に出ている。まるで彼に暴力を振るわれたかのように、キティは後ろへよろめいた。

メルが前へ進み出た。「ミスター・サッチャー、どこか二人になれる場所へ行きましょう。私から全てご説明します」

どうやったのか、メルはシェリイとジェーンも一緒に部屋の外へ連れ出し、後ろでドアを閉めたとたん、その場に二人を置き去りにした。何が起きているのか自分には知る権利があると、サッチャーがどなりちらし、そんな彼を、メルは穏やかに話をしながら二階へ続く階段へ促し、離れたところにある誰もいない彼の寝室へ向かった。

「これが本当だってことが、ありうるのかな？」ジェーンはまだ呆然としていた。

シェリイはキッチンへ向かった。「あたし、コーヒーを飲まなきゃ。どうしても」

二人はキッチンで一番大きいカップを見つけてコーヒーを注ぎ、外へ持って出た。もう暗くなりかけていて、なんの花なのかそのあたりで咲きかけ、すばらしい香りを漂わせていた。数時間前に結婚写真が撮影されたなだらかな斜面に坐って、ようやくシェリイが質問に答えた。

「もし本当だとしたら、キティとドウェインはあたしが知る中で最も下劣な人間だよ」

「もしジャック・サッチャーが婚前契約書を提出できれば、キティがうそをついてた証拠になるよね」シェリイはコーヒーの表面に息を吹きかけ、気持ちをなだめるためにぐっと飲めるよう冷まそうとする。

ジェーンはちょっと考えた。「ううん、必ずしもそうとは限らないよ。サインをしなかったと、ドウェインがキティにうそをついたことを証明するだけかもしれない」

「ドウェインが心からキティに惹かれてたってことが、本当にありうるのかな?」シェリイが訊いた。

「もちろん。ジョセリンなんとかって覚えてる? 何年か前にあたしたちの隣のブロックに住んでた女の人だけど?」

「ごくぼんやりと」

「まるっきり冴えない人だった」ジェーンは思い出させた。「薄くて歪んだ唇に、実質的にないも同然の眉毛、ずんぐりむっくりの体型、髪だってひどいもん。それでも男たちは彼女に夢中だった」

「だけど彼女って、思い出してみると、人柄がよかったよ。彼らみんなをお山の大将になった気分にさせてた。キティにはそういうことをする姿勢もなかったよね」

「とは言え、人の好みはわからないものだから」ジェーンは言った。「キティの話が本当だとしたら、二人揃ってあたしたちの理解をはるかに超えた下司《げす》なやつらってこと。キティが言った通りに、全てがはなから詐欺だったかもしれないってことだよ。家族に守られていて裕福でおとなしく、結婚するようプレッシャーをかけられていた被害者に狙いをつけてさ。誰かがドウェインを殺さなかったら、うまくいってたかもしれない」

シェリイがうなずいた。「あんたの言う通りかも」

「覚えてる?」ジェーンは言った。「あたしたち、ずっと不思議に思ってたよね。なんでジャック・サッチャーは、リヴィをあんなジゴロっぽい男と結婚させようとしてるのかって。キティとドウェインは、自分たちがサッチャーのような人間には受け入れてもらえないのを承知してた。だからジャックなら、ドウェインに大金を渡して失せろと言うだろうと考えるのは、もっともなことだよ」

「自分たちを白いごみだと自覚してる下層白人が、せいぜいそのことを利用するってわけ?」

ジェーンはコーヒーをすすった。「そんなとこ。あたしたちだって知らないわけじゃない。時にはあんただって、わざと不愉快な真似をして、欲しいものを手に入れたりするもんね。あんたがそうするとこ、あたしは見てきてるもん」

シェリイがにっこりした。「全くよね。でもなんでかな、キティの話はどうにも信じられない。たぶん、あまりに卑劣で非情だからかな」

「うん、ああいう考えかたは理解し難いからじゃない？　ただね、キティの話が本当だという裏づけもあるんだよね。結婚発表を新聞に載せようとした事実が、その一つ。本当に結婚すると確信してなきゃ、誰もそんなことしないよ」

「だけど彼女の場合、そうはならなかった」シェリイが言いながら、さっきから自分を気に入って、髪に接触してこようとしている蛾に向かって片手をひらひらさせた。

「でもそれは、ジャック・サッチャーが孫息子の誕生をどれほど切望してるかを、彼らが読み間違えたからにすぎないよ。それだけじゃない。キティが結婚式にあれだけ大量に荷物を持ってきたことを考えてみて」

「それを忘れてたよ。あの時思ったんだった。結婚式のあとに、そのまま世界一周の船旅にでも出られそうなほど荷物を持ってきてるって」

「あたしも思った。何を賭けてもいい、きっと彼女は退路を断って、持ち物ほぼ全てをスーツケースと車に詰め込んできたんだ。確かに、この週末にドウェインと結婚するつもりでね」

「でも、ドウェインだってそのつもりだったんじゃないの？」シェリイが訊きながら、憎らしげに蛾に向かって片手を振りおろした。

「そうみたいだね」ジェーンは言ってから、眉をひそめた。「あるいは、違うのかも。ドウェインが彼女にそう思わせていただけとか。だけど、それならなんで彼女にそう信じさせたいんだろう？」

「彼女を裏切っていたから？」シェリイは考えてみた。「結婚がだめになって、以前通りの一文無しに戻った場合のために、彼女をつなぎ留めようとしてたのかも。ううん、それは理屈に合わない」

ジェーンは首を振った。「この件でのドウェインの役割が、あたしにはちっとも摑めない。彼はどちらか一人にでも、せめて好きくらいの気持ちがあったと思う？」

シェリイは肩をすくめた。「あたしは彼とほとんど話をしてないからね。だけど彼って、自分だけが好きっていうタイプの人間かもしれない。確かに、そんな人に見えたな。もしかしたら、彼もそこらじゅうに小さなドウェインがいる壮大な構想を描いてて、キティは繁殖にはよい種に見えたし、リヴィなら自分を経済的に援助してくれると思ったのかも」

「それか、この計画を進めるうちににっちもさっちも行かなくなって、どうしたらいいかわからなくなったか」ジェーンはいらだたしげに言う。「一方に、それこそ彼を崇めているかに見えるキティがいて、そんな女を捨てるのは、膨れ上がった自惚れの持ち主でなくても難しいよ。そしてもう一方のリヴィは、お金と贅沢と社会的地位をいやいやながらも彼に与える気でいた」

「彼が優柔不断だったたって言ってるの？」

「十中八九。それに、難局を切り抜けるには、彼っておばかすぎたのかもしれない。ひょっとしたら、キティのほうがいいとか実際にぽろっと言っちゃって、リヴィが度を失ったのかも。想像してもみてよ、そもそも相手は本当は結婚したくなかった男だよ、それが自分はまだウエディング・ドレスを着たままだっていうのに、キティみたいな冴えない女のほうがいいなんて、いきなり言われてごらん。そこへもって、リヴィのあのおそろしく徹底した抑制ぶりと無表情ぶりを考えると……」

「セントヘレナの死火山が……」シェリイが言った。「ドッカーン！」

22

「もうこの蛾には我慢できない。中へ戻ろうよ」シェリイが言った。

物憂げに腰を上げて立ち、ジェーンは言った。「あれだけの荷物の中に、キティは何を入れてたんだろうって、思わない？」

「警察ももうそのことは考えたと思うよ」

「それでも、ちょっとだけ見てみようよ」

二人はカップにコーヒーを注ぎ足してから、長い廊下をさりげなく歩いてキティの部屋へ行った。ジェーンがドアに耳を当ててみると、誰かが中にいる気配は聞き取れなかった。軽くドアを叩いた。返事はない。シェリイが用心しいしいドアを開けた。誰もいなかった。

すでに警察はおおまかに、同時に驚くほど整然とキティの持ち物を調べていたようだ。二つの大型スーツケースは、ベッドの上に開かれて置かれていた。そしてブリーフケースが、窓辺の小さなテーブルの上で開かれていた。ジェーンが見たことのないブリーフケースだ。ヴィクトリアズ・シークレットの大きな箱も蓋が開いていて、美しくとてもセクシーな下着が縁《ふち》までぎっしり入っていた。どれもキティのふくよかな体つきには、数サイズ小さすぎるようだ。

「彼女、自分をごまかすのがきっとお得意なのに違いない」シェリイが、サイズ32Bのレースのブラを持ち上げて言った。「彼女なら38Cのはず。でなきゃ、あたしが下着を買ったのは、あまりに昔ってことになる」

ジェーンはうわの空だった。「なんかが、なくなってる」

「えっ？」シェリイは言って、手にしていたブラを箱に落とした。

「もう一つ荷物があったの。小さめのスーツケース。茶色だったと思う。あたしがそれを中へ運んだの。で、ずいぶん軽かったし、中身が動いてコツン、コツンって当たるのがわかったんだ」

二人はベッドの下を覗き、洋服箪笥と浴室の中も覗いてみた。どこにもスーツケースは見当たらなかった。「他に、どこへ置けただろ？」シェリイが訊いた。

「たぶん、コツン、コツン当たるものってメイク用の鏡で、キティがミセス・クロスウェイトの部屋か、リヴィの部屋へ持ってったのかもしれない。見にいってみようよ」

「そのスーツケースがそんなに重要だなんて、何が入ってると思ってるの？」シェリイが訊いた。

「わからない。それがなくなってるから、どうしても気になるんだよね」

部屋を出た二人が大広間へと廊下を歩いていく時に、キティとすれ違った。彼女はジェーンの袖を摑もうとしたが、ジェーンは高度な機転をきかせ、なんとか身をかわした。「ジェーン、あなたから彼らに言ってやってよ」キティは言った。「わたしが彼を殺したと思ってるんだから。そんなことしないわ。絶対にリヴィよ。土壇場になって彼女が結婚式から逃げ出そうとしたことを、あなたが警察に話すべきよ」

「もう言ったわよ、キティ。それでもというなら、もう一度話すけど。さあ、あなたはもう休まないと。誰にとってもひどい一日だったわ」

「彼らは今、リヴィを尋問しているところなの。たぶん白状するわ。そしたらある人たちにとって悪夢は終わりになる。あなたのような人には。でも、わたしには終わらないわ、永遠に」

キティは向きを変え、猫背になってまた泣きながら自分の部屋へ歩いていった。スカートの後ろのお尻部分が突き出ていて、パリッとしていた上着も皺だらけでぐしゃぐしゃになっている。片方の靴の踵が、今にもはずれそうなぐあいに曲がっていた。全身ぼろぼろだ。

シェリイとジェーンが大広間へ行くと、イーデンとレイラがまた別のジグソーパズルを取り出して、黙々と根気強くやっていた。まるでその絵がなんであるかが解決できれば、この全ての混乱も解決されるかもしれないとばかりに。無言のままで。どちらもテーブルの端に、残り物の料理の皿とワインのグラスを置いていた。ジェーンに懐いていた猫が、三番目の椅子に坐り、頭だけ覗かせていた。今にも、彼女たちの料理を味見しようとするだろう。

「まだ料理が残ってるうちに、切れっぱしでも取っとかなきゃ」ジェーンは言った。「だけど、先にスーツケースを捜したい」

エロールとマーガレットは、少し前にリヴィが坐っていたソファにいた。

「リヴィが尋問を受けているの」マーガレットが言った。「警察は彼女の父親を同席させているのに、わたくしは許してもらえなくてね。おかしいわよ。ジャックはあんなとんまなのに。どうせ騒ぎ立てて、事態をいっそう悪くするだけですよ。あなたがた二人は、キティとかいうおそろしい人がしたばかげた話をもう聞いた?」

ジェーンとシェリイはうなずいたが、何も言わなかった。

「あまりにばかげてます! 誰も信じられやしませんよ。ドウェインが? あんな石の詰まった箱みたいなのを愛してたですって? エロール、それは違うって、あなたは知っているんでしょう?」

エロールは首を振った。「知らないんです。ぼくにはドウェインが全く理解できなかった。何が理由でそういう行動を取っていたのかが、わからないんです」

「お兄さんとうまくいってなかったの?」ジェーンはやさしい声で訊いた。

「うまくいってたかどうかは、たいして問題じゃなかった」エロールは言った。「兄はとにかく、ぼくの周囲にいるのがどんな人間たちなのかばかりを考えていたように感じられました。いつも企みやはかりごとをして、秘密に何事かを進めてた。もっと若い頃は、そんな話をぼくにして、どうだ賢いだろうと鼻高々だったな。だけどぼくには、兄が何を話しているかさえ、さっぱり理解できなかった。なんというか、内輪の中の内輪の話で。全く複雑で。誰かれなく批判してました」

「つまりキティのしている奇怪な話が本当だと言ってるの？」マーガレットが言った。「それに、リヴィには人を殺すようなところが、たとえわずかなりとあるとでも？」

エロールは真っ赤になった。「違う、違います！　決して。ぼくはただ、ドウェインなら何か尋常じゃないことを企みかねないと言ってるんです。いつもそうだったから。だからといって、リヴィが何か罪を犯したということじゃないです。彼女はどちらかというとぼくに近いと。彼女は折り合いをつけて人生を送りたいんです。仕事をして、幸せに、誰とも争ったりしないで」

「リヴィはどういう事情だったのかというキティの側の話について、どう言ってたの？」

「リヴィがブライズメイドとしてキティの名を口にした時、ドウェインはそれが誰だかも覚えていなかったそうです」

「本当だと思う？」シェリイが訊いた。「つまり、ドウェインが彼女を覚えてなかったってことだけど？　キティはあたしたちに言ったの。彼女がドウェインとブラインド・デートをしていた時に、彼をリヴィに紹介したんだって」

エロールは肩をすくめた。「どうかな。兄はたぶん数十人と一度きりのデートをして、次の日には忘れてた。たった今、あなたたちにドウェインはシークレット・サービスだったと言われたとしても、それが本当かどうかもぼくにはわからないですよ」マーガレットのほうを向いた。「兄のことを何も知らないなんて、ひどい人間だと思うでしょうね。あなたがた姉妹はとても仲がいいから」

マーガレットがなんと答えるつもりだったのかわからないうちに、ジェーンが口を挟んだ。「エロール、あたしには姉がいてね、この人がやっぱり全くの謎なの。姉が何かやる時、なんでそんなことをするのか、あたしにはさっぱり理解できなかった。時には、そういうことってあるの。あなたのせいじゃないわ」

ジェーンはシェリイとその場から離れながら声をかけた。「エロール、もし用のある人がいたら、あたしたちは二階にいるから。何か自分たちで食べてね」

二人はそっとリヴィの部屋へ入り、できるだけ何も散らかさないように徹底的に捜してみたが、何も見つからなかった。ミセス・クロスウェイトの部屋へ移っても、結果は同じだった。彼女の荷物をまとめて運び出し、車に載せた時のままだった。

「二階にいる間に、屋根裏部屋を調べてみてもいいかも」ジェーンは言った。

「あたしは、それよか何か食べたいな」シェリイは不満を言いつつも、おとなしくジェーンのあとに続いた。

屋根裏部屋のドアは、前に二人が鍵をはずした状態のままだった。だが暗くなりかけていたので、ジェーンは部屋の入口に敷かれた小さなマットに蹴つまずいた。どうにか床に倒れずにすみ、灯油ランプを見つけて火を点けた。それを高く掲げて、二人で部屋を見回してみると、夜にははるかに薄気味悪く、物にあふれているように見えた。

「ほら！　そこにあった！」ジェーンは大声で言い、石と化した釣り竿のリールの箱を這うようにして乗り越えた。

彼女は小さなスーツケースを引きずり出し、ランプを床に置いた。シェリイが部屋の真ん中に場所を空けるのを手伝い、そこに二人で坐って中身を調べにかかった。そこには二枚のセーターに挟まれたスクラップブックが入っていた。

表紙に金色のインクによる崩れた字で、ドウェイン・ヘスリングの名が刻まれていた。

ジェーンは身震いした。「見る前からもういやだ」

「確かに気持ち悪い」シェリイが言った。

二人は最初のページを何枚かペラペラめくってから、最初に戻って、今度はもっと念入りに調べた。どのページもほとんどドウェインで占められていた。卒業アルバムや高校の校内新聞から切り抜いた写真。ドウェインがアマチュア野球に出た新聞の切り抜き。

他の写真は、通りを歩いているところ（短い説明書き。会社に出勤するドウェイン）。どこかのビーチに寝転んでいるところ。左側にいる誰かに船から別れの手を振っているところ（エヴァンストンでのパーティ）。車に乗り込むところ（わたしのアパートから帰るドウェイン）。他の若者何人かと私道の雪かきをしているところ。店のドアを開けているところ。

シェリイは眉をひそめていた。「最後の部分のスナップ写真、どれもなんだか気味悪い。なんでだろ?」

「どの写真もポーズを取ってないの」ジェーンはじっとシェリイを見て言った。「どの写真でも、彼はカメラを見てない」

シェリイが深刻そうな顔でうなずいた。「彼は写真を撮られていることを知らなかったんだ」

二人はさらに少し寄り添って、最後のページから三ページ目を見た。そこにはドウェインとキティが並んで立っている写真があった。しかし、背景が合っていない。それは二枚の写真を切り抜き、注意深くつなぎ合わせた合成写真だったのだ。

説明書きはこうだ。ドウェインとわたしの初デート。

最後から二ページ目には、結婚許可証の申請書が貼ってあった。キティの欄は全て書き込まれ、サインがしてあった。ドウェインの欄も全部埋まっていたが、彼のサインはインクも筆跡もキティのと同じだった。

そして最後のページには、煙草の吸い殻が貼りつけられていた。説明書きはこうだ。初めて愛し合ったあとにドウェインが吸った煙草。

シェリイは身震いした。「胸が悪くなりそう」

ジェーンは眉をしかめた。「それも、うそだもんね」

「なんだってうそだってわかるの?」シェリイは引きつった笑い声をあげた。

「リヴィと数回、結婚式の打ち合わせのために会ったんだけど、一度彼女に喫煙について訊いたことがあるの。狩猟小屋で灰皿をしまっておくべきかどうしようかって。リヴィは言ったよ。二人とも煙草は吸わないけど、片づけないでもいいって。それにね、ドウェインは彼女が知ってる中で試しにでも煙草を吸ったことのない唯一の人だって言ってた。なんでもお祖父《じい》さんと死に際に約束をしたとかで」

「でも、ドウェインは口先のうまいやつだからね。あたしは彼の言ったことなんて、ひと言も信じない」

「あんたの言う通りだよ。でもね、シェリイ、このスクラップブックを見てごらんよ。もう病気じゃん。まるで頭のいかれた有名人のファンが集まって、アイドルの写真を撮りにいったみたいなもん。彼女、ドウェインのあとをつけ回して、気づかれないように写真を撮ってたんだ。どの写真も少ない場合でも数人、たいていはたくさん周囲に人がいて、彼女がカメラを持ってその辺をうろうろしても気づかれない時に撮ってるんだよ」

「彼をストーキングしてたんだ」シェリイが言った。「彼女、全部妄想で作り上げちゃって、それが本当だって信じ込んだわけだ。実際に彼がリヴィと結婚するのを眼にし、耳にするまではね。妄想が消えて、それが一瞬のことだったとしても、彼は刺される羽目になった。そして……！　そうだよ、だからキティは彼の部屋を荒らしたんだ。妄想に強い無理がかかってた。崩れかけてたんだ。あれは彼への警告だったんだよ」

「これをメルに持ってかなきゃ」

「すぐにね。ジェーン、でもこれがミセス・クロスウェイトとどんな関係があるっていうんだろ？　キティみたいに完全にいかれた人間がここに二人もいるはずないよ。お針子を殺すなんて、彼女、いったいどんな理由を作り上げちゃったんだと思う？」

「作り上げたりしてない」部屋の入口でキティが声をあげた。「わたしが妊娠してるのを、彼女に知られたのよ」

ジェーンは心臓が喉へ跳ね上がった気がした。彼女とシェリイは、さっきからドアに背を向けて坐っていたのだ。二人同時にはっと振り向いた。

「あなたが妊娠してたわけがないわ」ジェーンはうっかり言ってしまった。シェリイが彼女の腕をつねった。思い切り。

シェリイがなだめるように声をかける。「その銃、どこで見つけたの、キティ？」

「ここよ、ドアのすぐそば。どうせわたしを悪く言うのに忙しくて、足音に気づかなかったんでしょ」

「弾は入ってないのよ。ハンターは弾を装塡したままで、銃を置きっぱなしにはしないわ」シェリイが言った。

「たぶんね。でもそうじゃないかもしれない」キティは微笑んだ。「それはあなたにはわからないし、わたしにだってわからない。でもすぐにわかるわよ。邪魔っけな性悪女たち！　話をずっと聞いてたけど、あなたたちは間違ってる。それに悪意に満ちてる」

「いいえ、キティ、あたしたちに悪意はないし、あなたにもないわよ。あなたはただ……混乱してるだけよ。あなたには助けが必要だし、あたしたちはあなたを助けたいの」ジェーンは言った。

キティの背後のドアのところに、影が動いているように見えた。

「助けたくなんてないくせに。誰もわたしを助けたいなんて思わない。それに誰にも助けられない。ドウェインは死んだわ。リヴィが殺したの。それなのに、みんながわたしを責める」

動いていた影が、エロール・ヘスリングの形になって現れた。彼は人差し指を唇に当ててから、喋れ喋れという仕草をして、二人にキティに話を続けさせるよう促した。

「それは、彼らにはわかってないからなの」ジェーンはエロールから眼を引きはがし、あわてて言った。「あなたが説明すればいいのよ。あたしたちはあなたを助ける。本当よ。ヴァンダイン刑事はあたしの友達なの。あたしの言うことを聞いてくれるわ」

エロールが身をかがめてそっとキティの背後に忍び寄った。

キティがさっと顔を上げた。その仕草を優雅にやる才能はなかった。「助けてなんかくれない。どうせあんたたちなんて干涸びた古いプルーンじゃない。わたしのことをなんにも知らないくせに。ドウェインのことだって。愛についてだって」

エロールは両手の親指を使って、ジェーンたちにできるだけお互いから遠ざかるようにと合図していた。

二人はその指示に従おうとした。動いていないように見せながら、じりじりとお互いから離れていった。

「でも、あたしたちは知ってるわよ、キティ」シェリイは言いながら、氷河並みの動きでジェーンから離れる。

「まるで誰かがいるみたいに、わたしの後ろばっかり見ないで」キティは言った。「わたしはばかじゃない。そんなつまらない手に引っかかるもんですか。あんたたち性悪女って、自分はすごく賢いと思ってるのよね！　いいわ、どっちが賢いか見せてあげる――」

エロールがうなずき、それから叫んだ。「今だっ！」

彼はざっくり織られたラグの端を摑み、ぐいとひっぱった。

シェリイとジェーンはそれぞれ反対方向へ飛びのき、キティは積まれた煉瓦のようにどうと倒れた。

銃の台尻が床に当たり、弾が天井に穴を開けた。

23

「彼、払ってくれた？」シェリイは、部屋へ入ってきたジェーンに訊いた。

ジェーンがベッドに小切手を落とすと、窓から入ってきた朝日の中で、それがきれいに浮かび上がった。「払ってくれたどころか、五百ドルも上乗せしてくれたよ。リヴィが父親とちょっと話し合ったみたい」

「まあね、同じ日の午後の間に結婚して未亡人になって、危うく逮捕されかけたら、そりゃあ少しは気骨もできるわよ」シェリイが言った。「これでできなきゃ、何があったってできないって」

ドアをノックする音がしたので、ジェーンは声を張り上げた。「どうぞ」

レイラとイーデンが入ってきて、狭い部屋はぎゅうぎゅうになった。「さよならを言いに来たの」レイラが言った。「今回は人生最悪の数日間だったけど、あなたたちのおかげでなんとか耐えられました。それに、殺人事件を解決してくれたのもあなたたちだし。万が一わたしが再婚でもすることになったら、式はあなたたちにお願いすることにするわ」

「どうかやめて！」ジェーンはレイラをハグしながら言った。「お子さんたちのところへ早く帰んなさいね」

レイラはさっと出ていったが、イーデンはベッドの端に腰をおろした。ちらりと小切手を見た彼女は、好奇の色を隠そうともしなかった。「彼、これだけしか払わなかったの？　あのしみったれジジイ」

「これは最後の支払いぶんなの」ジェーンは言った。「二回払いのあとのぶんよ」

イーデンはうなずいた。「だったら、そんなに悪くないわね。あなたたちはそれだけの仕事をしたわよ。それ以上だわ。かわいそうなリヴィが刑務所送りになるのを防いでくれた。一時的にだけど、キティはリヴィが犯人であるようにわたしに信じ込ませたもの」

「あたしたちも同じように考えたわ」ジェーンは言った。「でもシェリイが、それと気づかずに核心を突くことを言ったのよね。キティは自分自身をごまかす驚くべき能力があるって。だけど、あのスクラップブックを見るまでは、まさか病的な能力だったとは思いもしなかった。あれを見れば、あなたにだってはっきりわかったわよ。それに、もしエロールが、キティの足元からあのラグを引き抜いてくれなかったら、あたしたちは撃たれてた」

「エロールは上で何をしてたの？」イーデンが訊いた。

「キティが二階へ上がるのを見かけて、なぜだろうと思ったんですって」シェリイが言った。「その時、考え始めたらしいわ。ドウェインにはひどくこそこそしたところがあったなって。それに、もしドウェインとキティが本当に恋人同士だったら、彼女も似たような性格なのかもしれない。いや、もっと性質が悪いかもって。実際そうだったわけよね。とにかく、彼はあたしたちのことが心配になって、そっと階段を上がって、どういうことになってるのか見にいったのよ」

「彼女、本当に妊娠してたと思う?」ジェーンは訊いた。「ドウェインのじゃなくて、他の誰かの子を」

イーデンがびっくりしてジェーンを見た。「あら、あなたのことすごく優秀な探偵だと思ってたのにな。浴室のごみ箱を覗いてみようとは思わなかったの? タンポンが入ってた小さなパッケージがたくさんあったわよ。請け合うわ、彼女は妊娠してなかった。でも気がふれてるのは間違いない。たぶん、妊娠してると信じ込んでたところに、気の毒なミセス・クロスウェイトに体重がふえたなんて喋られちゃったものだから、秘密を知られてると思ったんじゃないかな」

シェリイが言った。「想像妊娠の話を聞いたことがあるの。チューダー家の流血好き《ブラッディー》のメアリーも、これだったんじゃなかった? 妊娠したと信じ込んで、お腹も大きくなり、それらしく見えたってやつ?」

ジェーンは言った。「うん、あたしも何かで読んだことがある。そういや、キティは確かに妊娠五ヶ月って感じだった。きっと、あんたの言う通りだ。心が体になせることって、すごいと思わない?」

「あなたの恋人はもっと何か摑んでるのかしら?」イーデンがジェーンに訊いた。

「ドウェインは確かに軽薄な男だったけれども、キティとはなんの関係もなかったと信じるに足るだけのものはね。リヴィが言うには、ドウェインとは軽い交通事故に遭った時に出会って、警察が供述を取れるようになるまで、立ち話をしながら待ってたそうよ。だから、キティが彼とブラインド・デートをしていた時に、彼らを引き合わせたという話はうそだったの。

「スミス巡査がジャック・サッチャーの許しを得て、彼の弁護士に電話をかけたのね。そしたら弁護士は、確かにサイン済みの婚前契約書が存在するし、その写しを持ってると断言したんですって。もし離婚した場合にも、一文無しでほうり出されるわけじゃなかった。離婚後三年間は扶養料をもらえたの。子供がいようといなかろうと、リヴィが先に死んだ場合は、彼女の不動産を相続しないことになってたけど、結婚している間は気前よく手当までもらえたの」

「イーデンに、大家さんの話もしてあげてよ」シェリイが言った。

「スミス巡査は、シカゴの警察にも連絡して、キティのとっても穿鑿《せんさく》好きな大家に話を聞きにいかせたの」ジェーンは言われた通りに説明した。「大家の女性はね、キティが夜に出かけたことはないと言ってるそうよ。電話もかかってこないって。警察は、ドウェインとのことは全部作りごとだと確信してるわ」

「でも、彼女は信じてるんだよね」シェリイが言った。「曲がり道を遠くまで行きすぎちゃって、彼に愛されてたと心から信じてる感じ。ドウェインと恋愛関係にあったのは自分で、結婚式で誓いの言葉を言う前に、彼はリヴィを捨てただろうって」

「いざ結婚式が終わり、彼が正式にリヴィと結婚したとあっては、練り上げられた妄想にはおそろしい打撃だったはず。まあ彼女は、妄想だとは認めようとしなかったけど」ジェーンは言い添えた。「彼を殺せば、それを持ち続けられると考えたんじゃないかな」

「しかも、その罪から逃れるところだった。わたしなんて、彼女の話を聞いた時は信じそうになったもの」イーデンは立ち上がり、バッグとサングラスと車のキーを拾った。「じゃあ、わたし行くわね。あなたがた二人に会えてよかった。おそろしい状況下で、すばらしい仕事をしてくれたわ」

ハグし合ったあとにイーデンが去ると、ジェーンは詰め忘れたものがないか、もう一度部屋を見回した。今、忘れたら、永遠に失くしたままになる。いくらお金を積まれたって、この狩猟小屋へは二度と来るものか。「よしっと、荷物は全部持ったみたい。シェリイ、その大きな紙袋には何が入ってるの?」

「シーツ」シェリイがしたり顔で言った。「リネンのシーツよ。今朝早くに、ジャック・サッチャーと少し喋ってわかったんだけどね。父親は彼にこの建物と土地を遺したけど、建物の中のものはジョーおじさんに遺したんだって。というわけで、好々爺《こうこうや》のジョーおじさんとも話したわけ。で、お金で所有者が替わったの。今やあたしは、アンティークのリネンのシーツと枕カバーのすてきなコレクションを手に入れたってわけ。値切りの交渉をしていた時、それを聞きつけたラークスパーも、どこからか見つけてきた大量の古い花瓶を手放すように、ジョーおじさんを口説いたの。そうだ、ラークスパーがあんたにさよならを言っといてって。いっせいにここから脱出したら、また連絡するってさ」

「じゃあ、あんたはお宝を手にした。ラークスパーも。でも、例のお宝は誰も手に入れてないんだ」ジェーンはジャック・サッチャーからもらった小切手をバッグのファスナーつきの部分に入れた。バッグの紐を肩にかけ、浴室を最後にもう一度覗いてみる。二人のスーツケースとジェーンのメモ帳類は、すでにステーション・ワゴンに載せてあった。二人で部屋を出ると、ジェーンは強烈な一撃と見なせるほどに、思い切りドアを閉めるという、めったにできない真似をした。

ドアノブがジェーンの手の中ではずれ、それから片足の上に落ちた。ドアは部屋の内側へと跳ね返った。

ジェーンは甲高く叫び、バッグを取り落として床に坐り込んだ。膝を抱えて、めそめそ泣いた。

「もう、やだ。やめなよ、そんな子供みたいな真似」シェリイが言った。「あんたってば歳を取って気弱になってるんだ」

ジェーンは長々と息を吸ってから、口を開いた。「これ、一トンくらいあるよ。指の骨が折れたみたい!」

「ジェーン、ふざけないで。足の指はこんなもので折れたりしないって――」シェリイはドアノブを拾い、重さを確かめている。「確かに、重い。重すぎる」

シェリイは部屋の中へ戻って、さっきジェーンの小切手を照らしたばかりの窓の光に、ドアノブをかざしてみた。

「めそめそするのをやめて、こっちへ来てみてごらんよ」

ジェーンは立ち上がって足のぐあいを確かめ、引きずるようにして歩いていった。

「内側の、光が入ってくるとこの奥を覗いてみて。中へ光が入るようにしてね」

ジェーンはドアノブを覗いてみた。「まさかそんな――」

「そう、そのまさかだよ。あたしたちが手にしてるのは、黒く塗られていた金の塊《かたまり》のドアノブよ。その口を閉じなさいって。まるでアデノイド症状の口呼吸をしてるみたいだよ」

「屋根裏部屋にあったあのドアノブの箱……」ジェーンはつぶやいた。「ジョーおじさんが保管してたんだ。いつかあそこのドアノブを元に戻して、こっちのほうを持ち去れるように」


建物正面の私道では、数台の車に荷物が積まれている最中だった。制服警官がミセス・クロスウェイトのジープをどこへ向けてか、出発させる準備をしている。ジャック・サッチャーは、意外にもおとなしく車のトランクに荷物を積んでいた。彼の車は、ジェーンの車の前を塞いでいた。「違うわ、パパ。それは後部座席に積むの」リヴィがきっぱり言うと、ジャックは、無言のまま後部座席に衣装ボックスを載せた。アイヴァとマーガレットは自分たちの車の中に坐り、ジョーおじさんが荷物を乱暴にトランクにほうり込むのを待っていた。

「まだ一つ引っかかってることがあるのよね」シェリイが言った。「屋根裏部屋へのドアは、あたしたちが最初に見にいった時は開いてたのに、次行ったら鍵がかかってた。誰がかけたんだろ?」

「ジョーおじさん」

「なんでわかるの?」

「二人で屋根裏部屋に行ったことを、あたしがたまたま喋ったからだよ。ミセス・クロスウェイトのミシンを二階へ運ぶのに、屋根裏部屋の台車を使えばいいって、彼に言った時にね」

「ああ、そうだった!」シェリイが言って、あたりを見回して訊いた。「メルはどこ?」

「一時間くらい前に出たよ。帰る途中でガス・アンブラーと話をするからって」

ジャック・サッチャーがやっと出発し、ジェーンの車を解放した。

「もう車を出せる?」シェリイが訊いた。

「あと少し」ジェーンは言った。

ジェーンはステーション・ワゴンから降りて、まだ荷物に手荒な真似をしているジョーおじさんのところへ歩いていき、肩を叩いた。

「うん?」

ジェーンはバッグに手を入れ、あのドアノブを取り出した。

「これ、あたしの寝室のドアから落ちちゃったの。きっとあなたは失くしたくないだろうと思って」

ジョーおじさんは片手を伸ばしながら、顔にじわじわと笑みをひろげた。「失くしたくないとも。近頃じゃドアノブはうんと高くつくそうだ」トランクを閉めて異母妹たちの車の窓に寄り、腰をかがめてアイヴァとマーガレットに声をかけた。「安全運転でな」あまりにやさしく元気づけられて、姉妹は慄《おのの》いているようだった。

それからジョーおじさんはくるりと振り向き、ジェーンにウィンクしてみせた。

訳者あとがき

主婦探偵ジェーン・ジェフリイ・シリーズの第十一作、『眺めのいいヘマ』をお届けします。

『カオスの商人』から、ずいぶんお待たせしてしまったのですが、皆様、おぼえていらっしゃるでしょうか？　前作でジェーンは、ただでさえせわしないクリスマスの時期に、聖歌の集いとクッキー交換パーティの世話役をする羽目になったものの、いつもながらの親友シェリイの応援もあって、どちらもみごとに成功させ、もちろん殺人事件までやっつけて、ずいぶん自信をつけたのでした。そのクッキー交換パーティにたまたま参加していた女性実業家のリヴィが、ジェーンの手際に感心し、自分の結婚式のプランニングを頼んだことから、今回のお話ははじまります。手際のよさもですが、多分に人柄を見込んでのことでしょう。有能な結婚式プランナーが必要なら、ほかにいくらでもプロを雇えたでしょうから。

ジェーンとのつきあいの長いわたしたちなら、「それはまずいって！」と、諫《いさ》めるところです。シェリイも止めろよって。行く先々で死体に蹴つまずくことになっているジェーンに、結婚式を仕切らせるなんて縁起でもない、とんでもない！　しかも、リヴィが式の会場に選んだのは、彼女の家族が所有している狩猟小屋です。もとは修道院だったというだけあって、幽霊でも出そうな、何か起こりそうな雰囲気満点。結婚式直前になってもブライズメイドたちのドレスを仕上げられずに、狩猟小屋へ呼びつけられて完成させられることになったお針子の老婦人など、悪いオーラが漂っているなどと不吉なことを口走る始末。でもって、口走ったご本人が、階段から落ちて亡くなっているのが発見されるのです。ってことで、ど、どーなるのだ、結婚式は！

そこからは、もう次から次へ難題が出てきて、ジェーンは何もかも放り出して逃げたくなります。ですが、もちろんシェリイがちゃんとフォローしてくれるし、ジェーンの〝重要な相手〟メル・ヴァンダイン刑事もしっかり駆けつけて、陰になり日向になり援護してくれるわけです。前作では自分の母親とジェーンとの見えざる闘いにまるきり気づかず、ジェーンを嘆かせたメルですが、今回はじつにいい男ぶりを見せてくれました。いやあ、男の（女もですけど）真価が問われるのは、イザというときですからね、いいんです、ちょっとくらい母親に弱くったって。うん、ちょっとくらいなら……。

今回は狩猟小屋へ遠出しているため、訳者も大好きなスージーをはじめとするご近所さんやジェーンの子供たちの出番がないのが、まあ残念と言えば残念です。でも、ひと癖もふた癖もある人たちがこれでもかというくらい登場してくれましたので、楽しんでいただけたと思いますが、いかがでしたでしょう？

さあーて、来週のサザエさ……じゃなくて、次回のジェーンは、シェリイとともに、結構本格的なガーデニングの講習会に参加する予定です。ところがしょっぱなから……これがたいへんなのです！　次回作 ***Mulch Ado about Nothing*** は、今回ほどはお待たせしないでお届けできるハズです。どうぞお楽しみに。

ジル・チャーチル著作リスト

《主婦探偵ジェーン・シリーズ》

1 Grime and Punishment 1989 『ゴミと罰』創元推理文庫
2 A Farewell to Yarns 1991 『毛糸よさらば』創元推理文庫
3 A Quiche before Dying 1993 『死の拙文《せつぶん》』創元推理文庫
4 The Class Menagerie 1994 『クラスの動物園』創元推理文庫
5 A Knife to Remember 1994 『忘れじの包丁』創元推理文庫
6 From Here to Paternity 1995 『地上《ここ》より賭場《とば》に』創元推理文庫
7 Silence of the Hams 1996 『豚たちの沈黙』創元推理文庫
8 War and Peas 1996 『エンドウと平和』創元推理文庫
9 Fear of Frying 1997 『飛ぶのがフライ』創元推理文庫
10 The Merchant of Menace 1998 『カオスの商人』創元推理文庫
11 A Groom with a View 1999 本書
12 Mulch Ado about Nothing 2000
13 The House of Seven Mabels 2002
14 Bell, Book, and Scandal 2003
15 A Midsummer Night's Scream 2004

16　Accidental Florist　2007

《グレイス&フェイヴァー・シリーズ》

1　Anything Goes　1999『風の向くまま』創元推理文庫

2　In the Still of the Night　2000『夜の静寂《しじま》に』創元推理文庫

3　Someone to Watch over Me　2001『闇を見つめて』創元推理文庫

4　Love for Sale　2003『愛は売るもの』創元推理文庫

5　It Had to Be You　2004『君を想いて』創元推理文庫

6　Who's Sorry Now?　2005

検　印
廃　止

訳者紹介　同志社女子大学英文学科卒，英米文学翻訳家。主な訳書，チャーチル「カオスの商人」，ベン・サピア「キリストの遺骸」，カーライル「黒髪のセイレーン」など。

眺めのいいヘマ

2011年3月11日　初版

著　者　ジル・チャーチル

訳　者　新《あら》谷《たに》寿《す》美《み》香《か》

発行所　（株）東京創元社
代表者　長谷川晋一

162-0814/東京都新宿区新小川町1-5
電　話　03・3268・8231-営業部
03・3268・8204-編集部
URL　http://www.tsogen.co.jp
振　替　00160-9-1565
フォレスト・本間製本

乱丁・落丁本は，ご面倒ですが小社までご送付ください。送料小社負担にてお取替えいたします。

ISBN978-4-488-27516-7　C0197

敵か、味方か？

THE BALLOON MAN◆Charlotte Armstrong

風船を売る男

シャーロット・アームストロング

近藤麻里子 訳 創元推理文庫

◆

ある朝、台所にいたシェリーに夫が突然襲いかかり、
あおりで息子のジョニーが重傷を負った。
作家志望の夫ウォードは、働くどころか
作品を発表することもなくドラッグ漬けの怠惰な日々。
ジョニーの入院先に現れたウォードの父エドワードは
シェリーの言い分を聞きもせず、
二人を離婚させ孫は自分が引き取ると宣言、
ジョニーの養育権をめぐる闘いが始まった。
看病に通うためシェリーは病院向かいに下宿、
そこへエドワードに雇われた男も下宿人として入り込み、
シェリーを貶める画策を始める。
そうとは知らないシェリーに罠が迫って……。
サスペンスの名手、円熟の長編ミステリ。